살인귀 1 – 각성편

SATSUJINKI-- KAKUSEI HEN

©Yukito Ayatsuji 1990, 2011

First published in Japan in 2011

by KADOKAWA CORPORATION, Tokyo.

Korean translation rights arranged

with KADOKAWA CORPORATION, Tokyo

through Eric Yang Agency Inc, Seoul.

아야츠지 유카토 지음

김진환 옮김

각성편

살인귀

1

殺人鬼

웅진출판 미디어그룹

독자 여러분 중에는 한때 후타바산(双葉山)에서 벌어진 몇 차례의 무시무시한 사건에 대해 아는 사람이 있을지 모르겠다. 그러나 그중에서도 가장 많은 희생자를 낸 'TC(트윈즈클럽)멤버스' 일행이 겪은 사건에 대해서는 자세히 아는 사람이 그다지 많지 않을 것이다. 지금부터 그 이야기를 해보고자 한다.

일본 전체의 범죄사를 통틀어도 그렇게 이상한 살인사건은 찾아볼 수 없다. 범행 자체의 잔혹성과 비인간성뿐만 아니라 사건과 관련되어 일어난 몹시 불가사의한 현상에 관해서도 그렇다.

사건이 발생한 것은 1980년대가 끝나고, 세기말로 접어든 해의 8월이었다. 수많은 인명을 하찮은 벌레처럼 앗아간 대량 학살의 범인이 과연 누구인지, 그 진상의 절반 정도는 아직도 베일에 싸여 있다.

'후타바산의 살인귀'는 이미 하나의 전설이 되었고, 후타바산은 그 후 '악마의 산'으로 인식되어 지금은 웬만한 괴짜가 아닌 이상 아무도 가까이 가려 하지 않는다.

이 이야기는 그 참극으로부터 간신히 살아남은 두 사람의 증언을 토대로 구성되었다(기사 내용을 비롯한 살아남은 두 사람과의 대담 내용 등은 이 책의 306면부터 소개했다-편집자). 하지만 이는 어디까지나 '사실에 바탕한 기록'이 아닌 '하나의 픽션'으로 받아들여 주기 바란다. 이 이야기에는 작가의 개인적인 해석이나 상상이 적잖게 섞여 있기 때문이다.

또한 그러한 소설화 작업에 임하면서, 작가는 약간의 개인적인 취향을 반영했다. 예리한 감성을 가진 독자들이라면 '3인칭 다시점(多視點) 소설'이라는 형식으로 기술된 이 이야기를 읽으면서 곳곳에서 위화감을 느낄 것이다.

무엇이 이상한 것일까?

어디가 이상한 것일까?

'독자여, 속지 말라!'라는 거창한 문구를 내세울 만큼 대단한 얘기는 아니다. 이번 시도는 작가의 못 말리는 장난기의 결과물이라고 생각하면 일단 특별히 신경 쓸 필요는 없을 것이다.

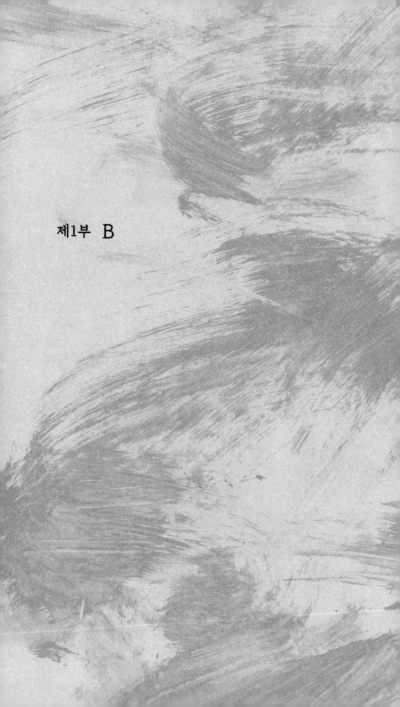

제1부 B

1.

"산에 와서 바다 이야기를 한다는 게 조금 그렇지만······.
아, 이건 우리 형한테 들은 이야기입니다. 다행인지 불행인
지 몰라도 저는 그런 경험을 해본 적이 없거든요."

스도 도시히코는 연신 머리를 만지작거리며 이야기를 시
작했다. 키는 보통이지만 상당히 미남형인 그는 물 빠진 청
바지와 검정색 티셔츠 위로 긴소매의 빨간 블루종 재킷을
걸치고 있었다. 그는 스물네 살의 자칭 사진작가로, 촬영 스
튜디오에서 아르바이트를 하며 부모님이 매달 건네주는 돈
으로 풍족한 생활을 하고 있었다.

밤의 어둠 속에서 캠프파이어가 붉게 타올랐다. 바람 부
는 방향을 피해 피워 놓은 불을 중심으로, 그를 포함한 여덟

명의 남녀가 빙 둘러앉아 있었다.

"우리 형은 대학시절 록밴드에서 베이스를 쳤는데, 늦은 밤에 연습실을 빌려서 연습할 때가 많았대요. 이건 3년 전 여름에 있었던 일인데, 밤늦게까지 연습을 하고 나서 멤버 중 하나가 바다에 가자고 했답니다. 그래서 형이 타던 차와 기타리스트가 타던 차에 멤버들이 나눠 타고는 쇼난(湘南)까지 드라이브를 가게 된 거죠. 남자들만 다섯이서요. 형의 차에는 드러머하고 보컬이 탔는데, 중간에 보니 드러머가 기운이 좀 없어 보이더래요. 왜 그러냐고 물었더니, 이상하게 어깨가 무겁다고 대답을 하더래요. 뒤에서 누가 짓누르는 것처럼 무겁다고……. 그때까지는 그냥 너무 피곤해서 어깨가 결리나 보다 하고 아무도 신경 쓰지 않았대요. 바다에 도착하니 벌써 동이 틀 무렵이었고 마침 날씨도 좋겠다, 다들 꽤나 들떠서 실컷 수영이나 하자는 이야기를 나누었는데……."

스도가 잠시 말을 끊고 일행을 돌아보며 혈색 좋은 얇은 입술을 혀로 축였다.

"모두가 물에 뛰어드는데도 그 드러머만 아직도 몸이 안 좋다며 해변에서 멍하니 서 있었답니다. 그러다가 갑자기 그도 바다에 들어갔는데…… 그러고는 그대로 돌아오지 않았어요."

"안 돌아왔다고요?"

스도 옆에 앉은 지토세 에리가 턱을 괴고 있던 손을 떼며 물었다. 착 달라붙는 까만 바지에 몸매가 선명히 드러나는 검정색 긴팔 블라우스를 입은 그녀는 스도보다 한 살 어린 스물세 살의 직장 여성이었다.

"물에 빠져 죽은 건가요?"

"맞아요. 그런 셈이지요."

스도가 진지한 얼굴로 고개를 끄덕였다.

"아무리 기다려도 물에서 안 나오고 보이지도 않았대요. 그래서 이거 큰일이다 싶어 다들 주변을 샅샅이 뒤졌지만 어디에도 없더래요. 별 수 없이 경찰에 신고해서 대대적인 수색 작업이 시작됐고, 그 사람은 그날 저녁이 되어서야 발견됐죠. 시체가 바다에서 뭍으로 떠밀려온 거예요. 그런데……."

스도가 잠시 숨을 들이쉬며 뜸을 들였다.

"그런데 그 사람의 시체에 다른 시체가 업혀 있었대요. 흐물흐물하게 썩은 노파의 익사체가 어깨에 매달려서……. 이렇게!"

스도가 느닷없이 양손을 뻗으며 '웃!' 하는 괴성과 함께 지토세를 덮쳤다. 그녀는 짧은 비명을 지르며 반대편에 앉은 오오야기 데츠오의 팔에 매달렸다.

"너무 싫어, 진짜!"

모두가 일제히 웃음을 터뜨렸다. 스도가 태연히 말을 이었다.

"그가 계속 어깨가 무겁다고 했던 게 이런 이유 때문이었나 하는 생각에 밴드의 멤버들은 등골이 오싹해졌다고 합니다. 이상, 끝입니다."

"그거, 실화예요?"

지토세가 곁눈질로 노려보았다.

"그렇다던데요……."

스도가 짓궂게 웃으며 위스키가 든 종이컵을 입에 가져갔다. 그 순간, 진행을 맡은 이소베 슈지의 부인 이소베 마유미가 말했다.

"자, 그럼 다음 이야기는 누가 해볼까요?"

술자리도 무르익었으니 돌아가면서 무서운 이야기를 해보자고 맨 먼저 말을 꺼낸 게 그녀였다.

"오오야기 씨와 유코가 남았지? 그럼 오오야기 씨가 먼저 말해 볼래요?"

"저는 대미를 장식하는 의미에서 나중에 하겠습니다. 비장의 무기가 있거든요."

오오야기가 대답했다. 스물일곱 살의 회사원인 그는 여기 모인 사람들 중 가장 몸집이 큰 사내였다. 어림잡아 보아도 스도와 20센티미터 넘게 차이가 났다. 족히 190센티미터는 되어 보였다.

"그래요? 그러면 유코 차례네요."

이소베 부인이 재촉하자 '유코'라는 애칭으로 불리는 아카네 유미코는 어쩔 줄 몰라 했다.

"저는, 이런 이야기를 잘 못해요……."

"안 돼요! 무슨 이야기라도 해야 돼요."

이소베 부인은 술기운에 상기된 동그란 얼굴로 입을 크게 벌린 채 깔깔 웃었다.

"다들 한 번씩 돌아가면서 이야기했잖아요. 자, 어서 시작해요!"

"그래도……."

아카네는 타오르는 불꽃에서 눈을 돌려 등 뒤를 돌아보았다. 어둠 저편에서 산장의 그림자가 웅크리고 있고, 그 주위를 숲의 나무들이 까맣게 둘러싸고 있었다. 장작 타는 소리에 섞여 벌레 울음소리와 풀잎 스치는 소리가 들려왔다.

"이런 곳에서 이런 이야기만 하는 건…… 기분이 별로 좋지 않네요."

그렇게 대답하는 아카네는 문득 일행이 머물고 있는 산장 주변이 뭔가 기묘한 힘에 의해 조종당하는 느낌이 들었다. 어떤 압력 같은 힘, 어떤 알 수 없는 기운이 이 밤을 지배하고 있는 듯이 느껴졌다. 이소베 부인이 말했다.

"이런 데서 괴담 이야기를 하니 더 재밌지 않나요?"

"그래도……."

"악한 영(靈)들이 몰려들기라도 하나?"

그렇게 맥락 없이 끼어든 사람은 오키모토 유스케였다. 그는 지저분한 흰 청바지에 갈색 체크무늬 셔츠를 입고 있었다. 통통한 체구로 기름기 많은 표주박형 얼굴에 도수 높은 뿔테안경을 쓰고 있었다. 이제 고작 대학교 3학년으로 오오야기와 스도보다 나이는 어린데도 외모는 오히려 더 늙어 보였다.

"난 말이죠, 한 번이라도 좋으니 진짜 유령을 보고 싶어요. 그게 오늘 밤이라면 더할 나위 없이 좋고요."

"아카네 씨, 사실은 나도 별로 내키지 않았는데 힘들게 이야기한 거예요."

지토세가 혀 짧은 코맹맹이 소리로 말했다. 그녀는 잘게 웨이브가 들어간 긴 머리카락 사이로 손가락을 끼워 넣고는 천천히 쓸어 올렸다. 그런 모습을 보며 아카네는 그건 거짓말이라고 생각했다. 스도의 앞 차례였던 그녀는 집 근처 육교에서 투신자살한 소녀 귀신의 목격담을 신나게 떠벌렸으니 말이다.

"그렇다면……."

아카네가 할 수 없다는 듯이 입을 열었다.

"지금도 이상하게 생각되는 일이 딱 하나 있어요. 그 이야기를……."

그녀는 고개를 살짝 숙인 채로 눈을 들어 모두의 반응을 살폈다. 모닥불을 둘러싼 일곱 명의 시선이 그녀에게 집중되어 있었다. 아카네는 올봄에 갓 스무 살이 된 대학생으로, 이런 식으로 많은 사람 앞에서 혼자 이야기를 하는 일에 익숙하지 않았다. 그래서 그녀에게는 이 시간이 고역이나 다름없었다.

"이건 제가 유치원에 다닐 때 실제로 겪은 일이에요."

그녀에게는 유키코라는 쌍둥이 언니가 한 명 있었다. 그녀가 지금부터 하려는 이야기는 자매 사이에 벌어진 조금은 이상한 사건이었다.

"저는 그날 몸이 아파서 유치원에 가지 않았어요. 집에서 계속 자다가 엄청나게 무서운 꿈을 꾸었어요. 자세한 내용은 기억이 잘 안 나지만, 어쨌든 무척 소름이 끼치는……. 그런데 그 이야기를 나중에 유키코 언니에게 했더니, 언니가 유치원에서 돌아오는 길에 실제로 똑같은 장면을 목격했다는 거예요."

이소베 부인이 흥미롭다는 듯이 입을 열었다.

"꿈에서 본 것과 똑같은 상황을 목격했다고요?"

"네, 맞아요."

"무슨 꿈이었는데요?"

"기억은 잘 안 나지만…… 처음 보는 남자가 건널목에서 열차에 뛰어드는 내용이었어요……."

"투신자살이군. 그런데 그걸 언니가 실제로 목격했다는 거예요?"

"그랬대요."

"그거 일종의 정신감응이 아닐까요?"

그때 오키모토가 끼어들었다. 그가 취기에 붉게 달아오른 얼굴로 무겁게 쳐진 안경을 추켜올리며 말했다.

"정신감응이라면 텔레파시 같은 건가요?"

지토세가 고개를 갸웃거렸다.

"맞아요. 어떤 사람의 마음이나 생각이 언어나 동작을 통하지 않고 다른 사람에게 그대로 전해지는 현상을 말하죠."

오키모토는 고개를 크게 끄덕거리며, 스도와 오오야기 사이에 앉은 그녀에게 탐욕스러운 눈빛을 보냈다.

"예전에 읽은 책에 나온 얘기인데, 미국의 어느 도시에서 누군가 살해를 당했는데 그때 다른 도시에서 살던 쌍둥이 형제가 동일한 상황에 처해 죽었다고 하더라고요."

"그건 텔레파시와는 의미가 조금 다르지 않나요?"

아카네 옆에서 주스를 마시고 있던 마미야 마모루가 조용히 의견을 냈다. 그날 모인 사람들 중에서 유일한 미성년자인 그는 이제 중학교 2학년으로 막 열네 살이 되었다. 하지만 나이에 비해 체구가 작아서인지 무척 앳돼 보였다.

"그러니까 내 말은, 단순한 우연일 수도……."

오키모토는 발끈하며 마미야의 말을 가로막았다.

"쌍둥이끼리 정신으로 이어져 있으니까 육체도 비슷하게 반응한 거야."

오키모토의 설명에 스도가 어깨를 으쓱거리며 말했다.

"텔레파시라는 것 자체를 믿을 수 있을까요?"

"그렇게 쉽게 단정할 문제는 아니지."

이소베 슈지가 묵직한 목소리로 말했다. 그는 이 모임에서 최고 연장자인 서른여덟 살로, 이 모임의 리더 격인 사람이었다. 그가 다시 입을 열었다.

"예를 들어 쌍둥이 형제 중에서도 샴쌍둥이라는 게 있어. 샴쌍둥이는 몸의 일부가 결합된 상태로, 말하자면 신체 일부를 공유하는 상태로 태어난 쌍둥이를 가리키지."

다들 이소베 슈지가 하는 말에 귀를 기울였다.

"미국 영화감독 토드 브라우닝의 〈프릭스(Freaks)〉라는 영화가 있지. 그 영화에 나오는 등장인물 중 한 명, 아니 두 명이 샴쌍둥이 자매였어. 그 자매가 등장하는 장면 중에 이런 게 있지. 자매 중 한쪽이 어떤 남자에게 청혼을 받았어.

그녀는 기뻐하며 승낙했는데, 이때 허리 쪽이 이어진 다른 자매도 형용할 수 없이 행복한 표정을 지었어."

"두 사람이 육체뿐만 아니라 마음까지 공유했다는 이야기인가요?"

"맞아. 그 영화 장면을 봤을 때는 그렇게 받아들일 수밖에 없었네. 그러니까 내 말은……"

"이소베 선생님, 하지만 말이죠."

스도가 손을 들고 말했다.

"샴쌍둥이의 경우는 몸이 어떤 식으로든 연결되어 있는 거잖아요. 그렇다면 어느 정도 납득이 가는 일인데요……."

"원래 하나의 생명이었던 것이 둘로 나뉘었다는 점에서는 평범한 일란성 쌍둥이도 마찬가지 아닐까?"

"조금 비과학적이네요."

"그런가?"

"선생님은 초능력이라는 게 존재한다고 생각하시나요?"

"세상에는 인간의 상식이나 과학만으로는 판단할 수 없는 문제들이 산더미처럼 많다네."

"고등학교 과학 선생님답지 않은 말씀이네요."

"스도 씨도 아까 진지하게 귀신 이야기를 했잖아요?"

이소베 부인이 남편의 편을 들었다. 그러자 스도가 못 당하겠다는 듯이 양팔을 들어 보이며 말을 했다.

"그거야 어디서나 들어봤을 법한 흔해 빠진 이야기잖아요. 저는 뼛속까지 현실주의자거든요."

"뭐예요? 그럼 아까 그 얘기는 지어낸 거였어요?"

지토세가 붉은 입술을 삐죽 내밀었다.

"진짜 무서워했던 게 억울한가 보지?"

그때 오오야기가 또렷하면서도 굵은 목소리로 분위기를 수습했다.

"자, 그런 토론은 그만해 두자고요. 이런 자리에서는 무시무시한 괴담을 최대한 그럴듯하게 과장해야 재미있지 않나요? 스도 씨, 안 그래요?"

"아니, 뭐, 저는 그런 의도가 아니라……."

오오야기가 햇볕에 그을린 강인한 얼굴에 새하얀 이를 드러내며 말을 이어갔다.

"그렇다면 이제 슬슬 아까 약속한 대로 제가 대미를 장식해 보겠습니다."

그가 천천히 몸을 일으키더니 주황색 긴팔 셔츠의 소매를 걷어 올리며 모두를 돌아보았다.

"이 얘기는 상당히 무서울 겁니다. 완전히 꾸며낸 이야기는 아니거든요. 게다가 무엇보다도 다름 아닌 이 산장 부근에서 벌어진 일이라는……."

2.

8월 20일 밤.

산장 앞에서 캠프파이어를 중심으로 둘러앉은 8명의 남녀들은 'TC멤버스'라는 친목 모임의 구성원들이었다. 그들은 이소베 슈지와 마유미 부부, 오오야기 데츠오, 스도 도시히코, 오키모토 유스케, 지토세 에리, 아카네 유미코, 마미야 마모루였다. TC멤버스는 3년 전에 결성된 친목단체로 성별이나 나이, 국적, 직업과 관계없이 누구나 가입이 가능했다. 형식적으로 전국 규모의 모임을 표방하지만, 지방마다 설치된 지부들은 실질적으로 개별 활동을 해나갔다.

이번 모임은 '도쿄 제2지부 하계 특별 합숙'이라는 명칭으로 기획된 것이었다. 아침 일찍 도쿄를 출발해서 골짜기 마을에서 꽤 먼 거리의 산길을 도보로 올라왔다. 목적지인 산장에 도착했을 때는 이미 날이 저물고 있었다.

중학생인 마미야와 술이 약한 아카네는 주스 잔을 들고, 리더인 이소베의 선창으로 건배를 했다. 모닥불을 중심으로 모여 앉은 소박한 파티였다. 오늘 처음 만난 멤버들이 대부분이어서 처음에는 데면데면했지만, 술이 들어갈수록 분위기가 점점 무르익어 갔다. 그리고 이윽고 이소베의 부인 마유미의 제안으로 시작된 것이 '괴담 놀이'였다.

마지막 주자인 오오야기가 그 이야기를 시작한 것은 이제 슬슬 밤 10시가 되어갈 무렵이었다.

"후타바산의 살인귀에 관한 전설을 알고 있을지 모르겠군요."

오오야기가 모두를 향해 뜬금없이 질문을 던졌다. 아무도 대답하지 않자, 그는 자기만 아는 이야기임을 확인하고는 흡족한 표정을 지으며 말을 이었다.

"흠……. 이건 꽤나 유명한 이야기인데, 이소베 선생님도 모르십니까?"

"글쎄……."

이소베가 빈 종이컵에 위스키를 따르며 고개를 저었다.

"살인귀라니, 잘 모르겠군. 이 후타바산에 그런 게 있다는 건가?"

오오야기가 굵은 팔로 팔짱을 끼고 다시 입을 열었다.

"혹시 이 산에서 실제로 벌어졌던 중학생 피살사건을 기억하십니까? 벌써 몇 년이 지났는데, 당시엔 전국적으로 꽤나 떠들썩한 사건이었어요."

"중학생 피살사건이라고?"

"네. 이 산에 캠핑을 왔던 중학생 일행 중에 네 명이 행방불명되었는데, 나중에 무참히 살해된 사체로 발견되었죠."

"그러고 보니……."

"생각나셨나 보군요."

"음……. 맞아, 그런 일이 있었지."

이소베가 고개를 끄덕거렸다.

"그게 바로 이 산에서 발생한 사건이었군."

"그렇습니다."

오오야기가 진지한 얼굴로 고개를 끄덕였다.

"나중에 산속에서 발견된 학생들의 사체는 차마 눈뜨고 보기 힘들 정도였다고 해요. 팔과 다리가 잘렸거나 배가 갈라졌거나 목이 잘리기도 한……. 경찰의 필사적인 수사에도 불구하고 범인은 끝내 잡히지 않았어요. 더구나 네 명 중한 명은 끝내 찾지 못했지요. 시체로 버려진 상태에서 산속의 짐승들에게 습격을 당한 게 아니냐는 의견도 있었죠. 하지만 수사 당국의 최종적인 견해는 우연히 이 산에 들어왔던 정신이상자의 소행일 거라는 추측이었습니다. 꽤나 궁색한 결론이지만, 그들도 뾰족한 수가 없었던 거겠죠. 그건 그렇고, 그 사건을 계기로 이곳 후타바산에 관한 온갖 흉흉한 소문이 돌기 시작했어요. 실은 제 고향이 이 근처라 그런 이야기를 의도치 않게 많이 들었거든요. 예를 들면……."

이때 아카네의 뇌리에 문득 다음 이야기를 듣고 싶지 않다는 생각이 스쳤다. 그녀는 모닥불 반대편에 서 있는 오오야기의 얼굴에서 눈을 돌리며 무심결에 고개를 흔들었다.

순간 그녀의 마음속에서 들끓는 감정은 강한 공포이자 무엇인가에 대한 불길한 예감이기도 했다. 뭔가 분명한 이유는 알 수 없지만, 오오야기가 시작하려는 말이 여기서는 절대 해서는 안 되는 이야기이자 누구도 들어서는 안 되는 이야기로 느껴졌다.

그런데 바로 그때였다. 아카네의 귀에서 마치 그녀의 말에 공명을 하듯 이런 음성이 스쳤다.

〈……그만.〉

갑자기 창백해진 아카네의 얼굴을 발견하고 옆에 앉아 있던 마미야가 걱정스럽게 물었다.

"누나, 왜 그러세요? 어디 안 좋으세요?"

아카네는 고개를 살짝 흔들며 괜찮다고 말해 주었다. 오오야기가 계속 말을 이었다.

"그 사건 이후로 의견이 분분했지요. 이 땅이 사악한 기운으로 가득 찼다느니 귀신의 기운이 강하게 흐른다느니 하는 얘기들이었죠. 이 마을의 노인들 중에는 그런 미신 같은 이야기를 아주 진지하게 늘어놓는 사람들도 많다네요. 그들의 말에 따르면, 이 산에는 사람을 잡아먹는 악마가 살고 있다고 해요. 그게 중학생들을 무참하게 죽인 범인이라고요. 후타바산에는 무서운 악귀가 살고 있는데, 경찰의 예상처럼 우연히 이 산에 들어온 게 아니라 예전부터 이 산에 존재했다는 거죠. 그러니 산속에 깊이 들어가서는 안 돼요. 그랬다가는 분명히 엄청난 재앙이 닥칠 테니까요."

스도가 길게 하품을 하며 툭 말을 던졌다.

"에이, 무슨 〈13일의 금요일〉도 아니고……."

오오야기는 스도의 도발에 별로 발끈하지도 않고 이야기를 계속해 나갔다.

"다른 소문에 따르면, 영화 〈13일의 금요일〉 속의 제이슨 같은 살인마가 이 산에 살고 있다고 해요. 차라리 그게 악귀보다야 현실적이지 않겠어요?"

"살인귀라니, 너무 어처구니없는 이야기예요."

스도가 연신 머리를 흔들며 말했다.

"이 산속에서 산다고요? 대체 그놈은 여기서 뭘 먹고 살아간답니까? 애초에 정체는 또 뭐고요. 정신병원에서 탈출한 환자라는 식의 진부한 설정인가요?"

"그래, 맞아. 확실히 그런 이야기도 있지!"

오오야기는 여전히 진지한 얼굴이었다.

"그 밖에도 살인귀의 정체에 관한 다양한 소문이 있어요. 옛날에 산에 살던 나무꾼의 딸이 곰과 사랑을 해서 낳은 아이라는 얘기도 있지요. 또 후타바산에 살던 요괴의 후손이라는 말도 있고……."

"하……."

"이런 이야기도 있어요. 2차 세계대전 때 이 산속에 일본 군의 비밀연구소가 있었다더군요. 그곳에 군사용으로 개발된 무서운 약품이 있었다고 해요. 극소량만으로도 사람의 정신을 광기에 빠지게 하는 약이었대요. 그 약이 산속 어딘가에 남아 있어서, 일부 등산객들이 영향을 받아 살인귀로 변했다는 거예요. 그런가 하면, 2차 세계대전이 끝나고 상당히 오랫동안 외부에 노출되지 않은 비밀연구소가 있었다는 말도 있어요. 거기서 유전자 조작을 비롯한 생물화학 실험에다 인체 실험까지 극비리에 이뤄졌다는 소문이……."

스도가 정말 같잖다는 듯이 코웃음 쳤다.

"그 결과, 프랑켄슈타인 같은 괴물이 탄생했겠네요? 지금 시대에 그런 얘기는 B급 호러 영화 소재거리도 못 됩니다."

"뭐, 그것도 틀린 말은 아니겠지만……."

오오야기는 쓴웃음을 지었다가 이내 굳은 표정으로 돌아왔다.

"아무튼 후타바산의 살인귀의 정체를 둘러싸고 여러 가지 소문이 있다는 것만 알면 돼요. 대부분 허황된 내용이지만 중학생 피살사건 뒤로 이 부근에서 몇 건의 행방불명 사건이 더 발생한 건 사실이에요. 그중에 해결된 사건은 아직 하나도 없어요."

"다른 행방불명 사건이 있다고? 그게 정말인가?"

이소베가 물었다.

"네, 선생님. 모르셨습니까? 이 후타바산은 예전엔 캠핑장도 있어서 사람들이 제법 많이 찾던 곳이 었어요. 하지만보시다시피 지금은 이렇게 황량해졌죠. 하도 불길한 소문이퍼지자 방문객이 급격히 줄어든 겁니다. 이 산장만 해도 그래요."

오오야기가 그렇게 말하며, 불길이 약해진 모닥불 너머로까만 어둠에 휩싸인 산장을 턱으로 가리켰다.

"예전엔 관리가 잘되던 곳인데, 지금은 저렇게 허름하게변했습니다. 하기야 요즘에 자진해서 악마의 산에 오르려는사람이 얼마나 되겠어요? 바로 이런 곳에 우리 일행이 멋도모르고 올라온 겁니다. 저는 사실 처음부터 여기 오는 걸 찬성하지 않았거든요."

오오야기가 잠시 말을 끊었다. 모두들 두려운 눈으로 어두운 하늘을 바라보며 저마다의 생각에 잠겨 있었다. 그런이야기를 곧이곧대로 믿는 사람은 없겠지만, 한편으로는 모두의 머릿속에 불안한 생각이 스치는 것도 사실이었다.

"이렇게 해서 제 이야기는 끝났습니다. 이 산 어딘가에 잠들어 있을 살인귀를 깨우지 않도록, 다들 조심하자고요."

스도가 코웃음을 치며 말했다.

"그게 무슨 상관입니까? 후타바산의 살인귀가 정말로 존재한다면, 오히려 꼭 나타나 줬으면 좋겠네요. 다 함께 기념 촬영도 하고요. 그때는 제가 실력 발휘 좀 해야겠네요."

스도가 익살스럽게 말했다. 아카네는 그의 말을 들으며 다시 한 번 정체 모를 강한 두려움과 예감에 사로잡혀서 자기도 모르게 이렇게 내뱉었다.

"아아…… 안 돼. 그만해."

그러자 이번에도 그녀의 귀에서 메아리처럼 같은 소리가 울렸다.

〈……아아, 안 돼. 그만해.〉

그때 스도가 장난스럽게 다시 입을 열었다.

"만약 살인귀가 정말로 나타났다고 치고, 우리들 중에서 첫 피해자가 누가 될지 내기라도 해볼까요?"

아카네는 눈을 질끈 감으며 마음속으로 연신 되뇌었다.

'안 돼……'

그러자 이번에도 그녀의 귀 안쪽에서 그 말을 따라 하듯 메아리치는 목소리가 들려왔다.

〈안 돼.〉

'안 돼.'

〈안 돼.〉

'안 돼, 그만해……'

"안 돼."

아카네가 무심결에 입밖에 내어 말했을 때, 모닥불 안에서 장작이 요란하게 튀더니 새빨간 불똥이 튀어 오르며 아카네 쪽으로 날아들었다. 아카네는 깜짝 놀라며 몸을 피하다가 몸의 균형을 잃고는 양손을 땅에 짚었다. 그 순간 아카네는 오른손에 느껴지는 고통에 입술을 깨물었다.

"아얏……."

"어, 누나! 괜찮아요?"

마미야가 아카네를 향해 손을 뻗으며 소리쳤다. 아카네는 이내 통증의 원인을 찾아냈다. 땅에 손을 짚는 순간 검지의 끄트머리를 돌멩이 모서리에 벤 것이었다. 가늘고 길게 찢어진 손끝 상처에서 피가 배어 나왔다. 붉게 흔들리는 불꽃이 비추자 새빨간 피가 짙은 회색처럼 보였다.

"괜찮아요?"

마미야가 다시 물었다.

"응, 괜찮아, 고마워."

아카네는 고개를 살짝 끄덕인 뒤에 다친 손끝을 입으로 물었다. 혀에 감기는 피맛은 낮에 흘렸던 땀보다 싱거우면서 살짝 쇠 냄새가 났다. 이소베 부인이 자리에서 일어나 아카네에게 다가왔다.

"제대로 소독해야 하는데……. 어머, 안색이 안 좋잖아?"

"그래 보여요?"

"몸이 안 좋아요?"

"조금 피곤한 것 같아요."

이소베 부인이 아카네의 가냘픈 어깨에 손을 얹으며 말했다.

"그만 쉴래요? 나도 슬슬 졸리던 참이니 산장으로 같이 돌아가요."

"네. 그게 좋겠어요."

아카네가 힘겹게 몸을 일으킨 뒤 이소베 부인 손에 이끌려 자리를 벗어났다.

3.

누군가가 그를 부르는 소리가 들렸다. 아니, 그런 느낌이 들었다. 돌연 심장이 크게 고동쳤다.

두근.

두근.

두근……

그는 한없이 깊은 어둠 속에서 눈을 떴다. 그가 누구인지 아는 사람은 아무도 없었다. 그 자신조차 그것을 알지 못했다. 그는 자신이 언제 어디서 태어났는지 알지 못했다. 자신의 정체에 대해 생각해본 적도 없었다. 그럴 필요성조차 느끼지 않았다.

다만⋯⋯.

만약 그가 평범한 사람들과 똑같은 상식을 가졌다면, 그래서 선과 악이나 신과 악마 같은 개념을 이해했다면 틀림없이 이렇게 생각했을 것이다.

나는 악마의 자식이라고⋯⋯.

이 세상에 그가 누구인지 아무도 모른다. 이 세상에 언제 어떻게 나타났는지 아무도 모른다.

살인귀.

아무튼 우리는 그를 그렇게 부를 수밖에 없다. 그것이야말로 그의 본성을 액면 그대로 대변해 주는 유일무이한 단어였다.

4.

자정을 지난 깊은 밤, 모닥불 주위로는 세 명의 남녀만이 남아 있었다. 오오야기 데츠오, 스도 도시히코, 그리고 지토세 에리였다. 장작도 거의 바닥이 나서 모닥불은 약하게 타오르고 있었다. 지토세가 검붉게 타오르는 불꽃에서 눈을 돌려 밤하늘을 올려다보았다.

"아, 달이 떴네."

방금 전까지 계속 구름에 가려져 있던 탓에 그녀는 하늘에 뜬 둥근 달을 오늘 밤 처음으로 알아보았다.

"야, 정말 탐스러운 보름달이야."

옆에 앉은 두 남자가 맞장구를 쳤다.

"멋지다. 별도 저렇게 잔뜩 있고……."

지토세는 밤하늘을 올려다본 채로 양손을 들어 천천히 뒷머리를 묶었다. 달빛 아래로 드러난 복숭앗빛 목덜미에 두 남자의 시선이 집중되었다. 지토세는 취기가 돌아 멍한 머리로도 둘의 뜨거운 시선을 또렷이 의식하고 있었다. 그녀는 지면에 내리꽂히는 푸른 달빛에 눈을 가늘게 떴다. 그녀의 내면까지 스며든 달빛이 마음을 묘하게 뒤흔들었다.

"아, 산책하러 가고 싶다……."

그녀가 살며시 중얼거렸다. 그 말은 두 남자에게 꽤나 도발적으로 들렸을 것이 틀림없었다. 그녀는 곁눈질로 둘의 반응을 살폈다.

담배를 문 채 성냥을 만지작거리는 오오야기와 머리 뒤로 양손을 깍지 낀 채 주변을 둘러보는 스도……. 두 사람 모두 자신의 말 한 마디에 안절부절못하는 것을 보며 지토세는 가벼운 만족감을 느꼈다.

그들은 그녀가 싫어하는 스타일은 아니었다. 그럴 의도로 이 모임에 참가한 건 아니지만 뭐, 잠깐 놀아 보는 것도 그리 나쁘지 않으리라.

'맞아……'

자신도 모르게 입가에 미소가 머금어졌다. 그녀는 다시 한 번 머리 위의 보름달을 올려다보았다.

그때였다. 스도가 살짝 당돌한 말투로 물었다.

"지토세는 누구를 선택하고 싶은데?"

이번 모임에서 처음 만났지만 술자리가 시작되었을 때부터 그는 이미 그녀의 이름을 편하게 부르고 있었다. 지토세가 짐짓 시치미를 떼며 되물었다.

"선택이라뇨?"

"방금 산책하러 가고 싶다고 했잖아."

스도도 혀가 꼬여 있는 말투로 물었다. 그는 정신 차려야겠다는 듯이 홍조 띤 뺨을 연신 손으로 비벼대고 있었다.

"오오야기 씨와 나 둘 중에 누굴 파트너로 지명할 거냐고 물은 거야."

"나는 그런 의도로 말한 게 아닌데……."

"셋이서 우르르 가봐야 무슨 재미가 있겠어?"

"그건 그렇군."

오오야기도 기꺼이 찬성한다는 식으로 말을 받았다. 그

역시 꽤 많은 술을 마셨는데, 스도와는 달리 멀쩡해 보였다.

"그럼 지토세의 선택에 따라 한 사람은 순순히 물러나 주기로 하자고. 어때? 스도!"

"뭐예요, 마치 자기가 선택되었다는 듯이……. 지토세, 아직 결정된 건 아니지?"

오오야기가 자신 있다는 듯이 말했다.

"간단해. 나와 스도 중에서 누가 좋은지 말하면 돼."

"그건……. 너무 갑작스럽잖아요."

지토세가 두 사람을 의미심장한 시선으로 흘려보았다. 달빛을 머금은 지토세의 표정이 너무도 매혹적이어서, 스도는 다시 한 번 꿀꺽 침을 삼키며 말했다.

"깊이 생각할 것 없어. 가볍게 산책하러 가는 거니까."

스도가 웃으며 말을 이었다.

"보름달이 뜬 밤에 재미로 해보는 놀이라고 생각하라고."

"아이, 너무 곤란하잖아요."

"이런, 그럼 우리 두 사람 다 차인 건가?"

"그건 아니지만……."

지토세가 애매하게 고개를 저었다. 어느 쪽이든 상관없다고 대답할 수는 없었다. 그렇다고 TV에 나오는 예능 프로그램처럼 대놓고 한 사람을 선택할 필요는 더욱 없었다. 지토세의 의도적인 망설임이 길어지자 스도가 말했다.

"흠, 그럼 이렇게 하는 게 어때요? 내기를 합시다. 오오야기 씨, 어떻습니까?"

'결투라도 하려는 걸까?'

지토세는 순간적으로 그런 생각을 떠올렸지만 금방 아니라는 것을 깨달았다. 스도는 아무리 봐도 그런 부류의 남자는 아니었다. 지상의 모든 남자들이 서로 싸우기 시작한다 해도 그는 혼자 높은 곳으로 피해 관망할 위인이었다.

"무슨 내기?"

오오야기가 묻자 스도는 빨간 블루종 재킷 주머니를 뒤지며 대답했다.

"동전으로 하죠. 동전을 던져서 앞뒷면으로 내기를 하죠. 누가 이기든 서로 원망하기 없기입니다."

"그래, 좋아. 그러자!"

뭐, 그것도 그리 나쁘진 않겠네. 그런 생각을 하며, 지토세는 멘톨 담배 한 개비를 입에 물었다. 요시에 언니라면 어느 쪽을 선택할까? 문득 궁금해졌다. 언니도 상당한 바람둥이인 만큼, 지금쯤 누군가와 달콤한 밤을 보내고 있을지도 몰랐다. 지토세는 담배에 불을 붙이고는 무심결에 산장 쪽으로 눈을 돌렸다. 창문은 불이 꺼져 있었다. 먼저 들어간 사람들은 이미 다들 잠든 것 같았다.

그때였다. 푸른 달빛 아래로 드러난 산장 뒤편에서 뭔가가 스윽 하고 움직이는 것 같았다. 뭘까, 지토세가 조금 놀라며 시선을 집중해서 어둠 속을 살폈다. 그러나 아무것도 움직이지 않았다. 분명히 뭔가 움직이는 걸 봤는데, 그게 뭐였을까?

누군가 산장 밖으로 나온 것일까? 아니면 숲속에 살고 있는 동물이 접근해온 것일까? 고등학교 시절 친구들과 산에서 캠핑을 하다 밤중에 숲속에서 너구리가 튀어나오는 걸 본 적이 있었다. 그렇겠지, 산에 사는 동물이겠지.

탕 하고 동전 튕기는 소리가 나자 지토세는 다시 눈을 돌렸다. 동전을 튕긴 건 스도였다. 떨어진 동전을 왼쪽 손등으로 받아 내는 동시에 오른손으로 그 위를 덮었다. 그가 오오야기에게 물었다.

"앞면과 뒷면 중에 어느 쪽을 고르실 거죠?"

"뒷면!"

오오야기가 대답했다.

"좋아요, 그럼 저는 앞면입니다."

스도는 자신만만하게 덮고 있던 오른손을 들었다. 오오야기가 웃었고, 스도는 탄식하며 어깨를 으쓱거렸다.

"하하, 미안하게 됐군. 내가 이겼어!"

그건 딱 절반의 확률이었다. 하지만 이때의 사소한 우연이 낳은 결과가 그들의 미래를 얼마나 크게 바꾸어 놓을지,

그 자리에 있는 세 사람은 전혀 모르고 있었다.

5.

뭔가 몹시 스산한 밤이다…….

오오야기는 취기로 흐려진 머릿속으로 생각했다. 어제 모임에서 처음 인사를 나눈 뒤부터 지토세에게 관심이 갔던 건 사실이었다. 약간 노는 여자인 듯한 느낌이 나긴 해도 괜찮은 여자인 건 틀림없어 보였다. 모임에 함께 참가한 아카네 유미코가 가엾게 보일 만큼, 그녀는 온몸에서 젊고 아름다운 여성적인 매력을 한껏 발산하고 있었다.

그런 지토세와 단둘이 시간을 보낼 기회가 의외로 빨리 찾아왔다. 그녀가 무슨 생각을 하고 있는지는 알 수 없지만, 아무래도 좋다. 자기가 먼저 내기를 제안해 놓고 꽝을 뽑아 버린 스도에게는 미안한 일이지만, 오오야기에게는 아무튼 행운이었다. 그래도 뭔가 이상했다. 분명히 가슴이 설렐 만한 상황임에도 뭔지 모를 스산한 느낌이 사라지지는 않았다.

스산한 기분, 스산한 밤.

뭐랄까, 사람의 의지와는 별개로 눈에 보이지 않는 뭔가에 의해 모든 걸 조종당하고 있는 것만 같았다. 스도를 남겨둔 채 지토세와 단둘이 걷기 시작했을 때도 한동안은 그런 감각이 사라지지 않았다.

달빛과 별빛이 산을 비춰 주고 있어서 산길은 꽤 밝았다. 그들은 손전등도 필요 없이 한 줄기 산길로 접어들었다. 조금 더 걸어 들어가니, 길은 폭이 좁아져서 두 사람이 겨우 나란히 걸어갈 만한 정도였다. 거기서 조금 더 걸어 들어간 두 사람 앞에 가파른 오르막길이 나타났다. 우거진 나무 그늘 밑으로 들어가자 사방이 서서히 어두워졌다. 지토세가 불안한 듯이 물었다.

"어디까지 가려고요?"

"저 앞에 전망 좋은 곳이 있거든요. 별이 아주 잘 보이죠."

"그런 걸 어떻게 아는데요?"

"아까 낮에 잠깐 돌아다녀 봤어요. 왜, 어두워져서 무서운 거예요?"

"그건 아니지만, 길을 잃진 않겠죠?"

"걱정할 것 없어요. 산길이라면 자신이 있으니까."

오오야기는 등산용 반바지 위를 손으로 탁 치며 말했다.

"고등학교 때 등산 동아리 소속이었어요. 이소베 선생님이 바로 그때의 담당 선생님이셨어요."

"아, 그렇군요."

"솔직히 말해서, 나는 이번 모임이 별로 내키지 않았어요.

그런데 이소베 선생님이 하도 끈질기게 설득을 하는 바람에……. 내가 어릴 때부터 의리라면 껌뻑 죽는 스타일이다 보니 도저히 거절할 수가 없더라고요."

밤의 산등성이는 시원하다 못해 긴팔 셔츠를 입고 있는데도 조금 쌀쌀할 정도였다. 하지만 오르막길을 오르는 사이 몸이 점점 덥혀졌다. 셔츠 밑이 땀으로 살짝 젖었을 때, 양옆을 메우던 나무들의 끝이 보였다. 경사가 완만해지며 길의 폭이 훨씬 넓어지더니 갑자기 시야가 확 트였다.

자연이 만들어낸 테라스 같은 장소가 나타났다.

하늘을 가득 메운 별들의 반짝임을 보며 지토세가 환호성을 질렀다. 길옆에 적당한 바위가 있어 두 사람은 그곳에 나란히 앉았다.

"저기 말이죠, 난 원래 이번 여름휴가 때 사이판에 가려고 했어요."

지토세가 말했다.

"남자친구랑?"

"아니요. 언니랑요."

"그런데 왜 이번 모임에 오게 된 거죠?"

"지난달에 비행기 추락사고가 있었잖아요. 두 번이나 연속으로."

"아……."

"그 비행기들에 우리 회사에 근무하는 상사가 타고 있었어요. 공교롭게도 두 번 모두."

"두 번 모두?"

"네. 엄청난 우연이죠? 그래서 올해는 그만두는 게 낫겠다 싶어서 예약을 취소했어요. 마침 그때 이번 모임에 대한 안내서가 왔고요."

"흐음. 의외네요. 안 그래 보이는데, 미신을 꽤 믿나 봐요?"

"늘 그런 건 아니지만요."

지토세는 조금 발끈한 듯이 목소리를 높였다.

"절대 그런 식으로 죽고 싶진 않거든요."

"그야 뭐, 누구든 그렇게 생각하겠지……."

"추락사고로 죽은 사람의 사진을 본 적이 있어요. 얼마나 참혹하던지……. 팔다리가 전부 찢겨나가고, 얼굴도 원형을 알아볼 수 없었어요."

오오야기가 셔츠의 윗주머니에서 담배를 꺼내 입에 물고 성냥을 그었다. 그러나 바람이 강해서 좀처럼 불이 붙지 않았다. 지토세가 조용히 라이터를 꺼내 불을 붙여 주었다.

"아, 고마워요."

오오야기가 가볍게 머리를 긁적였다.

"나도 라이터가 있었는데, 어디서 떨어뜨렸나 봐요."

"아까 캠프파이어할 때 오오야기 씨가 살인귀 어쩌고 하는 이야기를 했잖아요."

지토세가 우아한 손동작으로 담배를 꺼내며 말했다.

"그 이야기 어디까지 진짜예요?"

"아아, 그거요."

오오야기가 쓴웃음을 지었다.

"제법 재미있는 이야기였지요?"

"전부 지어낸 얘기인가요?"

"아니, 완전히 엉터리는 아니에요. 몇 년 전에 후타바산에서 중학생이 피살당한 사건을 신문에서 읽은 기억이 났어요. 그걸 전후로 몇 사람이 행방불명되었다는 것도 사실이고요."

지토세는 박하향이 나는 담배연기를 조용히 피워 올리며 주변을 둘러보았다.

"후타바산의 살인귀에 관한 잡다한 소문은 아까 이야기한 대로 상당히 조잡한 내용들뿐이에요."

"범인이 안 잡혔다는 것도 진짜인가요?"

"사실이에요."

"그 후로 이 산에 올라오는 사람들이 줄어들었다는 이야기도요?"

"실은 그 이야기를 그저께 우리 형한테 들었어요. 형은 이 근처에 사는 큰아버지한테 전해 들었다고 하더군요. 그런데 실제로 와보니 산장도 심하게 허름해 보였잖아요? 아까도 이야기했지만 예전엔 제법 번성하던 곳인데……. 산 이름에서 따온 별명도 있었다나 봐요."

"아아, 그 이름은 저도 이소베 선생님한테 들었어요."

"그런데 지금은……. 다른 등산객도 전혀 안 보이고."

"그러네요."

"무서워요?"

"조금요."

지토세가 입에 몇 번 대지도 않은 담배를 바위 모서리에 비벼 끄고는 후훗 하고 낮게 웃었다.

"그래도 조금 스릴이 있어서 좋은 것 같기도 하네요."

비행기 사고가 두려워 여행을 취소했다는 심리와는 다소 모순되는 이야기였다.

"정말로 그 살인귀가 나타나면, 어떻게 할 거죠?"

오오야기가 과장된 말투로 묻자, 지토세가 낮게 웃으며 대답했다.

"오오야기 씨를 방패 삼아 도망쳐야죠."

6.

스도는 아직도 꺼지지 않고 연기를 피워 올리는 모닥불 옆
에 홀로 앉아 종이컵에 담긴 위스키를 천천히 들이켰다.

몹시 취했다는 걸 자신도 잘 알고 있었다. 이쯤에서 그만
마시지 않으면 위험하다는 생각도 했다. 이소베 부인과 아카
네가 산장에 들어간 뒤 술에 취해 인사불성이 된 이소베의
모습이 떠올랐다. 그때까지만 해도 멀쩡하게 이야기를 나누
다가 갑자기 혀가 꼬이나 싶더니, 땅에 풀썩 엎어지고 말았
다. 다른 사람들에게 그런 추태를 보이고 싶지 않았다. 이런
산속까지 와서 숙취로 고생하기라도 하면 정말 최악이다.

"마지막 한 잔만 마시고 그만 들어가볼까?"

그는 이렇게 혼잣말을 하며 물을 타지 않은 위스키를 생
으로 들이켰다. 목에서 식도로 떨어지는 알코올의 뜨거움을
음미하면서, 아직도 오른손에 쥐고 있는 500엔짜리 동전을
노려보았다.

"젠장, 운도 없지……."

덕분에 그 여자를 오오야기에게 빼앗긴 거나 다름없었다.
지금쯤 두 사람은 어디서 무엇을 하고 있을까? 지토세의 심
야 데이트 파트너는 자신의 차지여야 했다. 그런데 우연의
신은 오오야기의 손을 들어주고 말았다.

스도는 철저한 현실주의자를 자처하는 사람이었다. 아까처럼 무서운 이야기를 하는 자리에서는 일종의 놀이일 뿐이라는 마음으로 괴담을 늘어놓았지만, 사실 그는 심령 현상이니 초자연 현상이니 하는 것에 지극히 냉소적인 태도를 취하고 있었다. 유령이니, 초능력이니, UFO니 하는 것은 물론이고 점 같은 미신에도 전혀 관심이 없는 그였다. 그런 건 애초부터 말도 안 되는 이야기니까……

하지만 한편으로 자신의 운에 대해서는 현실주의자답지 않은 자신감을 갖고 있기도 했다. 사실 그는 매우 운이 좋은 사람이었다. 그뿐만 아니라 그의 가족들, 아버지와 어머니, 그의 형 야스히코까지 남들에 비해 상당한 행운의 소유자들이었다.

"운이 좋은 건 우리 집안의 내력이야."

그의 아버지는 틈만 나면 이렇게 말했다.

그는 유복한 환경에서 아무 불편함 없이 살아왔다. 얼굴도 잘생긴 편이어서 여자들에게 인기도 많았다. 노력이라는 말은 딱 질색이었다. 대학입시 때는 제대로 공부도 하지 않았는데 덜컥 1지망이던 유명 사립대에 합격해 선생님들에게 기적이라는 말까지 들었다. 주변에서 크고 작은 사고가 일어날 때도 그는 혼자 무사했다. 매사가 별 탈 없이 흘러왔고, 앞으로도 그럴 것이라고 믿었다. 사진작가를 자처하며 이대로 적당히 살다 보면 언젠가 정말로 기적처럼 앞길이 열릴 것이라고도 믿었다.

그는 도박을 하면 종류가 무엇이든 잘 이겼다. 기술이나 심리전에 뛰어난 게 아니라 순수하게 확률적인 부분에서 압도적으로 강했기 때문이다. 지금까지 그가 내기에서 호각세를 이루었던 상대는 단 두 사람뿐이었다. 바로 아버지와 형이었다.

그래서 조금 전 오오야기에게 대결을 제안했을 때에도 스도는 자신의 승리를 믿어 의심치 않았다. 동전을 허공에 던져서 손바닥에 떨어지는 순간에 앞면이냐 뒷면이냐를 맞히는 일이라면 어설픈 속임수 없이도 이길 거라고 예상했었다. 하지만……. 그는 쓸쓸한 미소를 지었다. 달빛 아래서 매혹적으로 머리를 올려 묶던 지토세의 새하얀 목덜미가 뇌리를 스쳤다. 스도는 괴롭게 혀를 차며 남은 위스키를 입에 털어 넣었다.

'뭐, 어쩔 수 없지…….'

오늘 밤은 평소와 다르게 조금 운이 안 좋았던 것뿐이다. 게다가 지토세란 여자가 확실히 매력적이긴 해도 남자들과 많이 놀아본 것 같았다. 그러니 오늘 밤 정도는 오오야기에게 양보해도 나쁠 건 없을 것이다. 스도는 과장되게 어깨를 으쓱거리며 오른손의 동전을 허공에 던졌다. 그리고 같은 손으로 그것을 받아내며 주먹을 쥐었다.

"뒷면!"

중얼거림과 동시에 주먹을 펼쳤다. 동전은 앞면을 향하고 있었다.

"흐음, 오늘 밤은 되는 게 하나도 없네……."

스도는 방금 전의 결심을 까맣게 잊어버린 채 종이컵에 또 술을 가득 따랐다.

오늘 밤은 정말로 운이 없는 듯했다.

7.

"키스해 줘요."

갑작스레 흘러나온 말이었다. 오오야기는 조금 당황하면서 지토세의 표정을 살폈다. 그녀는 오오야기가 아닌 밤하늘 쪽을 황홀한 눈빛으로 올려다보고 있었다. 시선을 쫓아가자 그곳에 눈부시게 반짝이는 둥근 달이 있었다.

"키스해 줘요, 빨리요!"

지토세가 달빛에 눈을 가늘게 뜨며 되뇌었다. 오오야기가 어떻게 대답할지 몰라 망설이는 사이에, 그녀가 갑자기 정신이 아득해질 만큼 요염한 미소를 머금으며 그를 보았다.

달콤한 향수 냄새가 밤공기에 뒤섞여 코를 간지럽혔다.

"싫어요?"

지토세는 오오야기의 굵은 왼팔에 팔짱을 꼈다.

"나를 안아 주고 싶지 않아요?"

오오야기가 어쩔 줄 몰라 더욱 당황하자, 그녀는 피식 웃었다. 그녀는 자신보다 머리 하나는 더 큰 오오야기의 얼굴을 슬며시 올려다보았다.

"안아 달라니까요, 어서요……."

"지금? 여기서?"

"안 돼요?"

"아니, 그게 아니고……."

그가 오른손으로 셔츠 윗주머니의 담배를 찾으려다 말았다.

"너무 갑작스러워서."

"오오야기 씨는 처음부터 하나씩 착실하게 진도를 밟아 나가야 직성이 풀리는 사람인가요?"

"그런 건 아니지만, 나에 대해 아무것도 모르잖아. 우린 오늘 처음 만났을 뿐이고……."

"서로 애인인 척 연기하자는 게 아니에요."

지토세가 길게 한숨을 뱉으며 말했다.

"뭐, 다른 조건은 없어요. 그냥 지금 당신을 갖고 싶어요."

오오야기는 자신을 바라보는 그녀와 시선을 마주쳤다. 푸른 어둠 속에서 달의 이슬에 젖은 그녀의 눈은 오오야기의 마음속을 전부 들여다보는 것처럼 기묘한 빛을 띠고 있었다.

"이런 식으로…… 아무하고나 쉽게 자는 거야?"

"그렇게 말하지 말아요. 하지만 그래요, 그건 맞아요."

지토세는 다시 하늘을 올려다보았다.

"달이 무척 둥글고 커요. 저런 달이 뜰 때면 난 견딜 수 없게 되거든요. 왠지 내가 나 자신이 아니게 되는 것 같아요. 이상하죠? 무슨 늑대인간도 아니고."

"달빛은 사람을 미치게 한다고도 하지. 그런데……."

"그거랑 똑같은 말을 지금까지 세 번 들어봤어요."

"지금 같은 상황에서 말이야?"

"뭐 그렇죠. 이런 건 역시 이상하다고 생각해요?"

오오야기가 침을 꿀꺽 삼키며 떨리는 목소리로 말했다.

"흐음, 아까 동전 던지기를 할 때 만약 스도가 이겼다면, 그 녀석하고도 이런 상황이 됐을 거라는 얘기인가?"

"촌스러운 말은 그만둬요."

지토세는 앉아 있던 바위에서 엉덩이를 떼며 오오야기의 목덜미를 양팔로 끌어안았다.

"달이 웃잖아요."

뭐라 대답할 틈도 없이 붉고 보드라운 입술이 오오야기의 입을 틀어막았다. 과거에 오오야기가 섹스를 했던 그 어떤 여자보다도 립스틱 맛이 씁쓸했다.

그녀가 일단 입술을 떼자, 이번에는 오오야기가 다시 지토세의 입술을 탐했다. 그녀는 만족스럽게 눈을 감았다. 오오야기는 턱에서 목덜미까지를 혀와 입술로 훑어 내려가며 까만 블라우스 위로 가슴을 만졌다. 겉으로 보기보다 풍만한 감촉이었다.

그때였다. 오오야기는 움찔했다. 문득 아까의 스산한 느낌이 그의 뇌리를 스쳤기 때문이다. 뭔가에 모든 걸 감시당하는 느낌이랄까? 누군가 이곳을 들여다보고 있다는 느낌? 하지만 그것도 한순간이었다. 오오야기와 지토세는 마치 둑을 터뜨린 격렬한 물줄기에 집어삼켜지듯이 어둠 속에 퍼지는 쾌락의 그물에 사로잡혔다.

신음소리가 점점 커지고 있었다.

8.

그는 밤의 어둠에 섞여서 모든 광경을 지켜보고 있었다.

정상적인 인간의 마음을 갖지 못한 그는 두 사람이 벌이는 행위의 의미를 올바로 이해할 수 없었다. 그러나 그곳에 휘몰아치는 에너지가 그를 지배하는 사악한 충동과 합세하여 그것을 더욱 증폭시키는 것만은 확실했다.

　나는 무엇을 위해 이곳까지 저 두 사람을 쫓아왔을까?

　물론 그것은, 죽이기 위해서였다.

　그들에 대한 증오나 분노가 있는 것은 아니었다. 그의 내면에 그런 감정은 존재하지도 않았다. 죽인다. 죽이는 방법은 잔혹할수록 좋다. 단지 그것뿐이었다. 오직 그것만을 위해 그는 오늘 밤 어둠 속에서 눈을 뜬 것이었다.

　그의 손에는 지금 두 가지 물체가 쥐어져 있었다.

　왼손에는 커다란 도끼가 있었다. 산장 뒤쪽에 있는 헛간에서 오랫동안 방치되었던 물건이었다.

　그리고 오른손에는 길이 약 1미터 정도, 굵기가 10센티미터 정도 되는 나무로 만든 봉이 있었다. 산장 주변의 땅에 박혀 있던 말뚝을 하나 뽑아서 가져온 것이었다.

　그는 숨죽인 채로 음탕하게 헐떡이는 두 그림자를 묵묵히 지켜보았다. 밤하늘 위로 흘러가던 구름이 이윽고 달을 감추었다.

9.

두 사람은 자기들이 알고 있는 것 이상으로 많이 취해 있었다. 게다가 달빛의 마력이 정말로 두 사람의 마음에 작용을 한 것인지도 모른다. 그날 밤, 그 산이라는 시간과 장소가 만들어낸 수상한 뒤틀림 속으로 빨려 들어간 결과였는지도 모른다.

그들은 이미 원시적인 욕망을 채우는 수컷과 암컷일 뿐이었다. 꼿꼿하게 발기된 오오야기의 페니스가 바지 밖으로 빠져나오자 지토세는 일단 몸을 떼고 아랫도리에 걸치고 있던 옷들을 전부 벗어던졌다. 까만 블라우스는 이미 마음껏 풀어헤쳐져 있었다. 뒤틀린 속옷에서 삐져나온 하얀 유방이 오오야기를 더욱 흥분시켰다. 바위에 앉은 오오야기의 무릎 위로 지토세가 스스로 올라탔다.

"아아……."

그녀가 아련하게 목소리를 떨었다.

"뭔가 이상해요. 정말로…… 이상해요. 내가……."

지토세의 아랫부분은 아까부터 계속된 애무로 충분히 젖어 있었다. 오오야기가 상반신을 안아 올려 체중을 지탱해주자 그녀는 페니스를 한 손으로 잡아 방향을 맞추고 천천히 허리를 내렸다. 더욱 높은 신음소리가 흘러나왔다.

이윽고 오오야기는 그의 허리를 휘감아 오는 지토세의 양다리를 아래쪽에서 받쳐 들더니 아랫부분의 결합을 유지한 채로 바위에서 몸을 일으켰다. 지토세는 오오야기의 목덜미를 양팔로 끌어안으며 비명 같은 신음소리를 냈다.

오오야기는 그 상태로 한 걸음 앞으로 나아갔다. 무거운 진동이 허리에 전해지며 그녀의 아래쪽을 찔렀다. 지토세의 몸집이 비교적 작다 보니, 두 사람의 체격 차이는 마치 어른과 아이 같았다. 그래서 오오야기가 그런 식으로 그녀를 안은 채 이동하는 것은 무척 쉬운 일이었다.

"멋져요. 아, 아, 정말 멋져요…….."

한 걸음씩 나아갈 때마다, 그녀는 환희의 목소리를 냈다.

그녀는 오오야기의 목에 매달린 듯한 자세로 상반신을 활처럼 꺾고 있었다. 오오야기는 그들이 앉아 있던 바위를 벗어나 뒤쪽에 있는 낮은 풀로 뒤덮인 완만한 경사면으로 갔다. 오오야기는 옷과 살이 더러워지는 것에 신경 쓰지 않고, 안고 있던 지토세의 등을 그 경사면에 내려놓았다. 지토세는 밤이슬로 축축한 풀 위에서 고개를 세차게 흔들며 거친 숨을 몰아쉬었다.

"오오야기 씨. 무슨 말이든 해줘요. 무슨 말이든……."

"응…… 그래."

오오야기는 짜릿한 쾌감에 젖은 채 짧게 대답했다.

밤하늘 위로 흘러가던 구름이 달을 가렸다. 그들을 감싸는 어둠의 농도가 바뀌었다는 것도 모른 채 두 사람은 더욱 빠르게 절정으로 치달았다.

"아앗…… 난 이제……."

지토세가 빠르게 절정을 맞이하려 할 때였다.

그때 그는, 오오야기의 등 뒤로 몇 미터 거리까지 다가와 있었다. 처음에는 두 사람에게 들키지 않도록 먹잇감에게 몰래 다가가는 맹수처럼 움직였지만, 이제 그럴 필요가 없었다. 그 두 사람은 자기들의 행위에 몰두한 나머지 주변 상황을 전혀 의식하지 못하고 있었다.

그는, 그러니까 살인귀는 왼손에 들고 있던 도끼를 방금 전까지 두 사람이 앉아 있던 바위 위에 내려놓았다. 툭 하는 작은 소리가 났지만 그들은 알아채지 못했다.

그 대신 오른손에 들고 온 말뚝을 양손으로 다시 잡았다. 땅속에 박혀 있던 뾰족한 부분을 앞으로 향한 채 창을 겨누듯 허리 높이로 들어 올렸다. 살인귀의 호흡이 점점 날카로워졌다.

다음 순간, 살인귀는 주황색 셔츠를 입은 사냥감의 등을 똑바로 겨냥하며 맹렬히 돌진했다. 엄청난 힘으로 내뻗어진 말뚝은 단 한 번의 일격으로 오오야기의 허리에 깊숙이 박혔다. 척추를 스치며 신장을 꿰뚫고 창자를 찢어발겼다.

흉기의 끄트머리는 찌르는 기세를 유지한 채로 오오야기의 배꼽 근처에서 몸 밖으로 뚫고 나왔고, 바짝 밀착되어 있던 지토세의 하복부까지 꿰뚫었다. 이제 흉기는 지토세의 자궁을 타격하면서, 그 입구까지 맞닿아 있던 오오야기의 페니스를 짓이겨 버렸다. 흉기는 그대로 척추를 부수며 몸을 관통한 뒤에, 지토세가 누워 있던 경사면의 흙으로 몇 센티미터 박힌 뒤에야 멈추었다.

"어, 엇······."

오오야기의 입에서 맨 처음 흘러나온 것은 순수하게 놀라는 목소리였다.

"뭐, 뭐지······?"

오오야기는 대체 무슨 일이 일어났는지 전혀 이해하지 못했다. 갑자기 뭔가로 허리를 얻어맞은 것 같은 날카로운 충격이었다. 세상이 뒤집어지는 듯한 격렬한 현기증이 뒤따랐다. 고통보다는 지금까지 몰입했던 쾌락의 행위가 중단되었다는 불쾌감으로 표정이 잔뜩 일그러졌다.

"뭐야? 대체 뭐야······."

누가 방해하는 거야? 스도일까? 처음 몇 초 동안은 그렇게 생각했다.

'그 새끼······.'

급격한 구토감이 치밀어 올랐다. 왜 이러는지 영문을 알 수 없었다. 대체 뭐가 어떻게 된 거지? 오오야기는 고개를 갸웃거리며 뒤를 돌아보려 했다. 하지만 곧 몸의 모든 감각이 엄청난 고통으로 급변했다. 너무나도 격렬한 고통이었기에 비명이 목소리로 나오지도 못했고, 서툰 휘파람처럼 밤 공기를 미약하게 진동시킬 뿐이었다.

"어, 어, 어……."

몸을 움직여 보려고 했지만 하반신이 꿈쩍도 하지 않았다. 억지로 발버둥치려고 하자 허리와 배를 중심으로 한 고통이 점점 격심해질 뿐이었다. 오오야기는 간신히 고개를 비틀어 처음 그를 덮쳤던 충격의 정체를 찾았다.

얼핏 굵은 막대기 같은 그림자가 보였다. 각도 때문에 제대로 확인할 수는 없지만, 아무래도 그것이 자신의 허리 뒤로 툭 튀어나온 듯했다. 그리고 아래쪽을 보았다.

그제야 지토세의 하복부와 맞닿아 있던 부위가 시커멓게 젖어 있다는 걸 깨달았다. 심장의 고동에 리듬을 맞추어 뜨끈한 액체가 배에서 흘러나오고 있었다.

"뭐가 어떻게 된 거야, 이게……."

오오야기는 조심스레 몸을 뒤쪽으로 빼보았다. 그 순간, 몸에서 빠지직하는 소리가 나더니 격심한 고통이 몇 배로 늘어났다. 피에 물든 까만 말뚝이 두 사람의 몸 사이로 얼핏 드러났다.

"이, 이이, 이건……."

오오야기는 그제야 상황을 파악했다.

누군가가 그들을 습격한 것이다. 누군가의 습격을 받은

게 분명하다. 뭔지는 알 수 없지만, 까만 봉 같은 게 자신의 허리를 찌른 것이다.

'어째서일까? 누가, 왜, 나에게 이런 짓을…….'

목구멍이 타오르듯이 뜨거운 뭔가가 입속에서 역류했다. 소화되던 위의 내용물과 위액, 그리고 내장에서 흘러나온 피였다.

"뭐예요?"

지토세의 목소리가 들렸다. 왠지 모르게 얼빠진 듯한 목소리였다. 그들의 몸에 무슨 일이 일어났는지, 그녀는 아직 잘 모르고 있는 것 같았다.

"오오야기 씨, 어떻게 된 거예요?"

오오야기는 대답하려고 했지만, 혀가 엉망진창으로 꼬부라졌는지 제대로 된 말이 나오지 않았다.

"아, 으아, 으아……."

눈앞이 심하게 흐릿해져 지토세가 무슨 표정을 짓고 있는지도 보이지 않았다.

'왜지?'

고통의 한가운데서 오오야기는 계속 질문을 던졌다. 어째서일까. 어째서 이런……. 하지만 그 순간에도 불과 몇 시간 전에 자신이 신나게 떠벌렸던 후타바산의 살인귀 이야기는 머릿속에서 떠오르지 않았다.

살인귀는 말뚝으로 꿴 두 마리의 사냥감을 만족스럽게 바라보며 바위 위에 놓아둔 도끼를 집어 들었다. 다시 달이 구름 사이로 얼굴을 내밀었다. 어둠의 색이 조용히 바뀌었다. 몸을 섞던 여자와 함께 한 개의 말뚝에 꿰인 남자는 여자의 하얀 다리와 팔에 휘감긴 채로, 학질에 걸린 것처럼 몸을 바들바들 떨고 있었다.

여자의 입에서 터져 나오는 비명을 들으며, 살인귀는 도끼를 양손으로 바꿔 들고 높이 치켜올렸다. 거무튀튀한 도끼날이 달빛을 찢어발기며 오오야기의 목 오른쪽을 향해 수평으로 파고들었다.

"거흡!"

도끼날은 목에 깊숙이 박혔다. 오오야기가 내지르는 단말마가 피거품과 함께 땅 위로 흩뿌려졌다. 광기에 사로잡히기 시작한 그날 밤의 첫 번째 희생자였다.

10.

아카네는 깜짝 놀라 눈을 떴다.

뭔가 엄청난 파동이 허공을 휩쓰는 느낌이 들었다. 방금 그게 뭐였을까? 그녀는 자신을 깨운 것의 정체를 알아내기 위해 누워 있는 자세 그대로 주변 상황을 살폈다. 어딘지는 모르겠지만 어두운 건물 안이 분명했다.

그래, 맞아. 그녀는 자신이 지금 어디에 있는지 떠올렸다.

'나는 산에 와 있었어.'

어둡고 휑뎅그렁한 산장 안에서, 아카네는 빨간색 침낭에 들어간 이소베 부인이 규칙적인 숨소리를 내며 깊이 잠들어 있는 걸 확인했다. 오른편에는 원목 타일을 덧댄 벽이 있고, 눈을 살짝 들자 창이 보였다. 달과 별이 내뿜는 빛이 어둠 위로 희푸르게 번졌다. 한밤중이었다.

'뭐였던 걸까?'

확실히 뭔가를 느꼈었다.

〈뭐였던 걸까?〉

뭔가 무척 격렬한 것. 또 이상한 것. 아무것도 안 보일 만큼 어두운 것. 한없이 깊은 것. 그리고 뭔가 칙칙한 ……. 그녀는 언젠가 이와 같은 느낌을 받은 적이 있는 것 같았다.

'그건……'

그렇다, 그건 꽤나 오래전의 일이었다.

〈그건 …….〉

열이 나서 유치원을 쉬었던 때였다.

'그럴 수가……'

그때 느낀 것은, 이제는 선명히 떠올릴 수도 없는 오래된 기억에 지나지 않았다.

〈그럴 수가…….〉

그녀는 음산한 기억을 떨치기 위해 온몸을 흔들었다. 그러곤 가만히 귀를 기울여 보았다. 이소베 부인의 편안한 숨소리 말고는 누군가 가볍게 코를 고는 소리와 산장 밖의 벌레 우는 소리 정도였다. 이상한 기척은 전혀 없었다.

아카네는 꿈을 꾼 건 아니었는지 생각했다.

'꿈을…….'

역시 꿈을 꾼 게 분명했다.

〈꿈을…….〉

분명히 악몽에 시달린 것이겠지. 아카네는 작게 한숨을 쉬며 다시 눈을 감았다. 의외로 쉽게 다시 잠이 들었다. 그날 밤 있었던 일은 그것 자체가 꿈에서 이어지는 한 장면에 지나지 않았는지도 모른다. 따라서 다음 날 아침, 그녀가 눈을 떴을 때 그런 식으로 생각한 것도 무리는 아니었다.

11.

"난, 이제, 어떻게…….."

지토세는 오오야기의 듬직한 상반신에 매달린 채 그의 움직임에 맞춰 허리를 격렬하게 흔들었다. 눈을 질끈 감은 채 급격한 상승감과 함께 한층 큰 신음소리를 질렀다.

그때였다.

쿵 하고 하복부 안쪽에서 둔탁한 충격이 느껴졌다. 그녀는 진홍색 불꽃이 튀는 머릿속으로 그 충격의 의미를 지금까지 경험해 보지 못한 절정의 쾌락으로 착각했다.

"어, 엇!……."

오오야기의 외마디 비명소리가 들렸다. 뭐지? 무슨 일이지? 최고 절정의 순간에 그렇게 화들짝 놀라다니, 별 이상한 사람 다 있네. 그녀는 멍한 머리로 그렇게 생각하면서 의식이 조금씩 흐려지는 걸 느꼈다.

"뭐, 뭐, 뭐지……?"

정말 그런 소리만 하고…….

이상한…… 사람이야…….

……………………

………………

…………

……

몇 초 동안의 실신에서 깨어났을 때, 지토세는 아직도 자신이 천국에 있는 거라고 믿었다. 무겁게 아려오고 숨이 막히는 묘한 감각이 느껴졌지만, 설마 그것이 지옥으로 이어지는 고통일 줄은 상상조차 못하고 있었다.

"뭐냐고, 이게 대체?"

오오야기의 목소리가 들렸다.

"이, 이, 이건……."

당장이라도 울음을 터뜨릴 것처럼 상기된 목소리였다. 왜 그러지? 무슨 일이라도 있는 걸까? 여전히 눈을 감고 있던 지토세는 그제야 약간의 의구심을 느꼈다.

"뭐예요?"

그녀는 그렇게 중얼거리며 눈을 떴다. 이상하게 눈앞이 흐릿했다. 뿌옇게 흐려진 어두운 눈앞에서 오오야기의 얼굴이 나타났다. 눈썹이 짙고 굴곡이 뚜렷한 얼굴이 지독하게 일그러져 있었다.

"오오야기 씨, 어떻게 된 거예요?"

지토세는 눈을 질끈 감았다가 다시 뜨며 그의 얼굴을 찬찬히 살폈다.

"아, 아아, 으으, 으아, 으아아……."

오오야기는 알아듣지 못할 신음만을 내뱉으며 고개를 가늘게 가로저었다. 초점은 선명해졌지만, 그 얼굴의 일그러짐은 사라지지 않았다. 구름 사이로 다시 나타난 달이 몇 줄기의 푸른 달빛을 세상에 내리쬐자, 주변의 어둠이 조용히 색을 바꾸었다.

오오야기의 일그러진 얼굴은 그의 격렬한 고통을 가감 없이 드러내고 있었다. 죽은 물고기처럼 두 눈을 동그랗게 뜨고 미간과 콧대에 깊은 주름이 몇 개나 생길만큼 찡그린 채, 하관이 벌어진 뺨을 가늘게 바들거렸다. 두꺼운 입술 끝에서는 거무죽죽한 무엇이 끈적하게 흘러내리고 있었다. 달빛에 비춰진 그의 모습을 보며 지토세의 의구심은 점차 격렬한 공포로 부풀어 올랐다.

비명을 지르려는 순간이었다.

지토세는 학질에 걸린 것처럼 바들거리던 오오야기의 어깨 너머로 그림자를 보았다. 그것은 분명 인간의 윤곽을 하고 있었다. 달빛이 내리쬐는 희푸른 풍경 속에 있으면서도 몸 전체에 밤의 어둠을 두른 것처럼 새카맣고 거대한 그림자였다. 지토세의 입에서 비명이 쏟아져 나왔다.

누구지? 대체 누구지…….

그림자가 팔을 높이 쳐들더니 오오야기의 목덜미를 향해 뭔가를 내리쳤다. 시커먼 도끼날이었다.

"거흡!"

오오야기의 목구멍에서 이상한 목소리가 터져 나왔다. 도끼가 그의 목덜미에 깊숙이 박혔고, 거기서 쏟아져 나온 뜨끈한 액체가 지토세의 얼굴을 흠뻑 적셨다. 지토세는 비명을 쥐어짜며 더는 견디지 못하고 질끈 눈을 감았다.

살인귀는 숨을 거둔 사냥감의 목에서 도끼를 뽑아내어 다시 높이 쳐들더니 검붉게 갈라진 환부를 향해 내리쳤다. 머리가 몸통에서 완전히 떨어져 나가 옆으로 떨어졌다. 절단된 경동맥에서 피가 분수처럼 뿜어져 나왔다.

쏟아진 피의 빗줄기가 코와 입에 스며들면서 지토세는 숨이 막혔다. 격렬하게 기침을 하며 다시 눈을 떴다. 오오야기의 얼굴은 보이지 않았다. 식도와 기관, 혈관이 빼곡하게 들어찬 목의 절단면만이 보일 뿐이었다.

지토세는 멍하니 그것을 바라보며 문득 생각했다. 이건 누군가의 장난일 거라고. 그래, 확실해. 이건 정교하게 만들어진 오오야기의 인형일 거야. 누군가가 꾸며낸 짓궂은 연극일 거야. 방금 도끼를 들고 있던 까만 그림자는, 아, 그게 바로 진짜 오오야기였겠지. 맞아. 분명히 그럴 거야…….

징그러운 목의 절단면에서 쉴 새 없이 뿜어져 나오는 피에 흠뻑 젖으면서도, 그녀는 스스로 납득할 만한 해석을 찾아내어 현실로부터 필사적으로 도망치려고 했다.

맞아, 나는 함정에 빠진 거야. 아마 오오야기와 스도가 처음부터 날 속이려고 한 거겠지. 두 사람은 지금 숲 근처에서 날 보며 웃고 있을 거야.

"아아……."

지토세는 짧게 한숨을 토해 내고는 밤하늘의 보름달을 올려다보았다. 달까지 웃고 있어. 달까지……. 그녀는 자신을 짓누르는 목 없는 몸을 양손으로 밀어내려고 했다. 그러나 아무리 혼신의 힘을 다해도 꿈쩍도 하지 않았다. 그런데 갑자기 그때까지 하복부 쪽에서 무겁게 저려오던 느낌이 엄청난 통증이 되어 그녀의 온 신경을 덮쳤다.

"으아앗!"

그녀는 절규했다.

"으앗, 으아아, 아아앗!……."

지토세는 그제야 깨달았다. 뭔가가 내 몸에 꽂혀 있다. 배에 꽂혀 있다. 배에서 피가 쏟아져 나온다. 그것이 내 뱃속을 엉망진창으로 휘젓고 있다!

장난 같은 게 아니었다. 연극이나 함정 같은 게 아니었다. 그것은 진짜 고통이었다. 그것은 진짜 피였다. 그것은…….

지토세는 간신히 자신이 놓인 상황을 제대로 인식하게 되었다.

죽는 걸까? 격심한 고통과 공포, 끝도 없는 절망감 속에서 그녀는 절규했다.

죽는다! 난 죽는다. 나는 죽고 말 것이다!

살인귀는 아직도 남자의 몸통에 감겨 있던 여자의 다리에 손을 뻗었다. 왼쪽 다리였다. 발목을 잡더니 그것을 여자의 눈에 보이도록 몸통에서 떼어냈다. 그리고 오른손의 도끼를 천천히 치켜들었다. 도끼날이 하얗게 드러난 허벅지를 노리고 있었다.

"멈, 멈춰요."

지토세는 살인귀의 움직임을 알아채고 고개를 맹렬히 흔들었다.

"멈춰요, 제발……."

오오야기가 이야기했던 후타바산의 살인귀가 분명했다. 오오야기의 말은 거짓이 아니었다. 이 산에는 정말로 그런 존재가 살고 있었단 말인가.

"멈춰요. 제발……."

살인귀가 도끼를 내리친 순간, 지토세는 다시 눈을 질끈 감았다. 둔탁한 소리가 들렸다. 몸이 부르르 떨렸다. 뺨에 피가 튀는 것이 느껴졌다. 그러나…… 어찌 된 영문인지 아무리 기다려도 새로운 고통은 느껴지지 않았다.

지토세는 조심스레 눈을 떴다. 거대한 몸뚱이가 잘려 나간 다리의 발목을 잡고 대롱대롱 흔드는 광경이 보였다.

아……. 저 다리, 저 다리는……. 저건…….

지토세는 알아차렸다. 이를 악물던 턱에서 힘이 빠지며 그녀는 껄껄 웃기 시작했다.

저 멍청이! 저 녀석은 저걸 내 다리로 착각한 거야. 잘못 자른 거다. 착각해서 오오야기의 다리를 자른 것이다.

지토세는 미친 듯이 웃어 대면서 위험에서 벗어난 자신의 왼쪽 다리를 확인하려고 눈을 돌렸다. 그러나 그곳에는 다리가 보이지 않았다. 허벅지의 중간보다 약간 아래 부분에서 완전히 절단되어 있었다. 달빛에 비춰진 희푸른 피부를 적시며 엄청난 피가 흘러나오고 있었다.

웃음이 그쳤다.

어째서? 이해할 수 없었다. 아프지 않았다.

분녕 아프시 않았는데!

지토세는 어째서 이런 일이 벌어졌는지 알 도리가 없었다.

사실 그녀는 절단된 다리의 고통을 느끼는 기능을 이미 잃어버린 것이었다. 살인귀가 맨 처음 박아 넣은 말뚝이 그녀의 척추를 으스러뜨렸고, 그 때문에 하반신의 신경이 대뇌에서 차단되어 버렸다.

내 다리…….

지토세는 공허한 눈빛으로 살인귀가 대롱대롱 흔드는 그것을 다시 바라보았다.

내 다리야, 저건 내…….

당장이라도 머리가 이상해질 것 같았다.

살인귀는 처음 그녀가 웃었을 때, 그 이유를 이해하지 못했다. 잔혹하기 그지없는 그의 내적 의지가 명하는 대로 사냥감의 고통에 찬 처절한 비명을 예상하며 도끼를 내리쳤었다. 그런데……. 이 여자는 고통을 느끼지 못하는 걸까? 껄껄거리던 지토세의 웃음이 그치더니, 지금은 목을 끅끅거리는 소리로 바뀌었다.

살인귀는 잘라낸 왼쪽 다리를 남자의 잘린 머리 옆에 던져버리고, 다시 도끼를 겨누며 지토세에게 다가갔다. 그녀의 양팔은 피로 물든 경사면 위로 만세를 하듯 높이 올라가 있었다. 살인귀는 천천히 손을 뻗어 사냥감의 왼쪽 팔목을 붙잡았다.

"싫어!"

지토세가 갑자기 큰소리를 지르며 살인귀의 손을 뿌리치려 했다.

"싫다니까!"

살인귀는 막무가내로 휘젓는 팔을 쉽게 제압하고는 목 없는 오오야기의 어깨 위로 잡아당겼다.

"이거 놔."

지토세의 상체가 억지로 일으켜지며 방금 전처럼 오오야기의 가슴에 매달리는 자세가 되었다. 살인귀는 호흡을 조금도 흐트러뜨리지 않고 도끼를 높이 들었다. 오오야기의 어깨가 도마 역할을 하면서 지토세의 왼쪽 팔이 팔꿈치 근처에서 두 동강 났다.

피로 물든 절규가 어둠을 뒤흔들었다. 이번에는 아팠나 보다 하며 살인귀는 만족했다. 왼쪽 팔이 절단된 지토세는 남은 오른손으로 오오야기의 어깨에 매달렸다.

"살려줘요."

지토세는 감정이 북받치며 울먹이는 소리를 쥐어짜 냈다. 그것이 무엇이었는지도 잊어버린 채 가까이 있던 목의 절단면에 코를 비벼 댔다.

"살려줘, 살려달라고……."

살인귀는 잘라낸 왼팔의 손끝을 지토세의 눈앞에 내밀었다. 그녀는 오른손으로 놀랄 만큼 잽싸게 그것을 낚아챘다.

"내, 내, 내 손……."

오오야기의 등쪽으로 팔을 뻗어 피가 뿜어져 나오는 왼쪽 팔꿈치에 그것을 이어 붙이려 했다.

"내 손이야."

그녀는 필사적이었다.

"내 손……. 내, 내 손."

그러나 왼팔은 곧 땅에 떨어졌다. 지토세의 목소리는 얼빠진 듯한 힘없는 웃음소리로 바뀌어 갔다. 그러다 이윽고 웃음소리에 흐느끼는 울음이 섞이기 시작했다. 그다음에는 고통에 괴로워하는 신음소리가 더해졌고, 뭔가를 떠올린 듯이 짧은 비명도 더해졌다.

그건 통일성을 완전히 상실한 엉망진창의 멜로디였다.

지토세는 천천히 정신이 미쳐 가면서 이미 벗어날 길 없는 죽음의 암흑과 마주하고 있었다. 살인귀는 한동안 그녀의 미쳐 가는 모습을 바라보았다. 자신의 습격을 받고도 이렇게나 끈질기게 살아남은 사냥감은 처음이었다. 그러나 사냥감이 이렇게 조금씩 고통스러워하며 죽는 모습은 그의 영혼에 더할 나위 없는 쾌감을 선사하고 있었다.

점점 흐릿해지는 의식이 시커먼 죽음의 구렁텅이에 빨려 들어가려는 바로 그때, 지토세의 시선은 마지막 일격을 가하려고 높이 치켜든 거무죽죽한 도끼의 움직임을 포착했다. 두 눈을 한계까지 치켜뜬 마지막 표정을 담은 채로, 그녀의 머리가 허공을 날았다. 선혈의 분수가 다시 한 번 어둠에 흩뿌려졌다.

살인귀는 두 사람의 피를 마음껏 빨아낸 도끼를 내리더니 바닥에 떨어진 두 머리로 다가갔다. 그리고 머리카락을 한데 묶어 한 손으로 들어 올렸다. 그는 희생자들의 참혹한 시체를 그 자리에 남겨둔 채 그 자리를 홀연히 떠났다.

12.

이상한 소리가 들린 것 같았다. 어디선가 먼 곳에서 밤의 정적을 타고 이 세상의 것으로 믿기지 않는 작은 메아리가 희미하게 들렸다. 스도는 멍한 표정으로 머리를 들었다. 모닥불 옆에 앉은 채로 깜빡 졸았던 모양이다.

'방금 그건 뭐지?'

그렇게 생각한 것도 잠시뿐이었다. 실제로 그것은 지토세가 살인귀의 습격을 받았을 때 내지른 비명이었지만, 스도가 앉아 있는 곳에서는 희미하게만 들렸다. 심지어 그가 의식해서 귀를 기울였을 때는 이미 소리가 잦아든 뒤였다.

스도는 몸을 일으켜 보려 했지만, 온몸이 무겁고 나른해서 생각처럼 되지 않았다. 술을 너무 마신 탓이었다. 억지로 무릎을 펴다가 갑자기 다리를 비틀거리며 그 자리에 자빠지고 말았다.

그는 싸늘한 땅바닥 위에 큰 대자로 뻗어 버렸다. 세상이 천천히 회전하고 있었다. 하늘에서는 둥근 달의 윤곽이 몇 개나 겹쳐서 흔들리고 있었다. 이렇게 지독하게 취한 것도 꽤나 오랜만이라고, 그는 멍하니 생각했다.

뭔가 무척이나 비참한 기분이었다. 이렇게 비참한 기분에 젖어드는 것도 꽤나 오랜만이라는 생각이 들었다. 오랜만……. 그렇다, 고등학교 2학년 때였다. 같은 학교에 다니던 여학생을 사이에 두고, 형과 치열한 경쟁한 끝에 패배했을 때도 이런 심정이었다.

스도는 뒤로 자빠진 자세 그대로 푸석푸석한 눈꺼풀을 감았다. 그렇게 해서 잠시 동안 얕은 잠 속을 헤매었을 때였다. 그가 눈을 떴을 때는 울컥하는 마음과 함께 약간의 추위가 느껴졌다. 이런 곳에서 잠들면 안 된다고 판단할 수 있을 만한 이성은 남아 있었다.

몸을 옆으로 뒤집으며 양손으로 땅을 짚고 몸을 일으키려 했다. 여전히 온몸이 무겁고 나른했으며 무겁게 저리는 듯한 느낌이 들었지만, 어떻게든 힘껏 일어섰다. 다리가 다시 크게 휘청거렸다. 뒤로 비스듬히 몇 걸음 비틀거리다가 꺼져가던 모닥불을 오른발 뒤꿈치로 밟고 말았다. 타고 남은 장작이 발에 채이며 빨간 불똥이 어둠 위로 춤을 췄다.

스도는 느릿하게 주변을 돌아보다가 산장 건물의 그림자를 발견했다. 산장 쪽으로 향하려던 발걸음이 문득 멈추었다. 그리고 비틀거리는 다리로 반대 방향의 숲의 외곽을 향해 나아갔다. 오줌이 마려웠던 것이다.

깊은 어둠이 들여다보이는 나무 앞에서, 그는 상체가 어지럽게 휘청거리는 걸 멈출 수 없었다. 그럼에도 그는 간신히 바지를 더럽히지 않고 볼일을 마치고는 다음으로 무엇을 할지 생각했다. 그때였다. 오른쪽 전방의 숲속에서 쿵 하고 묵직한 소리가 났다.

쿵, 쿵······.

누군가의 발소리 같았다.

스도는 오오야기와 지토세가 돌아왔나 보다고 생각하며 꼬부라진 혀로 숲을 향해 말을 걸었다.

"어어, 거기 두 사람. 이제 돌아오는 거야?"

발소리가 멈추었다. 그러나 대답은 돌아오지 않았다. 잠시 뒤에 다시 쿵 하고 땅을 밟는 소리가 들렸다.

"이봐, 에리."

스도는 그 소리를 뒤쫓듯이 어두운 숲의 외곽을 따라 걸어가며 다시 말을 건넸다.

"이번엔 나하고 산책을 가자, 에리⋯⋯."

몇 걸음은 버텨 냈지만, 다시 꼴사납게 넘어지고 말았다. 넘어질 때 제대로 손을 짚지 못하면서 가슴과 턱을 강하게 부딪쳤다. 충격과 아픔으로 숨이 막힌 그는 끙끙거리는 소리를 내며 몸의 중심을 잡기 위해 발버둥을 쳤다. 그러노라니 방금 전보다도 훨씬 비참한 기분이었다. 간신히 제대로 숨을 쉴 수 있게 되었을 때 머리 옆에서 흙을 밟는 발소리가 났다. 스도는 턱을 들어 전방을 살폈다. 굵은 두 다리가, 그리고 시커먼 그림자가 그곳에 있었다.

'오오야기인가?'

스도는 억지웃음을 지으려고 했다. 그런데, 그의 눈에 지토세의 얼굴이 들어왔다. 스도는 처음엔 그녀가 몸을 숙여 쓰러진 자신을 내려다보는 거라고 생각했다. 그러나 곧 그렇지 않다는 것을 알아챘다.

그게 아니었다. 그게 아니라 그건…….

"엇……."

스도는 경악했다.

"어, 어, 어엇?"

지토세의 얼굴은 공중에 떠 있었다. 지면으로부터 수십 센티미터 떨어진 공간에서 희푸른 그 얼굴만이 보였다.

"으으, 으으으으……."

그의 입에서 힘없는 비명이 새어 나왔다.

공중에 뜬 지토세의 얼굴은 이상한 표정을 짓고 있었다. 눈알이 튀어나올 만큼 크게 치켜뜬 눈꺼풀은 미세한 움직임조차 보이지 않았다. 원숭이처럼 이를 드러낸 입술도 마찬가지였다. 턱선은 부자연스러운 형태로 일그러진 채 굳어 있고, 그 아래의 하얀 목은, 중간에 잘려 나가 있었다. 기분 나쁘게 끈적거리는 무엇인가가 절단부에 매달려 있을 뿐이었다.

대체 어떻게 된 일일까. 누가 이렇게 악랄한 장난을 치는 걸까? 툭 하고 둔탁한 소리가 나며 지토세의 얼굴이 땅에 떨어졌다. 잘게 웨이브가 들어간 긴 머리카락이 그 위를 덮듯 쏟아져 내렸다.

"으으으으……."

스도는 힘없는 비명을 지르며 상체를 벌떡 일으켰다.

무릎을 세우고 양손을 짚어 어깨를 들어 올렸을 때, 땅에 떨어진 지토세의 얼굴 옆에 다른 얼굴이 떨어졌다. 지토세와 동일한 상태로 변해버린 오오야기의 얼굴이었다.

취해 있던 스도의 머리는 갑자기 찬물을 끼얹은 것 같았다. 스도는 가늘게 고개를 휘저으며 천천히 눈을 들었다. 눈앞의 그늘에 새까만 어둠을 몸에 두른 거대한 몸집이 서있었다.

"누, 누구……."

누구냐는 말을 뱉기도 전에, 그의 팔이 높이 올라갔다. 슉하고 바람을 가르며 뭔가 시커먼 것이 코끝을 스쳤다. 그것은 퍽 하고 둔탁한 소리를 내며 스도의 발밑에 있던 지면을 갈랐다. 그제야 비로소 격렬한 공포의 감정이 뚜렷해졌다. 스도는 뒷걸음질을 쳤다. 그러나 취기에 잠식된 몸이 마음대로 움직여주지 않아 중심을 잃고 뒤로 자빠지고 말았다.

시커먼 흉기가 바람을 가르며 다시 땅을 가르는 소리가 났다. 오른발 바로 옆이었다. 스도는 몸을 일으킬 수 없어서 누운 상태로 땅을 데굴데굴 굴렀다. 흉기를 끌어당기는 소리와 발소리가 천천히 그를 뒤따라왔다.

지토세는……

지토세는 살해당했다. 말 그대로 너무나 갑작스럽게 눈앞에 들이닥친 현실이었다.

오오야기도…….

오오야기도 죽었다.

지토세와 오오야기 모두 이 녀석에게 당했다. 이 시커먼 녀석의 손에 나란히 목이 잘린 것이다. 계속 굴러가는 방향에 꺼져 가는 모닥불이 있었다. 아차 싶었을 때는 이미 늦었고, 몸을 그곳에 요란하게 부딪히고 말았다.

불똥이 요란하게 피어올랐다. 블루종 재킷이 불에 타기 시작했고, 겉으로 드러난 피부 곳곳이 불에 짓이겨지면서 스도는 몇 번이고 신음했다. 살인귀는 몇 번이나 허공을 때린 도끼를 땅에 버리더니, 스스로 모닥불에 뛰어들며 대량의 불티를 뒤집어쓴 사냥감을 향해 천천히 걸어왔다.

살인귀는 그곳에서 벗어나려고 팔다리를 바동거리는 사냥감을 향해 오른손을 뻗었다. 목의 뒷부분을 꽉 움켜쥐고서, 마치 고양이의 뒷덜미를 잡아 올리듯 한 손의 힘만으로 상반신을 들어 올렸다. 초인적인 괴력을 가진 살인귀에게 이 정도는 간단한 일이었다.

그리고 이번에는 들고 있던 사냥감의 머리를 모닥불 쪽으로 처박듯이 내동댕이쳤다. 연기만 피어오르는 재의 온도는 인간의 피부 정도는 충분히 태울 만큼 높았다.

스도는 얼굴이 녹아내리는 뜨거움과 통증, 호흡 곤란에 더욱 격렬하게 팔다리를 버둥거렸다. 살인귀는 사냥감의 후두부에 손바닥을 대더니 일말의 주저도 없이 위에서 짓눌렀다. 머리카락이 타올랐다. 단백질이 탈 때의 독특한 냄새가 연기와 함께 피어올랐다.

스도의 움직임이 서서히 약해지더니 이윽고 멈춰 버렸다. 살인귀는 그것이 너무 허무해서 약간 불만스러웠다. 그는 다시 뒷덜미를 움켜쥐고 사냥감의 몸을 들어 올렸다. 잘생겼던 얼굴이 무참히 짓이겨져 있었다. 코뼈는 부러지고 입술은 형체를 알아볼 수 없었으며 이마와 뺨은 검붉게 부풀어 올랐다.

"으으으……."

이미 숨이 끊어진 것 같았던 사냥감의 입에서 희미한 목소리가 새어 나왔다.

"으윽…… 으으, 으……."

사냥감은 아직 살아 있었다. 살인귀는 그것을 알아채자마자 잡고 있던 사냥감의 몸을 모닥불 밖으로 내던져 버렸다. 그리고 방금 전에 버려둔 도끼를 향해 걸어갔다.

짧게 실신했다가 간신히 의식을 회복한 스도는 고통에 신음하면서도 어깨를 가늘게 떨며 필사적으로 몸을 일으켰다. 그러다 일어서는 것을 포기하고는, 엎드린 채로 그 자리에서 도망치려고 했다.

'제발 살려줘……'

이렇게 중얼거리는 스도에게는 불에 짓이겨진 얼굴 상태나 격렬한 고통은 신경 쓸 겨를이 없었다. 부풀어 오른 눈꺼풀이 시야를 방해해서 도무지 방향을 알 수 없었다. 그럼에도 오로지 도망쳐서 살고 싶다는 일념으로 스도는 열심히 팔다리를 움직였다.

살인귀는 그런 사냥감의 모습을 곁눈질로 지켜보면서도 짐짓 천천히 도끼를 주워들었다. 스도는 힘겹게 땅을 기어 숲을 향해 나아가고 있었다. 살인귀는 도끼를 양손으로 들고 여유롭게 그 뒤를 쫓았다.

스도는 이윽고 숲속의 나무들 사이를 메운 깊은 어둠 속으로 빨려 들어갔다. 그러나 그 순간, 살인귀는 기다렸다는 듯이 도끼를 치켜들었다. 다음 순간, 거무죽죽한 도끼날이 스도의 후두부에 정통으로 박혔다.

머리카락과 함께 두피가 세로로 쩍 갈라졌다. 두개골이 순식간에 깨지며 피와 뇌수가 푸슉 하고 튀어나왔다. 그럼에도 스도는 어둠 속으로 몇 걸음을 더 기어갔다. 그러나 곧 완전히 힘을 잃고는, 모든 움직임이 멈추었다.

보름달이 서쪽 하늘로 기울기 시작했다. 몇 줄기의 가는 달빛이 숲속까지 스며들어 가엾은 희생자의 등을 차갑게 비추었다. 살인귀는 피와 뇌수로 더럽혀진 자신의 손등을 혀로 대충 핥으면서 이 세상에 존재하는 어느 누구보다도 냉혹한 미소를 지었다.

/

침입

/

엄청난 양의 파동이 퍼져 나갔다. 그것은 순식간에 밤의 산을 꿰뚫었다. 공간이 일그러지고, 차원이 뒤틀리고, 법칙이 무너지며……그곳에 한 줄기의 길이 생겨났다.

그리고 기괴한 충격이 그를 덮쳤다.

그의 입장에선 너무나 갑작스러운 일이었다. 아무 전조나 예감도 없이 벌어진 일이었다. 처음에 느낀 것은 격렬한 현기증이었지만, 눈에 보이는 세계 자체가 휘청거리며 크게 회전했다. 놀랄 틈도 없이, 다음은 구토감이 찾아왔다. 지금까지 한 번도 경험한 적 없는 맹렬한 구토 발작이었다.

무릎을 꿇었다.

명치를 움켜쥔 채 몸을 깊이 숙이고는 끝내 토해 냈다. 속에 든 것을 전부 토해 냈다. 계속 토해서 더 이상 나올 것이 없는데도 구토감은 지속되었다. 위액까지 전부 토해 냈다. 이윽고 목이 울리는 소리만이 섬뜩하게 울리기 시작했다.

푸른 달빛 아래서, 그는 땅에 엎드린 채 괴로워했다.

그다음은 고통이었다.

구토감이 완전히 가라앉지 않아 몸을 일으키지도 호흡을 가다듬지도 못하는 사이에 갑자기 거대한 통증이 그를 덮쳤다. 허리 쪽을 중심으로 온몸이 격심한 통증의 덩어리가 된 것 같았다. 비명은 커녕 신음소리조차 나오지 않았다. 그는 나오지 않는 목소리를 쥐어짜내며 계속 괴로워했다. 너무나 압도적이고 가차 없는 고통에 손끝 하나 마음대로 움직일 수가 없었다.

왜지?

사고는 탄성을 잃고 고리 안에 갇혀 버렸다.

왜지 왜지 왜지 왜지 왜지 왜지 왜지 왜지 왜지 왜지 왜지 왜지 왜지……

날카로운 섬광과 함께, 그 고리가 부서졌을 때 고통은 갑작스레 사라졌다. 산산조각 난 의식의 중앙에 커다란 구멍이 뻥 뚫려 있었다. 한없이 깊은 그 구멍이 상징하는 것은 다름 아닌 죽음의 암흑이었다.

그 구멍 속에서 무언가가 천천히 움직였다.

두근, 하고 뭔가가 고동쳤다.

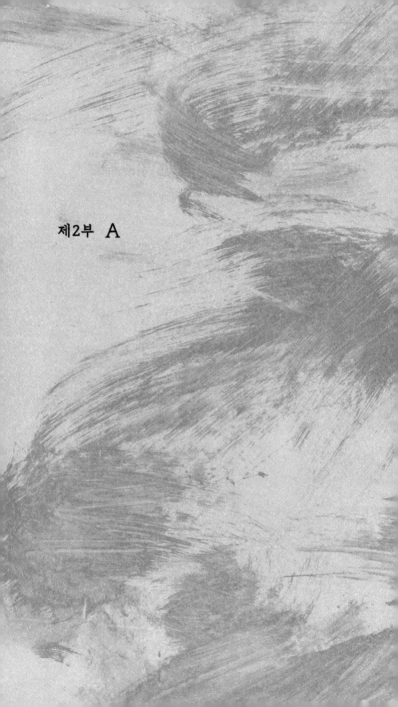

제2부　A

1.

"오오야기는 어디 있지?"

이소베가 침낭에 하반신을 묻은 채로 몸을 일으켰다. 그는 어둑어둑한 산장 안을 둘러보다가 흰 바탕에 노란 가로 줄무늬가 들어간 폴로셔츠를 입은 아내의 모습을 발견했다.

머릿속이 지끈거렸다. 숙취로 인한 묵직한 두통이었다. 어젯밤엔 너무 무리할 생각이 없었는데도 젊은이들과의 개방적인 분위기 탓인지 자기도 모르게 과음을 하고 말았다. 괴담 놀이가 끝나고 아내와 아카네가 산장으로 들어간 것까지는 생각났지만 그 뒤의 기억은 불확실했다. 오오야기나 스도 같은 젊은 친구들의 속도를 억지로 따라가려 한 탓도 있는 것 같았다.

이제 곧 마흔인데, 나잇값을 못한 셈이다. 이소베는 엄지와 중지로 관자놀이를 억누르며, 남편이 깨어난 것을 알고 가까이 다가오는 아내의 안색을 살폈다.

"오오야기 씨는 어디 나간 것 같던데요?"

그녀는 그렇게 대답했다. 별로 기분이 상한 눈치는 아니었다.

"스도 씨하고 지토세 양도 없던데요. 내가 일어났을 땐 이미 여기 없었어요. 오오야기 씨에게 볼일이라도 있어요?"

"어젯밤에 그 친구에게 내 라이터를 빌려준 것 같거든."

이소베가 바지 주머니를 뒤적거렸다.

"돌려받는 걸 깜빡했어."

"성냥이라면, 여기 있어요."

"그래, 고마워."

"안색이 너무 안 좋아요. 그럴 줄 알았다니까. 내가 먼저 들어가는 걸 보고 마음껏 퍼마신 거죠?"

"괜찮아."

대답은 그렇게 했지만, 허세일 뿐이었다. 두통은 물론이고 속도 울렁거렸다.

"지금 몇 시지?"

"이제 곧 오후 1시예요. 슬슬 점심식사를 해야겠네. 먹을 수 있겠어요?"

식욕 같은 게 있을 리 없었다. 이소베는 조용히 고개를 가로저었다.

"젊은 친구들은 일찍부터 산책이라도 하러 간 건가?"

"글쎄요. 유코와 마미야 군은 산장 밖에 있던데요."

"나머지 세 사람은 안 보이고?"

"걱정되세요?"

"그야, 내가 일단 모임의 책임자니까 하는 말이지."

"오오야기 씨와 스도 씨는 지토세 양에게 마음이 가 있는 게 뻔히 보였잖아요. 어젯밤에도 둘이서 지토세 옆에 찰싹 달라붙어 있었어요. 지금쯤 어디서 즐거운 시간을 보내고 있겠죠. 그건 그렇고, 우리도 슬슬 산책이나 갈까요? 술도 깰 겸."

"셋이서 말이야?"

"이이도 참. 무슨 생각을 하는 거예요?"

아내의 웃음소리가 귀에 왜왱 울렸다.

"나중에 우리도 산책이나 가요."

"그래."

이소베는 건성으로 대답하며 담배를 입에 물고 아내가 건네준 성냥으로 불을 붙였다. 맛이 없을 것 같다고 생각하며 연기를 빨아들이자, 생각한 것 이상으로 맛이 없었다.

'젊은 녀석들끼리 좋은 시간을 보내고 있다고……'

그는 지토세의 균형 잡힌 몸매를 떠올렸다. 탄력 있는 몸의 곡선과 남자들을 끌어당기는 귀여운 얼굴. 지토세는 오똑하게 솟은 작은 코가 무척 매력적이었다. 스물세 살이라 했으니 아내보다 열 살은 젊었다.

숙취가 남아 있는 무거운 머리가 계속 욱신거렸다. 어젯밤 그가 술에 취해 정신을 잃은 뒤에, 그녀는 오오야기와 스도 중 한 사람과 어디선가……. 거기까지 생각이 미치는 순간, 아내가 그의 얼굴을 들여다보았다.

"왜 그래요? 숙취가 그렇게 심해요?"

"아, 아니, 아무것도 아냐."

그가 당황하며 손을 저었다. 그런 남편의 얼굴을 장난스럽게 들여다보며, 그녀가 말했다.

"흐음, 당신도 지토세 양에게 관심이 있었나 보네요."

"무슨 소리야?"

"내겐 다 보여요. 당신은 천성이 거짓말을 못하잖아요."

아내는 이런 식으로 뭐든 꿰뚫어보고 있는 것일까? 이소베가 쓴웃음을 짓자, 그녀가 갑자기 진지한 얼굴을 했다.

"저기, 당신."

지금까지와 달리 심각한 목소리로 말했다.

"후회해요? 나와 같이 살게 된 거?"

"무슨 말이야, 도대체."

"요즘 들어 자꾸 그런 생각이 들거든요. 우리는 상당히 특별한 부부잖아요. 지금도 사람들에게 이야기하면 깜짝 놀라곤 하고요. 그런 게 역시 부자연스러웠나 싶어서, 나는……."

이소베는 틀린 말은 아니라고 생각했다. 아마 일본 전체를 뒤져 봐도 자신들처럼 '특별한' 부부는 없으리라.

"난 당신과 결혼하길 잘했다고 생각하고 있어. 이제 와서 갑자기 무슨 소리를 하는 거야. 당신답지 않게."

"나는 가끔씩 불안해져요. 나도 어느새 나이를 먹었다는 생각이 들어서……. 그래서……."

"이봐, 나처럼 키 작은 중년사내는 여자들한테 인기가 없으니까 그런 걱정은 할 필요가 없어."

"사토시 문제도 그렇고요……."

"이봐!"

이소베가 정색을 하며 아내를 노려보았다. 그만하라는 표정이었다. 사토시는 2년 전에 죽은 그들 부부의 외동아들이었다.

"그날 일, 정말 더 이상 화가 나지 않아요?"

"그 일은 더 이상 이야기하지 않기로 약속했잖아."

그녀는 침울하게 눈을 내리깔며 말없이 고개를 끄덕였다. 이러는 아내를 보는 것도 오랜만이라고, 이소베는 생각했다. 역시 아직 그때의 상처가 아물지 않은 것일까? 하지만 그것은 이소베도 마찬가지였다.

2.

"선생님!"

누군가가 그를 불렀다. 변성기 특유의 걸걸한 목소리였다. 중학생인 마미야라는 걸 바로 알 수 있었다.

"좋은 아침이에요, 선생님."

"아아, 그래. 좋은 아침이다."

이소베는 도쿄의 공립 중학교에서 국어 교사로 일하고 있었다. 마미야는 그 중학교의 학생으로, 작년에 마미야가 1학년일 때 그의 학급에서 담임을 맡기도 했다.

어젯밤에 혹시 이 아이 앞에서 내가 추태를 보였나?

이소베는 담배를 비벼 끄며 흐릿한 기억을 되짚었다. 어젯밤 술자리에서 이소베가 가장 신경을 썼던 것은 지토세와 아카네 같은 젊은 여성들의 시선이 결코 아니었다. 밝게 행동하며 분위기를 이끌던 아내도 아니었다.

그건 바로 여기 있는 마미야의 눈빛이었다.

이소베는 평소부터 마미야를 무척 걱정하고 있었다. 마미야는 머리는 좋은 것 같은데, 학교 성적은 늘 중위권 정도였다. 요즘 또래 아이들과 비교하면 몸집이 꽤 작고, 어려 보였다. 굳이 분류하자면 수수하고 얌전한 학생인데, 이소베는 작년에 처음 담임을 맡을 때부터 그의 존재를 특별하게 의식하고 있었다. 단순히 호감을 가졌다는 이야기가 아니다. 그 안에는 좀 더 복잡하고 특수한 감정이 존재했다. 그 감정의 원인에는, 어린 나이에 세상을 떠난 그의 아들 사토시가 있었다.

이소베 부부가 결혼하고 얼마 뒤였다. 그가 스물일곱 살, 아내가 스물세 살 때 태어난 아이가 사토시였다. 살아 있었다면 올해 열한 살이 되었을 것이다.

그것은 재작년 7월에 벌어진 일이었다.

오후부터 비가 쏟아진 날이었다. 학교에서 돌아온 사토시와 아내 사이에 약간의 다툼이 있었다고 한다. 엄마와 아들 사이의 사소한 갈등이었지만 엄하게 질책을 받은 사토시는 토라져서 집을 뛰쳐나갔고, 그리고 곧바로 교통사고를 당한 것이다.

소식을 듣고 달려간 병원에서 아내는 모든 게 자기 탓이라며 울부짖었다. 사고를 일으킨 자동차의 운전자는 자신에게 잘못이 없다는 걸 주장하기 위해 피해자가 갑자기 도로에 뛰어 들어왔다는 말만 반복했다.

그때의 일은 조금도 떠올리고 싶지 않았다.

집중 치료실에서 숨을 거둔 사토시의 너무나도 평안했던 얼굴이었다. 작은 유해에 매달려 큰소리로 울부짖었던 게 기억났다. 그렇게 눈물을 흘리면서, 앞으로 설령 아내가 죽음을 맞더라도 이 정도로 울지는 않을 거라 생각했다.

그 뒤로 몇 달에 걸쳐 이소베 부부 사이에는 거북한 응어리가 남게 되었다. 그때 내가 그런 식으로 아이를 혼내지 않았다면 좋았을 거라고, 아내는 자주 자책을 했다. 그러면 이소베는 그녀를 위로하면서도, 마음 한편에서는 그녀의 행동을 탓하는 자신을 발견하고는 괴로워했다.

그 이듬해, 바로 작년 봄이었다. 이소베는 신학기를 맞은 교실에서 사토시와 많이 닮은 얼굴을 발견했다. 그 아이가 다름 아닌 마미야였다.

아내는 그렇게 닮은 것 같지는 않다고 했지만, 이소베에게는 확실히 쌍둥이처럼 비슷한 건 아니지만 처음 만난 순간부터 소년의 모습을 통해 아들을 떠올리게 되었다.

교사가 학생에게 그런 식으로 개인적인 선입견을 가져서는 안 된다는 걸 모르는 건 아니었다. 알고는 있지만, 그도 어쩔 수 없었던 것이다. 한동네에 사는 동생 부부에게 이 이야기를 해보았다. 그러나 그들의 반응도 아내와 똑같았다. 왜 그렇게까지 집착하는지 신기해하는 것 같기도 했다.

마미야 본인에게는 당연히 그런 사정을 말한 적이 없다.

이소베가 교실에서 마미야를 대할 때는 항상 교사로서 행동했고, 그는 그런 부분에서는 꽤나 직무에 충실한 사람이었다. 그러나 마음속에 한 번 솟아난 '아버지의 눈'은 아무리 노력해도 없앨 수가 없었다. 그런 사실을 부정할수록 소년의 모습에서 아들이 겹쳐 보였던 것이다.

올해 4월에 반 배정이 있었다.

마미야의 담임에서 벗어난 이소베는, 그에게 자신이 TC 멤버스라는 모임의 리더를 맡고 있다면서 가입을 권유했다. 학교 밖에서 조금이라도 마미야와의 접점을 유지하고 싶었던 것이다.

"어젯밤은 잘 잤니?"

이소베는 교사의 얼굴로 마미야에게 물었다.

"침낭에서 자는 건 처음이라고 했지?"

"네, 푹 잤어요."

마미야는 천진난만한 미소와 함께 고개를 끄덕였다. 이소베가 보기에 마미야는 매우 솔직하고 성실한 아이였다. 아이가 가벼운 농담을 할 때도 있지만, 그것은 자신에 대한 친밀감의 표현으로 받아들이고 있었다.

"그런데 오늘 아침은 일찍 눈이 떠졌어요. 집에선 알람이 울려도 제때 못 일어나거든요."

"뭐, 다들 그렇지."

"재미있네요, 특히 어젯밤 캠프파이어도 그렇고요."

"다행이구나."

"술에 취하니까 다들 재미있었어요. 저희 집에는 술을 마시는 사람이 없거든요."

"너무 많이 마시면, 이 사람처럼 인사불성이 된단다."

이소베 부인이 웃으며 말했다. 방금 전의 어두운 표정은 이미 걷혀 있었다.

"마미야가 당신을 산장 안까지 부축해 줬대요. 꼭 고맙다고 하세요."

"어? 그랬었구나."

마미야가 짧게 자른 머리를 겸연쩍게 긁적였다.

"선생님은 술을 드시면 늘 그러시나요? 몸을 못 가누실 정도였어요."

"아니, 아니, 항상 그렇진 않단다."

이소베는 당황하며 대답했다.

"어젯밤에는 오오야기와 스도 두 사람의 마시는 속도에 맞추느라……."

이소베 부인이 남편을 도우려는 듯이 끼어들었다.

"마미야, 오오야기 씨와 스도 씨는 못 봤어? 오키모토하고 유코는 밖에 있었잖아."

"오키모토 형은 아까 뒤쪽에 있는 헛간을 보러 갔어요. 같이 가자고 했는데, 저는 아카네 누나하고 이야기를 하고 있었거든요. 아카네 누나는 무서워서 싫다고 했어요."

"다른 사람들은? 못 봤니?"

"글쎄요……."

"일찍 일어났다면서."

"그런데 그 형들은…… 오오야기 형과 스도 형, 그리고 지토세 누나는 아침부터 안 보였어요. 세 사람 모두 제가 일어났을 때부터 없었는데요."

"마미야는 몇 시쯤에 일어났는데?"

"으음……. 7시쯤이었을 거예요."

이상하군. 이소베가 중얼거렸다. 그리고 눈썹을 찡그리며 아내에게 말했다.

"산책을 나간 것 치고는 너무 오래 걸리는데."

"그렇기는 하네요. 내가 일어난 시간도 10시 전이었는데 말이에요."

"무슨 일이라도 있나?"

"설마요."

"뭐, 괜찮기는 하겠지만."

마미야가 걱정스럽다는 듯이 표정을 흐리며 두 사람의 얼굴을 번갈아 보았다. 이소베는 그것을 알아채고는 미간의 주름을 펴며 침낭에서 빠져나왔다.

"괜찮을 거야. 곧 돌아오겠지."

이소베가 자리에서 일어나며 다시 담배를 물었다.

"마미야, 아카네 양은 뭐하고 있지?"

"저기, 나무그늘에서 책을 보고 있던데요……."

"그러면 가서 불러와 다오. 가는 김에 오키모토도 함께. 점심식사를 하자꾸나. 다들 배가 고플 텐데."

그는 짐짓 밝게 말하며 서른을 넘긴 뒤로 점점 튀어나오는 배를 양손으로 툭툭 쳤다. 질척거리는 불쾌감과 함께, 술냄새가 남아 있는 트림이 나왔다.

3.

일행이 머무는 산장 뒤편으로 또 하나의 작은 건물이 있었다. 울창한 나무들과 높게 자라난 잡초에 파묻히듯 자리한 건물이었다. 그건 나무로 지어진 헛간으로 예전에는 창고로 쓰인 것 같았다. 본채에 해당하는 산장도 상당히 망가져 있었지만, 이쪽은 상태가 몹시 심각했다. 더럽게 변색된 목재는 곳곳이 썩어 있었다. 몇 명이서 몸을 부딪치면 쉽게 허물어질 것처럼 보일 정도였다.

오키모토는 입구 앞에 섰으면서도, 헛간 안으로 들어가는 건 조금 주저하고 있었다. 그는 구깃구깃한 청바지 주머니에서 찌그러진 담뱃갑을 꺼내 한 개비를 입에 물었다.

그냥 돌아갈 생각은 없었다. 어차피 안은 더럽기만 하고 아무것도 없을 테지만 들어가서 뭐가 있는지 확인해 보고 싶었다. 오키모토는 스스로도 참 못 말린다고 생각했다. 그는 '모험벽'이라고 할 만한 자신의 악습을 자각하고는 있었다. 그런 점만 보면, 그는 초등학생이 몸만 커진 것이나 다름없었다.

그는 어린 시절에 아무도 없는 건물에서 노는 걸 좋아했다. 동생과 함께 주변의 빈집에 숨어들어서 자주 모험 놀이를 즐기곤 했다. 방과 후의 과학실이나 강당 복도, 겨울 수영장의 탈의실 같은 곳도 그가 좋아하는 놀이터였다. 낯선 집, 무너져 가는 건물, 아무도 없는 어둑어둑한 방은 또 어떻고……. 숨을 죽인 채, 그 안을 돌아다니는 일은 TV에서 보는 탐험 프로그램과는 비교도 안 될 만큼 스릴이 넘쳤다.

중학생 1학년 때, 사촌형과 함께 산으로 캠핑을 간 적이 있었다. 그때 폐가에 들렀던 일이야말로, 그리고 그때의 추억이야말로, 그가 '폐가 애호가'가 된 결정적인 계기였다. 그때의 기억은 아직도 선명히 남아 있어서 떠올릴 때마다 가슴이 두근거렸다.

어린애 같다는 건 알지만, 그는 지금도 철거 중인 집이나 빌딩 공사 현장 같은 곳을 지날 때마다 무심코 걸음을 멈추고 무작정 침입을 시도하곤 했다. 사람들에게 들켜서 제지당하는 경우도 많았지만 아무리 해도 멈출 수가 없었다.

'그건 그렇고⋯⋯.'

오키모토는 담배연기를 빨아들이며 산장 쪽을 돌아보았다. '그 마미야라는 중학생 녀석, 정말 짜증 난다니까. 아무래도 마음에 안 들어.'

얌전하고 딱 봐도 성실해 보이는 소년이었다. 굳이 그걸 트집 잡을 수는 없지만, 오키모토는 그런 '얌전하고 성실해 보이는' 모습 자체가 짜증이 났다.

방금 전만 해도 그렇다. 헛간을 함께 들어가보지 않겠냐고 먼저 권했음에도 옆에 있던 아카네 쪽을 슬쩍 바라보고는 사양한다며 고개를 저었다. 그 또래의 소년이라면 흥미를 갖는 게 당연한데 새초롬한 얼굴로 '사양할게요!'라니, 정말이지 재수 없는 스타일이었다.

오키모토는 솔직히 말해 재미없는 사람이었다. 얼굴도 못생긴 편이고 말재주도 좋지 않았다. 취미라고 해봐야 애니메이션이나 호러 영화 비디오를 수집하는 정도였다. 게다가 그는 스물한 살이 된 오늘까지도 여자친구와 사귀어본 적이 한 번도 없었다. 재수를 거쳐 간신히 대학에 들어가긴 했지만, 원래 여학생이 적은 학교다 보니 친하게 지내는 여학생은 한 사람도 없었다. 남동생이 하나 있는데, 그 아이도 자신과 비슷한 처지라는 게 그나마 위안이었다.

하지만 그렇다고 그에게 다른 남자들 같은 욕구가 없는 것은 아니었다. TC멤버스에 가입한 것도 그런 이유가 컸다. 애인까지는 바라지도 않지만 편하게 이야기를 나눌 만한 여자친구를 만들고 싶었다.

이번 산행의 목적도 마찬가지였다. 젊은 여성들도 참가한다는 말을 듣고, 나름대로의 기대감을 품고 이런 산속 깊은 곳까지 오게 된 것이다. 그런데 친해지고 싶은 여자 중 한 사람에게는 벌써부터 경쟁자가 붙은 모양이었다. 그녀는 지토세였다.

오오야기와 스도 중 어느 쪽도 자신이 이길 가망은 없고, 더구나 지토세 같은 여자가 자신에게 어울리지 않는다는 걸 잘 알고 있었다. 그렇게 화려하고 기가 센 연상의 미인은 친해지기 힘든 상대라고 생각했다.

그래서 오키모토는 아카네 쪽에 집중하기로 했다. 어젯밤 캠프파이어에서도 그럴 작정으로 그녀 옆에 앉은 것이지만 좀처럼 진전이 없었다.

아카네는 지토세와는 대조적으로 말수가 적고 연약해 보이는 여자였다. 아기자기하고 귀여운 얼굴은 그의 취향에 맞았고, 나이도 그보다 한 살 아래였다. 그러나 묘하게 그늘진 분위기 때문에 좀처럼 다가가기 힘들었다. 지토세와는 다른 이유로 주눅이 들었던 것이다.

그런데 그 중학생 녀석은…….

오키모토는 반쯤 피운 담배를 바닥에 버리고 거칠게 밟아 껐다.

'꼬맹이 주제에 벌써부터 여자나 밝히고 말이야……. 정말이지…….'

그때 한 줄기 바람이 주변 나무들을 거칠게 흔들며 지나갔다. 눈앞의 지저분한 나무 문짝이 그에 맞춰 삐걱거리는 소리를 냈다. 오키모토는 슬며시 문에 손을 뻗었다. 손잡이처럼 튀어나온 부분을 잡아당겨 보았지만 끼긱 하는 소리가 희미하게 날 뿐 꿈쩍도 하지 않았다.

이번에는 반대 방향으로 힘을 주어 보았다. 그러자 허무할 만큼 쉽게 문이 움직였다. 끼이이익…… 하고 날카로운 소리가 울렸다. 오키모토에게는 옛날부터 그런 소리에 너무 익숙하다 보니 오히려 경쾌하게 들릴 정도였다.

열린 문 안쪽으로 여름의 밝은 햇살과 대비되는 옅은 어둠이 내려앉아 있었다. 정면에 보이는 작은 창과 좌우의 금이 간 벽 틈새로 스며든 햇빛이 안에서 복잡하게 교차되었다.

한 걸음 앞으로 내디뎠다. 이번에는 끼익끼익 하고 나무 바닥이 삐걱거리는 소리가 났다. 먼지 냄새가 코를 간지럽혔다. 공기는 꽤나 눅눅하고 싸늘했다. 벌써 몇 년 동안 아무도 드나들지 않은 게 확실했다. 그렇게 생각하자 기분이 한없이 들떴다.

오키모토는 어둠에 눈이 익숙해지자 한 걸음 더 앞으로 나아가며 헛간 내부를 천천히 둘러보았다. 말 그대로 정신 없이 어질러져 있었다. 바닥 곳곳에 나무 조각과 잘린 밧줄 같은 잡동사니들이 흩어져 있었다.

정면 안쪽으로 유일하게 나 있는 창에는 유리가 끼워져 있긴 했지만 곳곳이 깨져 검정테이프로 이어 붙인 상태였다. 불투명 유리가 아님에도 먼지가 심하게 껴서 뿌옇게 보였다. 유리만 바꿔 끼워도 헛간 내부가 몇 배는 밝아질 것 같았다.

오키모토가 몇 걸음 더 나아가자 바닥이 또 심하게 삐걱거렸다. 왼쪽 벽 위쪽으로 붙박이식 선반이 있었다. 오키모토는 그 선반으로 다가갔다. 벽 사이로 기다란 널빤지를 이어 붙인 단순한 구조였는데, 총 다섯 개의 단으로 되어 있었다. 각 단의 간격은 40센티미터 정도였다. 맨 윗단은 오키모토의 머리보다 훨씬 높았다.

선반 위에는 평평한 나무상자들이 난잡하게 놓여 있었다. 먼지를 잔뜩 뒤집어쓴 상자에서는 시커멓고 굵은 막대기 같은 게 몇 자루씩 튀어나와 있었다. 오키모토는 그중 하나에 손을 뻗었다.

조금 차가운 나무 감촉이 느껴지는 걸로 봐서 어떤 도구의 자루인 것 같았다. 그걸 꺼내려고 하자 알 수 없는 저항감이 느껴지며 상자 안에서 찰칵하는 금속소리가 났다. 그리고…….

손목에 느껴지는 무게가 꽤 묵직했다. 밖으로 딸려 나온 자루 끝에는 붉게 녹이 슨 커다란 날이 달려 있었다. 손도끼였다. 오키모토는 자루를 고쳐 쥐며 휘둘러 보았다. 이음새 부분이 헐렁해졌는지 휘두르는 힘에 도끼날이 쏙 빠져버렸다.

타앙 하고 둔탁한 금속성이 헛간을 뒤흔들었다. 허공을 날아간 도끼날은 벽에 박히지는 못하고 바닥에 툭 떨어졌다.

"완전 엉망이네."

오키모토는 그렇게 중얼거리며 손에 남은 자루를 바닥에 던져버리고는 선반 위의 나무상자를 뒤지기 시작했다.

상자에는 그 밖에도 다양한 공구가 들어 있었다. 산장이 제대로 관리되던 시절에 쓰이던 물품이리라. 전부 녹이 슬고 나무 부분은 심하게 상해 있었다. 망치, 장도리, 드라이버, 스패너, 펜치 등등……. 사이즈도 다양하게 갖춰져 있었고, 그 밖에 송곳과 톱, 삽과 원예가위 같은 것도 있었다. 잘만 손질하면 쓸 만한 물건도 제법 많았다.

그중에서도 커다란 등산용 나이프 한 자루가 눈에 띄었다. 오키모토는 가볍게 휘파람을 불며 그것을 집어 들었다. 상태가 그나마 양호한 편이었다. 곰팡이가 조금 슬긴 했지만 가죽 칼집도 달려 있었다.

'나중에 이걸로 마미야 녀석을 놀래 줘야겠네.'

오키모토는 만족스러운 미소를 띠며 먼지를 털어낸 다음 그것을 바지 벨트에 끼웠다. 그 외에 눈에 띄는 물건은 없었다. 다시 한 번 헛간 안을 둘러보고 나서 입구 쪽으로 발걸음을 돌리려 했을 때였다. 뭔가에 발끝이 걸려 넘어질 뻔했다.

"어? 뭐야? 아!"

오키모토는 발밑을 확인하고는 무심결에 중얼거렸다. 어두워서 지금껏 알아차리지 못했지만 바닥에 꽤 넓은 문짝이 놓여 있었다. 아래로 내려가는 통로인 것 같았다. 끄트머리에 녹이 슨 철제 손잡이가 나와 있어서 발에 걸린 것이었다. 아래에 수납공간 같은 게 있는 걸까?

오키모토는 그렇게 생각하며 몸을 구부려 손잡이를 잡았다. 틈 한쪽에 경첩이 달려 있었다. 위로 들어 올리는 단순한 구조의 문 같았다. 손잡이를 있는 힘껏 잡아당기자 의외로 쉽게 들렸다. 오키모토는 감탄했다.

"와, 굉장한데!"

문짝 아래로 시커먼 구멍이 입을 벌리고 있었다. 오키모토는 옷을 더럽히는 것도 개의치 않고 무릎을 꿇고는 눈을 반짝이며 구멍 안쪽을 들여다보았다. 그곳에 계단이 보였다. 비스듬하게 기운 사다리 같은 좁은 계단이었다. 아래에 지하실이 있는 게 분명했다.

어깨가 들썩일 만큼 크게 심호흡을 하자 자신의 심장 뛰는 소리가 들리는 것 같았다. 이런 산속의 산장에 낡은 헛간이 있고, 그 밑에 또 지하실이 있다니…… 무슨 용도로 만든 것일까? 식품 저장고일까?

계단 밑은 아무것도 안 보일 만큼 캄캄했다. 이대로 그냥 내려가는 것은 조금 위험할 것 같았다. 나무판이 썩었을지도 모른다. 천장이 무너질지도 모른다.

'들어가고 싶다.'

들어가지 않을 수 없다고 오키모토는 생각했다.

주머니를 뒤적거려 라이터를 꺼냈다. 이거 하나면 조명으로 충분할 것이다. 오키모토는 오른손에 라이터를 들고 지하실 계단에 내려서려고 했다. 그런데 그 직전에, 움직임을 멈추었다. 어? 이게 뭐지? 자신도 모르게 이렇게 소리쳤다. 먼지를 뒤집어쓴 계단에 무슨 자국이 남아 있었던 것이다. 어두워서 확실하지는 않지만 마치 인간의 발자국 같았다.

"이상하네."

확인해보기 위해 라이터를 켜려고 할 때였다. 건물 밖에서 그를 부르는 목소리가 들렸다.

"오키모토 형! 오키모토 형. 어디 계세요? 이소베 선생님이 부르세요."

마미야의 목소리였다.

'뭐야, 제길.'

순식간에 긴장감이 잦아들고 말았다.

"오키모토 형!"

"알았어!"

오키모토가 큰소리로 짜증을 냈다. 나중에 손전등을 준비해서 다시 와야겠다. 그래, 그게 좋겠어. 오키모토는 지하실 문을 열어둔 채로 헛간을 나왔다. 밖으로 나오자 햇살이 눈부셔서 손으로 가릴 수밖에 없었다.

그때였다.

등 뒤에서 덜컹, 덜컹, 하는 소리가 들렸다. 오키모토는 깜짝 놀라며 뒤를 돌아보았다. 그러나 헛간 안에는 아무도, 아무것도 없었다. 있을 리가 없지 않은가?

그래도 조금 신경이 쓰이긴 했다. 방금 난 소리는 지하실에서 들려온 걸까? 산에서 어쩌다 동물이라도 들어온 것일까? 그때 마미야의 목소리가 다시 날아들었다.

"오키모토 형!"

"알았다니까 그러네."

오키모토가 연신 투덜대며 헛간을 떠났다.

4.

계단 밑 지하의 탁한 어둠 속에, 숨을 죽인 채 웅크린 그가 있었다. 좁고 답답한 움막 같은 공간이었다. 먼지와 곰팡이 냄새가 뒤섞인 강렬한 악취가 났다. 코를 찌르는 심한 비린 내였다. 그것은 바로 피와 살과 기름 냄새였다.

흐흐흐흐흐……

그의 입에서 낮게 억누른 웃음소리가 흘러나왔다. 아마 스스로도 원인을 알지 못할 광기의 웃음이었다. 메마르고 두툼한 입술이 도저히 사람이라곤 믿기지 않을 만큼 짐승처럼 일그러졌고…….

그 눈. 암흑 속에서 크게 뜬 이상할 만큼 크게 뜬 한 쌍의 눈. 새빨갛게 충혈이 된 눈에서 다갈색 홍채가 초점 없이 흔들렸다. 한없는 광기에 사로잡힌 눈이었다.

그는 기다리고 있었다.

다음 기회를. 다음 사냥감을.

이성 따위는 그에게 남아 있지 않았다. 충동만이 그를 지배하는 유일한 것이었다. 그의 광기 어린 충동은, 이 공간을 가득 채운 어둠보다도 더욱 깊은 암흑 너머에서 온 것이었다.

5.

이따금 시원한 바람이 불었다.

아스팔트가 달궈진 도시와는 달리 햇볕이 뜨거워도 나무 그늘로 들어가기만 하면 무척 시원하고 기분 좋았다. 고도 가 꽤 높기 때문이기도 했다.

아카네는 읽던 책을 옆에 내려놓고 한동안 눈을 감고 있 었다. 끊임없는 매미 울음소리에 둘러싸인 채 가만히 있으 면, 그녀의 마음이 자그마한 육체를 벗어나 어딘가 먼 곳으 로 날아가는 듯한 기분이 들었다. 산장에서 조금 떨어진 곳 에 위치한 커다란 나무 밑에서 아카네는 돗자리를 깔고는 무릎을 끌어안은 자세로 앉아 있었다. 이런 산속에 온 건 난 생처음이었다.

중학교 때 소풍으로 산행을 갔던 적이 한 번 있지만, 도 시에서 그리 멀리 벗어나지 않은 가벼운 하이킹 코스였다. 그 시절엔 지금보다 몸이 약해서 그것만으로도 꽤 힘든 소 풍이었다.

옛날엔 무척이나 병약했다. 그나마 자주 몸져눕지 않게 된 지는 2, 3년밖에 되지 않았다. 물론 그래봤자 체력이나 건강에는 여전히 자신이 없었다. 그래서 이번에 특별 합숙에 대한 이야기를 들었을 때도 3박 4일로 등산을 한다는 말에 상당히 고민될 수밖에 없었다. 하지만 용기를 내어 오길 잘했다는 생각이 들었다.

어제 여기까지 올라오는 과정은 확실히 힘들었다. 어젯밤의 캠프파이어도 별로 즐겁지는 않았지만, 하룻밤 자고 나서 아침부터 한적한 곳에서 멍하니 시간을 보내다 보니 점점 기분이 밝아졌다. 공기는 정말 맑았다. 하늘은 한없이 높고 푸르며 나무와 풀 냄새는 이렇게나 상쾌했다.

태어났을 때부터 대부분의 시간을 대도시의 맨션 안에서 보낸 그녀에게는 모든 게 놀라운 풍경이었다. 나무 그늘의 시원함은 정말 최고였다. 이렇게 멋진 자연을 체험할 수 있는 것만으로도 모임에 합류한 보람이 있었다.

'나는 지금까지 왜 그렇게 겁이 많았던 걸까?'

아카네는 눈을 감은 채 무릎을 끌어안고 있던 팔을 풀고 턱을 괴었다. 그녀는 기본적으로 스스로에 대해 자신감이 없는 사람이었다. 그래서 지토세 같은 사람을 보면 부러워서 견딜 수가 없었다. 저 사람들은 어떻게 저런 식으로 자기의 젊음과 아름다움에 확신을 가질 수 있는 걸까? 지토세는 확실히 예뻤다. 남자들이 전부 그녀에게 시선을 빼앗기는 것도 당연했다.

하지만 건강과 용모, 그리고 성격을 제외하고서라도 아카네는 자신의 존재 자체를 저주하고 혐오해온 것인지도 몰랐다. 그녀는 늘 이렇게 생각했다. 도시의 혼잡함 속에서 무의미한 작은 점에 지나지 않는 자신이 슬퍼서 견딜 수 없다고 말이다. 중고등학교 시절부터 대학교에 입학한 후로도, 올해 4월에 스무 번째 생일을 맞이했을 때도, 늘 그랬다.

사실 그것은 그녀의 자의식 과잉이 낳은 결과이기도 했다. 이 세상에는 '나'와 상관없는 사람들이 수없이 많고, 또 다들 각자의 생각을 품은 채 행동하고 있다. 한편으로는 그 모든 것들을 관장하는 거대하며 보이지 않는 힘이 존재했지만, '내'가 소중히 여기고 가치를 발견하는 것들은 모두 그 커다란 흐름에 휩쓸려 허무하게 사라져가는 것 같았다.

선택받은 일부의 사람들에게만 자신의 생각을 세상에 펼칠 힘이 주어졌다. 예술, 사상, 권력 유행……. '나'에게는 아무 힘이 없다. 그저 미약한 하나의 점으로 존재하는 것 말고는 아무런 재주가 없다.

그래도 세상의 중심에 서고 싶다.

아카네는 이런 잠재적인 욕망을 품고 있었다. 그러나 당연하게도 이것은 그녀가 속한 현실과는 너무나 동떨어진 바람이었다. 하지만 지금은 이렇게 거대한 자연 안에 있다 보니, 모든 것이 아무래도 상관없이 느껴졌다. '나' 따위……. 그렇다. 애초에 '나'도 우주의 사소한 우연이 낳은 존재에 지나지 않는다. 나뿐만 아니라 이 세상 모든 사람들이. 물론 이런 생각들은 아카네가 가진 복잡하고 다중인격적인 모습의 일면을 드러내는 것에 불과했다.

그녀가 지금 다니는 여자대학을 선택한 것은 지리적 조건과 입시 점수를 감안해서 내린 결론이었고, TC멤버스에 가입한 것도 그냥 권유를 받아서였다. 그녀는 자기 의견을 적극적으로 내세운 적이 한 번도 없었다. 학교에서나 집에서나 모두에게 적당히 잘 맞춰 가며 생활했다. 때로는 별것 아닌 하찮은 일로 여동생과 다투기도 했다. 그리고 그런 상황마다 우유부단하게 바뀌는 자신의 마음이 한심하기도 했지만, 매번 그렇듯이 그녀는 묵묵히 현실에 적응하며 지내 오고 있었다.

어떤 것이 진짜 '나'이고 어떤 게 가짜인지 스스로도 알수 없었다. 아니, 굳이 알고 싶지 않은 건지도 몰랐다.

한여름의 푸른 잎사귀가 머리 위에서 바람에 술렁거렸다. 바람이 조금 강해진 것 같다고 생각하며 아카네는 눈을 떴다. 이제 내일 아침에는 산장을 떠나야만 한다. 오후에 후타바산 정상에서 산 반대쪽에 와 있는 다른 그룹과 합류할 예정이었다. 또 무거운 짐을 짊어진 채 산길을 걸어가야 한다고 생각하자 기분이 조금 우울해졌다.

"아카네 누나!"

등 뒤에서 목소리가 들렸다. 생각에 빠져 있느라 가까이 다가오는 발소리를 알아채지 못한 모양이었다.

"아, 마미야."

"저기……."

"후타바산의 정상이 어느 쪽이야? 여기서 보여?"

"어, 그게……."

마미야가 뺨을 살짝 붉히며 황급히 주변을 돌아보았다. 그러는 소년의 모습이 아카네의 눈에 무척이나 호감 있게 비춰졌다. 어제 산을 오를 때도 숨을 헐떡거리는 그녀를 계속 신경 써주곤 했다. 그리고 어젯밤 캠프파이어 때도……. 아카네는 왼손 검지에 감긴 반창고를 내려다보았다. 대단한 상처는 아니지만, 건드리면 아직도 조금 아팠다.

'그러고 보니…….'

아카네는 어젯밤의 풍경을 떠올렸다. 뭔가 묘한 느낌이었다. 어두운 밤, 모닥불 타는 소리, 오가는 대화 소리, 그 자리에 있던 사람, 그 자리에 있던 물건, 그 자리에서 있었던 일들. 그 자리의 모든 현실이 뭔가 정체를 알 수 없는 힘에 영향을 받은 것 같다는 생각이 들었다.

그것으로 인해 자신의 기분이 조금 일그러져 있었던 것 같다. 점점 공기가 희박해지는 것처럼 숨이 막히는 느낌이 들었다. 사물의 윤곽이 흐물흐물 무너져 내리는 듯한 불가사의한 느낌이랄까?

그 자리에서는 그렇게 강하게 의식하지 않았던 것 같다. 하지만 지금 떠올려 보니, 뭔가 무척이나 스산하고 기묘한 느낌이었다. 오오야기가 이 산에 사는 살인귀 이야기를 시작했던 그때도 마찬가지였다.

그건 말하자면 강한 두려움과 뭔가에 대한 불길한 예감 같은 것이었다. 그 이야기를 더 이상 듣고 싶지 않다고 생각했었다. 그리고 그 목소리.

〈……안 돼.〉

메아리처럼 귓가에서 울리던 그 목소리는 어디서 들려오는 것이고, 무슨 의미였을까? 그때 문득 마미야의 목소리가 들려 아카네는 재빨리 현실로 되돌아왔다.

"죄송해요. 후타바산의 정상이 어느 쪽인지 잘 모르겠어요. 나중에 지도를 찾아볼게요."

"지도를 보면 알 수 있어?"

그녀가 묻자, 소년은 짧게 자른 머리를 긁적거리며 대답했다.

"대충은요. 나침반도 가져왔거든요."

"내일 올라가는 길은 힘들겠지?"

"글쎄요."

"난 등산이 처음이거든. 몸도 허약하고……. 다른 사람들에게 방해가 되는 것 같아서 왠지 미안하네."

"그렇지 않아요."

"그래도……."

"힘들면 제가 짐을 들어 드릴게요."

"고마워. 마미야는 참 착하구나."

"아, 아니에요, 그건……."

소년은 귀까지 새빨개졌다. 그가 더 말을 하려는데, 그때 산장 쪽에서 목소리가 들렸다.

"마미야!"

고개를 돌리자 통통한 몸에 줄무늬 폴로셔츠, 둥근 얼굴에 옅은 노란색 선글라스를 걸친 이소베의 부인이 산장 입구 앞에서 손을 흔들고 있었다.

"유코 거기 있었네. 뭐해, 빨리 들어오지 않고! 오키모토는 벌써 돌아와 있어."

그때 마침 한층 강한 바람이 불었다. 아카네는 몸을 일으키며 하늘을 올려다보았다. 그때까지 눈부시게 반짝이던 태양이 흘러온 구름 조각에 가려지는 순간이 보였다.

"날씨가 괜찮으려나……."

아카네는 문득 걱정이 되어 중얼거렸다.

6.

오후 1시 반이 지나서도 오오야기와 스도, 그리고 지토세는 산장으로 돌아오지 않았다. 이소베 부부, 오키모토, 마미야, 아카네까지 다섯 명은 더 이상 그들을 기다리지 않고 점심 식사를 했다. 바게트 빵과 통조림, 컵 스프만으로 구성된 조촐한 식사였다. 2시가 넘을 때까지도 세 사람은 아직 돌아오지 않았다.

"늦는군. 너무 늦어……."

이소베의 목소리도 불안과 초조함을 감추지 못하고 있었다.

"마미야가 일어난 게 7시라고 치고, 그때부터 없었다고 하니까 벌써 7시간이 넘었어. 잠깐 산책 나간 것으로는 보이지 않는군. 하지만 멀리 갈 거면 간다고 말했을 텐데."

"어디서 낮잠이라도 자는 게 아닐까요?"

오키모토는 평소처럼 느긋한 말투였다. 이소베가 그런 오키모토를 험악하게 쏘아보며 말했다.

"세 사람이 전부 낮잠을 잔다고?"

"저녁쯤엔 돌아오겠죠."

"안 돌아오면 큰일이잖나."

"뭐, 그야……."

"어쨌든……."

이소베는 눈썹을 매섭게 찡그렸다.

"이렇게까지 소식이 없다면, 이제 최악의 사태를 가정해야 한다고 생각하는데……. 아카네 양은 어떻게 생각해?"

아카네는 대답 대신 짙은 갈색의 긴 머리를 살짝 쓸어 넘기며 고개를 애매하게 끄덕였다.

"잘은 모르겠지만, 이상하긴 해요. 길을 잃었을지도……."

"단순히 길을 잃은 거면 다행이지만, 어젯밤 세 사람 모두 술을 꽤나 많이 마셨으니 말이야. 술김에 한밤중의 산을 돌아다녔다면 무슨 사고라도 당한 게 아닌지……. 어젯밤 그세 사람의 상태는 어땠지?"

이소베가 마미야 쪽을 돌아보았다.

"선생님을 산장으로 부축해서 돌아간 뒤에 저도 그냥 자버려서요."

마미야가 대답을 하자, 오키모토가 빙그레 웃으며 말했다.

"그 세 명이 선생님처럼 인사불성이 되지는 않았어요."

"자네도 그들보다 먼저 잠들었나?"

이소베가 다시 오키모토를 노려보았다.

"그랬던 것 같은데요."

이소베는 아내가 종이컵에 타서 나눠준 인스턴트커피를 홀짝거린 뒤 천천히 몸을 일으켰다.

"아무튼 이대로 놔둘 수는 없어. 무슨 수를 써야 하네."

"무슨 수를요?"

오키모토가 입을 비죽거리며 고개를 살짝 갸웃거렸다.

"여러 방향으로 흩어져서 찾아봐야 할 것 같네. 여자 둘은 여기 남기로 하고, 나와 자네만이라도……."

"어디를 어떻게 찾으려는 건데요?"

"어쨌든 산등성이하고 골짜기 쪽을 찾아보세. 밤중에 산책을 갔다면 아마 그 둘 중 하나일 거야."

"산이 이렇게 넓은데, 쉽게 찾아질까요?"

"가만히 있는 것보다야 낫지. 일단 찾아보고 안 보이면, 그리고 만약 저녁까지 세 사람이 돌아오지 않으면, 당장 하산해서 도움을 청해야 할 수도 있어."

오키모토가 얼굴을 찡그리며 머리를 흔들었다.

"그러면 지금부터 일단 최선을 다해서 찾아보자고. 오키모토, 알겠지?"

"어쩔 수 없죠."

그때 마미야가 일어서며 물었다.

"선생님, 저는요? 저도 같이 찾아봐야 하지 않을까요?"

이소베는 잠시 생각한 뒤에 이렇게 대답했다.

"마미야. 너는 여기를 지켜라. 여자 둘만 남겨두는 건 좋지 않아. 그럴 리는 없겠지만 어젯밤 오오야기가 이야기했던 것도 있잖나."

"어젯밤이면…… 설마 그 후타바산의 살인귀 말인가요?"

오키모토가 어이없다는 듯이 쳐다보았다. 이소베가 즉시 정색을 했다.

"아니, 그걸 진지하게 생각한다는 건 아니지만."

그렇게 말하면서도 이소베의 표정은 굳어 있었다. 이소베의 부인은 그런 남편을 걱정스럽게 지켜보았고, 아카네는 갑자기 가슴이 두근거리는 가운데서 어젯밤의 공포와 예감을 떠올리지 않을 수 없었다.

"마미야, 알겠지?"

이소베가 자리에서 일어나며 말했다.

"여자분들의 보디가드를 부탁한다."

"네. 맡겨만 주세요."

소년은 가냘픈 가슴을 쫙 펴며 고개를 끄덕였다.

7.

산장 주변으로 몇 갈래의 길이 나뉘어 있었다. 그중 하나는 어제 일행이 올라왔던 등산로였고, 그 길을 따라 내려가다 보면 의외로 넓은 계곡 길로 합류하게 된다.

오키모토에게 그쪽을 맡겨두고, 이소베는 숲을 빠져나와 산등성이로 이어지는 길로 접어들었다. 두통이 여전했다. 세 사람의 실종 문제가 더해지면서 아침에 일어났을 때보다도 몇 배나 더 마리가 아팠다.

만약 그들에게 무슨 사고라도 생긴다면……. 당연히 자신이 어떤 방식으로든 책임을 지게 될 거라고 이소베는 생각했다. 사고의 원인이 무엇이든 그는 이 일행의 최고 연장자이자 학교 교사이기도 했다. 세 사람이 성인이라는 걸 감안하더라도 자신에게 향하는 비난의 화살을 피할 수는 없을 것이다. 게다가 하필 어젯밤에는 정신을 잃을 만큼 술에 취하지 않았던가.

이소베는 마음속이 복잡했다. 책임 문제를 둘러싼 계산과는 별도로 세 사람이 무사하기를 순수하게 바라는 마음도 당연히 존재했다. 마미야라는 학생에 대한 교사로서, 그리고 아버지로서의 체면, 이런 사태를 불러일으킨 세 사람에 대한 분노도 감출 수가 없었다.

그리고……. 물론 바보 같은 생각이지만, 그런 말도 안 되는 이야기가 실제로 일어날 리는 절대 없겠지만, 그래도 오오야기가 말한 살인귀가 정말로 이 산에 살고 있다면?

사방에서 들리는 매미 울음소리가 유독 시끄러웠다. 내리쬐는 햇볕도, 바람도, 술렁이는 숲까지도 전부 악의로 가득 찬 것처럼 느껴졌다.

'정말이지 성가시게 됐어.'

이소베는 힘겹게 한숨을 쉬며 이마의 땀을 닦아 냈다. 길이 조금 가팔라지기 시작했다.

"오오야기! 지토세!"

따끔따끔한 목을 쥐어짜 내며, 그들의 이름을 불렀다.

"스도! 어디 있나?"

있는 힘껏 내지른 소리는 숲속으로 허무하게 빨려 들어갈 뿐이었다. 소리칠 때마다 몇 초씩 멈춰 서서 귀를 기울여 보지만 대답은 없었다.

"오오야기, 어디 있나? 들리면 대답해 주게!"

경사가 점점 가팔라지면서 발걸음이 둔해졌다. 어젯밤 늦게까지 술을 마신 탓인지 무릎 관절이 삐걱거리며 아팠다.

갑자기 돌풍처럼 강한 바람이 정면에서 불어왔다. 바람은 금방 멈추었지만, 워낙 갑작스러웠던 탓에 몸의 균형을 잃고 말았다. 급하게 붙잡은 나뭇가지가 부러지면서 이소베는 한쪽 무릎을 꿇고 말았다.

"이런! 중심을 잃다니, 나도 나이를 먹었군."

한숨과 함께 중얼거리며 자세를 고쳐 잡았다. 다리가 후 들거리며 다시 넘어질 뻔한 것을 간신히 버텨 냈다. 꽤나 미 적지근한 바람이었다. 공기의 흐름이 방금 전과 달라진 것 같은 느낌이 들었다.

이 느낌은 뭘까? 공기의 흐름과 거기 담긴 기척, 거기 담 긴 색과 냄새……. 냄새? 그랬다. 방금 불어온 바람에서는 뭔지 모를 냄새가 섞여 있었다. 비릿함이 섞인 악취 같은. 하지만 깊이 생각할 여유는 없었다. 바람의 냄새 같은 걸 신 경 쓸 상황이 아니었다. 지금은 어쨌든 간에 세 사람을 찾는 게 우선이었다. 그는 바지와 손의 흙을 털어 내며 다시 걷기 시작했다. 숨이 빠르게 가빠 왔다.

"이봐!"

마음을 가다듬으며 큰 소리로 외쳤을 때, 길게 이어지는 메아리를 듣는 순간 뭔가 앞에서 반짝 빛나는 게 보였다.

"뭐지?"

바로 앞의 길가였다. 나뭇가지 사이로 내리쬔 햇볕에 반 사되어 은색으로 반짝이는 작은 물체가 떨어져 있었다. 그 건 이소베의 라이터였다. 모서리 한쪽이 살짝 찌그러진 게 특징이라 바로 자신의 물건이라는 걸 알아보았다. 어젯밤 캠프파이어 때 오오야기에게 빌려준 라이터가 분명했다.

"이쪽으로 왔었던 모양인데……."

적어도 오오야기는 어젯밤 이후 이 길을 지나간 게 확인되었다. 세 사람이 따로따로 행방불명되었을 가능성은 낮을 테니 의외로 쉽게 찾아낼 수 있을지도 몰랐다. 그렇게 생각하자 조금이나마 힘이 났다.

울창한 나무들에 둘러싸인 채로 오르막길은 계속 이어졌다. 이제 조금만 더 가면 시야가 탁 트인 장소가 나올 것이다. 이소베는 숙취가 남은 나른한 몸을 채찍질하며 걸음을 서둘렀다.

8.

그는 태양 아래서도 능숙하게 어둠에 머물고 있었다.

광기 어린 본능, 광기 어린 충동, 광기 어린 욕망……. 암흑 너머에서 바람에 실려온 그런 광기가 한 덩어리로 뭉쳐져 그를 움직이게 했다. 그것들은 또한 철저한 신중함과 교활함까지 그의 몸에 불어넣고 있었다.

그는 소리도 내지 않고 달릴 수 있었다.

그는 모든 그늘 뒤로 몸을 감출 수 있다.

그는 자신의 기척을 완전히 없앨 수 있다.

지금도 그러했다.

그의 앞으로 조금 떨어져서 걸어가는 남자가 보였다. 카키색 긴팔 셔츠를 입은 중년 남자였다. 이따금씩 멈춰 서서 큰 소리로 누군가의 이름을 불렀다. 언덕을 오르는 발걸음은 무거웠고, 어깨를 들썩이며 숨을 몰아쉬고 있었다.

그는 길 양쪽에 우거진 나무들과 수풀 뒤에 숨어 남자를 쫓고 있었다. 거대한 덩치에도 불구하고 그의 움직임은 가볍고 재빨랐다. 호흡은 조금도 흐트러지지 않았다. 그러니 만에 하나라도 남자가 미행을 알아챌 일은 없을 것이다.

그의 오른손에는 도끼가 쥐어져 있었다. 광택 없는 도끼날에는 녹 외에도 검붉은 것이 흠뻑 들러붙어 있었다. 그것은 어젯밤 그의 습격을 받은 가엾은 사냥감들이 흘린 핏덩어리였다.

그의 눈은 공허했다. 그만큼 인간다운 감정에서 완전히 분리되어 있었다. 그 눈빛에 깃든 것은 오로지 탐욕스러울 만큼의 살기뿐이었다. 그는 남자의 뒤를 쫓았다.

남자가 알아챌 기미는 전혀 없었다.

9.

공기의 흐름이 이상했다. 이소베는 등산 경험이 풍부하진 않지만 깊이 생각해 보지 않더라도 그게 날씨의 변화와 관련이 있다는 것 정도는 알 수 있었다.

그는 잠깐 멈춰 서서 하늘을 올려다보았다. 양옆에서 뻗어 나온 나뭇가지와 잎 사이로 푸른 하늘이 보였다. 급격한 변화는 없는 것 같지만 주의 깊게 보면 구름이 조금 늘어난 것 같기도 했다.

강한 바람이 거듭 앞쪽에서 불어왔다. 이번에는 균형을 잃지 않았지만, 이소베는 걸음을 멈춘 채 미간을 살짝 찡그렸다. 이번에도 바람에 섞인 비릿한 냄새를 맡은 것이다. 바람 속에 뭔가 이상한 냄새가 섞여 있었다. 아주 희미하긴 했지만 뭔가 무척 불쾌하고 토할 것 같은 냄새였다. 그러나 그것은 이소베에게 구체적인 이미지까지 불러일으키지는 못했다. 그저 막연한 의구심을 안겨줬을 뿐이었다.

이소베는 무거운 머리를 가로저으며 다시 걸어가기 시작했다. 길의 폭이 제법 넓어지면서 10미터쯤 앞에서 왼쪽으로 꺾이고 있었다. 가파르던 경사도 이제 완만해지는 것 같았다. 거기까지만 가서 잠시 쉬어야겠다고 생각했다. 걸어가면서 손목시계를 들여다보았다.

오후 3시였다. 산장을 나온 지 고작 30분 정도밖에 지나지 않았는데 벌써 1시간은 족히 넘은 것처럼 숨을 헐떡거렸다. 거기서 조금 더 걸어가니, 왼쪽 전방의 나무 사이에서 파란 물건이 얼핏 보였다.

그것이 마치 누군가 나무 아래에 서 있는 듯한 착각을 불러일으켰기에, 이소베가 다급하게 말을 걸었다.

"이봐. 거기 있었나?"

대답은 없었다.

"이봐, 나 이소베일세. 무슨 일인가? 다치기라도 했나?"

뛰어가려 했지만 지친 다리가 마음대로 움직여주지 않았다. 나무들 틈새로 다시 파란색이 얼핏 보였다. 옷이 분명했다. 그리고 간신히 모퉁이까지 도달했을 때였다.

"이봐, 왜 대답을……."

이소베의 말이 중간에 끊겼다. 모퉁이를 돌자마자 발견한 것은 벗어놓은 파란색 블루종 재킷뿐이었기 때문이다. 바로 그때, 방금 전보다도 훨씬 선명한 악취가 이소베의 후각을 자극했다.

'뭐지, 이 냄새는?'

속의 울렁거림이 더욱 심해질 만큼 지독한 악취였다. 나뭇가지에 걸린 재킷을 향하던 시선이 그 악취를 따라 움직였다. 천천히 지면을 따라 앞으로 이동했다.

오르막길의 경사가 완만해지고 폭이 넓어진 산길이 이번
엔 오른쪽으로 꺾여 있었다. 그 오른쪽, 짧은 잔디로 뒤덮인
완만한 경사면에는…….

10.

길모퉁이에서 멈춰선 남자의 모습이 보였다.

　그를 발견한 것이다.

　이소베는 눈을 동그랗게 뜨며 경악했다. 넋이 나간 것처
럼 입을 쩍 벌린 채 비명조차 지르지 못했다.

　소리치고 싶다면 소리쳐라. 그렇게 말하듯이, 그의 입 끝
이 냉혹하게 치켜올라갔다. 어차피 누구의 귀에도 들리지
않을 테니 마음껏 소리쳐도 된다.

　도끼를 쥔 손에 힘이 들어갔다.

　숨소리가 점점 날카로워졌다.

　그는 소리도 없이 땅을 박찼다.

11.

그게 도대체 무엇인지, 처음에는 도저히 이해할 수 없었다. 강렬하게 시각을 잡아끄는 붉은색에 이소베의 신경이 반사적으로 움츠러들었다. 그러나 그것이 두 시체가 물들인 피라고 알아챈 것은 몇 초가 지나서였다. 이소베의 판단을 마비시킨 원인 중 하나는 그 사체들의 상태였다.

남자와 여자의 시체였다.

앞쪽에서 등을 돌린 채 있는 건 남자였다. 그 너머에서 경사면에 몸을 기댄 채 왼팔과 왼쪽 다리를 남자의 몸통에 두르고 있는 것이 여자였다. 두 사람 모두 하반신에 아무것도 걸치지 않았다. 남자는 흰 티셔츠를, 여자는 보라색 블라우스를 상반신에 입고 있었다. 그리고…….

남자의 등에는 시커먼 말뚝 같은 물체가 불쑥 튀어나와 있었다. 저게 뭘까? 왜 저기에 솟아 있을까? 이소베는 알 것 같았다. 두 사람은 그곳에서 섹스의 쾌락에 몰두하다가 흉기에 몸을 관통당한 것이다.

참상은 그것으로 그치지 않았다.

두 시체에는 머리 부분이 없었다. 당연히 있어야 할 곳에 머리가 없었다. 목이 잘린 것이다.

주변을 물들인 피의 대부분이 아마 그곳에서 뿜어져 나온 것이리라. 두 사람의 어깨 사이에는 목이 잘린 절단면이 징그러운 형태로 튀어나와 있었다. 땅바닥에 놓인 암수의 목 없는 사체들은 대낮의 고요한 숲속에서 어딘가 그로테스크하기만 했다.

격렬한 충격에서 벗어났을 때, 이소베는 스스로도 놀랄 만큼 냉정함을 되찾았다. 그는 목구멍까지 치밀어 오르는 비명과 구토감을 꾹 삼키며 숨을 골랐다.

윙윙거리는 소리가 들렸다. 시체에 몰려들기 시작한 파리의 날개 소리일까? 이소베는 악취가 코로 들어오지 않도록 입으로만 심호흡을 했다.

'이건……?'

깊이 생각할 것도 없었다.

이건 명백한 살인이었다. 그리고 그 피해자는 그와 산행을 같이하는 TC멤버스의 일행인 것이다. 머리가 없더라도 그 두 사람이 누구인지는 금방 알아볼 수 있었다.

어젯밤 의기투합한 두 사람이 이곳으로 올라왔다. 그리고 저기서 서로의 욕망을 채우고 있는 순간에 누군가의 습격을 받은 것이다. 대체 누구 짓일까? 그것도 이런 잔혹한 수법으로 말이다. 도저히 정상인의 짓이라고는 생각할 수 없었다.

행방불명된 세 사람 중 두 명이 여기서 죽었다. 그렇다면 나머지 한 사람은 다른 곳에서 비슷하게 살해당한 걸까? 아니면 설마 그가 범인?

아니다. 이소베는 세차게 고개를 저었다. 이 산에 어젯밤 오오야기가 말했던 미쳐 버린 살인귀, 또는 사악한 악귀가 진짜 살고 있다고?

'그럴 리가 없다.'

이소베는 필사적으로 용기를 내어 천천히 앞으로 걸어갔다. 저 앞에 또 하나의 시체가 있을지도 모른다고 상상한 것이다.

이소베는 좀 더 경계해야만 했다. 스스로는 냉정한 상태라고 믿었을 테지만, 일상이 갑자기 산산조각 나버린 충격이 그의 지각 능력을 둔화시켰다. 그리고 태양이 내리쬐는 대낮이었다는 점도 그를 더욱 무방비하게 만들었다.

이때 살인귀는 이소베의 등 뒤까지 다가와 있었다.

도끼를 쥔 굵은 오른팔이 빠르게 휘둘러졌다.

이소베가 몇 걸음 걸어갔을 때였다. 날카롭게 바람을 가르는 소리와 함께 첫 일격이 그의 왼쪽 어깨를 덮쳤다.

푸슉.

이소베는 엄청난 충격을 느꼈다. 하지만 이때는 몸이 2, 3미터 정도 앞으로 튕겨져 나간 뒤였다. 그는 파란색 블루종 재킷이 떨어져 있던 곳 부근에 얼굴을 처박고 말았다.

"끄흡……."

이소베는 땅에 엎어지며 비명을 뱉었다. 온몸에서 순식간에 땀이 가셨다. 몸을 일으키려고 팔을 폈을 때에야 방금 느낀 충격의 의미를 알 수 있었다. 왼팔에 힘이 잘 들어가지 않았고, 어깨가 타오르는 것 같은 고통이 느껴졌다. 고개를 틀어 왼쪽 어깨를 바라보았다. 카키색 옷이 찢어졌고 그 밑으로 드러난 살이 갈라져 있었다. 새빨갛고 뜨거운 액체가 점점 많이 흘러나왔다.

이소베는 비로소 자신이 습격당했다는 사실을 이해했다. 두 사람을 죽인 놈이 바로 근처에 숨어 있었던 것이다.

그놈이 지금 나를 습격해 왔다. 나를 죽이려 하는 것이다.

목이 막혀서 목소리가 나오지 않았다. 오른손으로 왼쪽 어깨의 상처를 억누르고, 턱을 땅에 비비듯 하며 간신히 몸을 일으킬 수 있었다.

등 뒤에서 숨소리와 함께 터벅터벅하는 무거운 발소리가 들렸다. 이소베는 도망쳐야 한다고, 스스로에게 말했다. 상대는 미쳐 버린 살인귀인 데다 흉기까지 갖고 있다.

도망쳐라. 어서…….

뒤도 돌아보지 않고 도망치려고 했다. 하지만 무릎이 후들거려서 힘이 들어가지 않았다. 격심한 통증 속에서 마음만 다급할 뿐이었다.

도망쳐라.

도망…….

발을 헛디뎠다. 이소베는 허공을 헤엄치듯 휘청거리며 다시 땅에 넘어지고 말았다.

살인귀는 천천히 도끼를 고쳐 쥐었다.

쓰러진 사냥감을 향해 한 걸음, 두 걸음, 큰 보폭으로 다가갔다. 뒤집어쓴 피에 새빨갛게 물든 그 얼굴이 잔혹한 미소로 일그러졌다.

살인귀는 도끼를 높이 들었다.

오른쪽 다리를 노렸다.

땅에 엎드려 개구리처럼 발버둥치는 이소베의 무릎 안쪽 오금 부분을 향해 피를 머금은 도끼날이 파고들었다. 푸슉 하는 둔탁한 소리가 들렸다. 삽으로 땅을 파는 소리와도 비슷했다.

피보라가 튀기며 짐승 같은 절규가 숲을 뒤흔들었다.

하지만 일격에 다리가 잘려 나가진 않았다. 살인귀는 절단시킬 생각이었다. 감정 없는 눈으로 사냥감을 내려다보며 다시 한 번 도끼를 치켜들었다가 내리쳤다.

투툭, 하고 뼈가 부서졌다. 주인을 잃은 정강이가 피투성이로 땅에 뒹굴었다.

"으아아앗!"

사냥감의 입에서 절규가 솟구쳤다.

"아, 아아…… 끄윽."

이소베는 자신의 오른쪽 다리가 절단된 걸 알고 딸꾹질을 하듯 헐떡였다.

'……다다, 다, 다리가…….'

그러면서도 아직 도망쳐야 한다는 생각이 남아 있었다. 남아 있는 왼쪽 발끝으로 필사적으로 땅을 찼다. 어깨의 부상도 잊은 채 양손을 미친 듯이 움직이며 땅을 긁었다.

쿵.

다시 한 번 충격이 왔다.

이번에는 왼쪽 다리였다. 놈은 양다리를 전부 절단 낼 셈이었다. 격심한 고통과 공포에 잠식된 이소베의 정신은 맹렬한 공황 상태에 빠져들었다.

살려줘……. 살려줘. 제발 살려주세요, 살려줘, 살려줘, 살려줘…….

아파, 아파, 아파, 아파, 아파…….

왜? 왜 넌 이런 악독한 짓을……?

싫어, 싫어, 죽기 싫어, 절대로 싫어…….

도저히 손쓸 수 없는 정신 분열 상태에서, 이소베는 몸을 뒤집어 누웠다. 미친 듯이 땅을 긁다가 오른손이 뭔가 딱딱한 것에 닿았다. 짧은 막대기 같은 게 떨어져 있는 것 같았다. 흐릿해진 눈에 도끼를 들고 선 그놈의 모습이 어렴풋이 보였다. 몸집이 엄청난 녀석이었다. 내리쬐는 태양을 등지고 있어서 얼굴은 제대로 보이지 않았다.

살인귀를 지배하는 사악한 의식 속에는 어젯밤 이곳에서 행한 살인의 기억이 선명히 남아 있었다. 그때 그 여자가 보였던 발악……. 사냥감을 단숨에 죽이는 대신 서서히 죽음으로 몰아가는 쾌감을 기억했던 것이다.

이소베의 왼쪽 다리는 아직도 반쯤 연결되어 있었다.

살인귀는 일단 도끼를 땅에 세워둔 뒤에 갑자기 몸을 숙였다.

피로 더러워진 양손을 뻗어 이소베의 왼쪽 발목을 붙잡았다. 다리는 가늘게 경련하고 있었다.

살인귀는 그것을 있는 힘껏 들어올렸다.

투둑 하는 소리와 함께 무릎 관절이 반대 방향으로 꺾였다. 이대로 다리를 맨손으로 뜯어낼 작정이었다. 미친 듯한 비명이 솟구치나 싶더니 중간에 멈추며 콜록거리는 소리로 바뀌었다.

"제발, 제발 그만둬."

이소베는 숨이 막히는 목을 쥐어짜 내어 간신히 말을 뱉었다.

"제발, 그만둬……."

그의 뇌리에 아내의 얼굴이 짧게 스쳐 지나갔다. 이어서 죽은 사토시와 마미야의 얼굴이 이중으로 겹쳐지며 떠올랐다.

아아, 사토시…….

마미야…….

이소베가 끙끙거리며 오른손에 닿은 막대기를 쥐었다.

"그만둬, 이 새끼야!"

분열된 정신 속에서 떠오른 마지막 투지였다. 이소베는 혼신의 힘을 쥐어짜 내며 손에 쥔 막대기를 살인귀를 향해 집어던지려 했다.

절망적인 저항이었다.

그러나…….

다음 순간 이소베는 가냘픈 비명과 함께 막대기를 엉뚱한 방향으로 내던지고 말았다. 그것은 막대기가 아니었다. 팔꿈치 밑으로 절단된 인간의 팔이었던 것이다.

살인귀의 주의가 그쪽으로 쏠렸다.

뜯어내던 왼쪽 다리를 놓아 버리고, 이소베가 내던진 팔로 다가가 그것을 주워 들었다. 그것은 어젯밤 그가 잘라 냈던 지토세의 오른팔이었다.

이소베는 이미 저항할 기력을 완전히 상실한 상태였다. 양다리와 왼쪽 어깨의 상처에서 끊임없이 흘러나오는 피에 잠기면서도 발버둥 치는 힘이 약해져갔고, 팔에서 움찔움찔 경련을 일으키고 있었다.

분열된 정신이 서서히 희미해져 가면서 지옥 같은 고통 속에서 눈앞이 천천히 캄캄해졌다. 그런 그를 살인귀의 광기가 다시 덮쳤다. 침을 질질 흘리며, 집어든 여자의 팔을 반쯤 벌어진 이소베의 입으로 손끝부터 쑤셔 넣었던 것이다.

그 폭력으로 인해, 점점 사라져 가던 이소베의 의식이 억지로 깨어났다. 크게 벌어진 눈에 자신의 입에서 툭 튀어나온 시체의 팔이 보였다. 그는 죽어가면서도 그 생리적인 역겨움에 전율을 느꼈다.

살인귀는 조금도 봐주지 않고 힘을 주고 있었다.

턱이 빠질 것 같았다.

입속 가득 피 냄새가 번져 갔다.

경직된 손가락이, 그리고 날카롭게 자라난 손톱이 목구멍 안으로 밀려들어왔다. 그 반대쪽에서는 위 속 내용물이 격렬하게 밀려 올라왔지만 토하고 싶어도 토할 수가 없었다.

갈 곳을 잃은 구토물이 피와 뒤섞이며 콧구멍으로 흘러나왔다. 숨을 쉴 수 없었다. 그는 이렇게 생각했다.

이제 됐어…….

이제 아무래도 좋으니까 편해지고 싶어.

이소베는 눈물을 흘리며 죽음을 갈구했다.

죽게 해줘…….

죽게 해…….

죽게…….

……….

…….

그러나 그의 내면에 아직 살아남은 강렬한 생존 본능이 그것을 허락해 주지 않았다. 그 본능은 호흡을 막는 이물질을 '제거하라'고 명령했다.

이소베는 경련하는 양팔을 들어 입으로 밀려 들어오는 시체의 팔을 잡고 뽑아내려 했다. 그러나 죽어가는 그의 힘으로 살인귀의 괴력에 맞설 수 있을 리가 없었다.

이제 그의 마음에 떠오르는 것은 아내의 얼굴도, 죽은 아들의 얼굴도, 아들과 닮은 소년의 얼굴도 아니었다. 빨리 죽어버리고 싶다, 고통에서 벗어나고 싶다는 절망이었다. 한편으로는 그와 대립되는 죽음에 대한 공포와 삶에 대한 집착도 있었다. 이소베의 본능은 호흡곤란에서 벗어나기 위한 다음 수단을 취했다.

빠지기 직전이던 턱에 남아 있는 모든 힘이 집중되었다.

으득으득…… 턱 관절이 삐걱거리며, 그의 앞니가 입을 막은 시체의 손목에 파고들었다. 시체의 살이 짓이겨지며 배어 나온 피와 육즙이 목구멍으로 흘러 들어왔다.

그는 몇 번이고 힘을 다해서 씹어 댔다.

손목의 뼈가 으득으득 으깨졌다. 어금니로 잘라낸 약지와 엄지가 벌어진 목구멍을 통해 식도로 흘러 들어왔다. 살인 귀는 조금 놀라며 힘을 풀었다. 입에 밀어 넣은 팔을 사냥감이 먹기 시작했다고 생각한 것이다.

시체의 팔에서 살인귀의 손이 떨어지는 것과 이소베가 손목을 물어뜯는 것이 거의 동시에 이루어졌다. 양쪽 끝이 절단된 여자의 팔이 이소베의 가슴팍에 툭 떨어졌다.

커헉…… 하고 이제 원형을 거의 알아볼 수 없는 손목이 피거품과 함께 토해져 나왔다. 그리고 그것이 이소베의 마지막 움직임이 되고 말았다.

살인귀는 냉혹한 미소를 띠며 근처에 꽂아두었던 도끼를 다시 집어 들었다. 호흡은 거의 흐트러지지도 않았다. 도끼를 담담히 치켜들더니 이걸로 끝이라는 듯이 해치운 사냥감의 목을 향해 내리쳤다.

태양이 구름 뒤로 숨으며 산 전체에 커다란 그림자가 졌다. 갑자기 멀리서 낮은 천둥이 울렸다.

12.

"어머, 웬 천둥이람."

이소베의 부인이 창문 쪽을 불안하게 바라보았다.

"비가 많이 오면 이곳도 위험하지 않을까?"

"뭐, 괜찮을 거예요."

마미야가 말했다. 그는 산장 구석에 놓인 탁자 위에 지도를 펼쳐놓고 내일 오를 등산로를 아카네에게 설명하던 참이었다.

"여기가 아까 이소베 선생님이 가신 길이에요. 이걸 이렇게 오르고, 이렇게⋯⋯. 여기서부터는 산등성이를 따라 이렇게 가서, 이렇게요."

"얼마나 걸릴까? 아, 지도에 나와 있구나."

"산등성이까지 한 시간, 그 뒤로 삼십 분하고도 이십 분이니까⋯⋯ 대략 두 시간 정도네요. 중간에 휴식을 취하면서 천천히 걸어가면 두 시간 반 내지 세 시간일 거예요."

"제법 걸리는구나."

"오후 한 시에 정상에서 합류하기로 했으니까 열 시에는 여기서 출발해야겠네요."

천둥이 다시 한 번 공기를 우르르 뒤흔들었다. 다음 순간, 이소베 부인이 꺄앗, 하고 어린아이 같은 비명을 질렀다.

"난 천둥이라면 딱 질색이야."

그녀는 선글라스를 벗어 폴로셔츠의 옷깃에 걸쳐 두고는 산장 안을 초조하게 맴돌기 시작했다.

"유코는 괜찮아?"

"뭐, 천둥은 별로……."

"처음에 천둥이 쳤을 때보다 비구름이 가까워진 것 같지 않아?"

그녀의 시선을 따라 마미야와 아카네도 창밖으로 눈을 돌렸다.

"구름이 심상치 않은 것 같네요."

마미야가 아무렇지 않은 듯 말했지만, 실은 그도 천둥을 무서워했다. 하지만 여기서 무서운 티를 낼 수는 없었다. 이소베가 두 여성의 보디가드 역할을 일임했으니 천둥소리 정도로 동요해서는 안 된다고 생각했다.

"날씨 예보를 들어볼까요?"

마미야는 그렇게 말하며 오키모토의 라디오에 손을 뻗었다.

"지금은 됐어. 나중에 선생님이 돌아오면…… 그때 듣자."

이소베 부인은 테이블 옆 작은 의자에 앉으며 손목시계를 바라보았다.

"벌써 한 시간이나 지났네. 세 사람을 찾았을까?"

"지금쯤 만났을 거예요."

마미야는 스스로도 말투에 설득력이 없다고 생각했지만, 달리 할 말이 생각나지 않아 그렇게 말했다.

"정말로 곤란하게 됐어⋯⋯."

이소베 부인이 한숨을 뱉으며 말했다. 이소베와 오키모토가 세 사람을 찾으러 나간 뒤로 벌써 세 번째로 같은 말을 하고 있었다.

"이렇게 될 줄 알았으면 이런 산행은⋯⋯."

그때 산장 문이 벌컥 열렸다.

들어온 사람은 오키모토였다. 황록색 트레이너 셔츠의 앞깃을 잡고 가슴에 부채질을 하며 긴 한숨을 쉬었다.

"어떻게 됐어요?"

마미야가 테이블에서 몸을 떼며 오키모토에게 다가갔다.

"찾았나요?"

"찾을 리가 있겠냐."

오키모토는 구슬땀이 흐르는 얼굴을 찡그리며 대답했다.

"계곡까지 내려가 봤는데 아무리 큰 소리로 불러도 대답하는 사람이 없더라고. 이소베 선생님은? 아직 안 돌아오셨어?"

"네."

"오키모토, 비가 올 것 같지 않아?"

이소베 부인은 잠깐 일으켰던 엉덩이를 다시 의자에 내리며 말을 했다.

"날씨는 어땠어?"

"조금 흐려지긴 했는데, 뭐 괜찮겠죠."

"그래도 천둥이……."

"비가 와도 저녁쯤일 거예요."

"괜찮겠지?"

이소배 부인의 목소리에는 힘이 없었다. 오키모토는 그런 그녀의 얼굴을 무심하게 바라보며 테이블 옆에 놔둔 자기 짐을 향해 걸어갔다. 등산 가방 지퍼를 열고 몸을 숙여 안을 뒤지더니 곧 몸을 일으켰다.

"그러면 저는 좀 더 다른 곳을 찾아볼게요."

오키모토가 가방에서 꺼낸 물건을 들고 입구 쪽으로 걸어 갔다. 그런데 그가 다시 밖으로 나가려 할 때였다.

"안 돼……."

낮게 중얼거리는 아카네의 목소리가 마미야의 귀에 들렸다.

"안 돼……."

"아카네 누나, 왜 그러세요?"

놀라며 묻자, 그녀가 내리깔던 눈을 힘들게 들어 올리며 말을 했다.

"아, 아무것도 아냐."

"하지만 방금 전에……."

"아무것도 아니야. 그냥 하는 소리였어……."

핏기 없는 하얀 뺨에 복잡한 표정이 감돌고 있었다. 잠시

후 그녀가 혼잣말처럼 중얼거렸다.

"방금 전에 문득 불길한 생각이 들었거든."

"뭔데요?"

"이럴 때가 가끔 있어. 내가 조금 예민한 구석이 있어서. 너무 신경 쓰지 마."

이소베 부인의 무거운 한숨이 아카네의 목소리와 겹치듯 흩어졌다.

13.

어디서 낮잠이라도 자는 게 아니냐고, 아까는 반쯤 농담처럼 말을 했지만 아직도 세 사람이 돌아오지 않았다는 사실에 대해 오키모토도 역시 이상하게 생각하고 있었다. 이소베의 말처럼 최악의 사태를 각오해야 할지도 모른다. 그러나 오키모토의 마음속에 별로 슬픈 생각은 들지 않았다. 오히려 반대일지 모른다. 그는 지금의 상황을 은근히 즐기고 있었다.

어제 처음 만난 지토세는 물론이고 오오야기와 스도까지 지금까지 몇 번 얼굴을 맞대긴 했어도 결코 가까운 사이는 아니었다. 길을 잃든 절벽에서 떨어지든 알 바가 아니었다.

술에 취해 산속을 밤늦게 돌아다녔다면 자업자득이 아닌가?

오키모토에게 의미가 있는 것은, 자신이 지금 생생한 조난 사건의 주인공이 될지도 모른다는 사실뿐이었다. 이런 경험은 쉽게 할 수 있는 게 아니다. 평생 한 번 찾아올까 말까 한 사건이지 않은가.

오키모토가 산장에서 나와 곧바로 향한 곳은 바로 헛간이었다. 세 사람의 행방을 열심히 찾을 생각 따위는 애당초 없었다. 이 넓은 산속에서 큰 소리로 외쳐 대며 돌아다닌다 해도 쉽게 발견될 리 없지 않은가? 아까 이소베의 지시에 따라 아래쪽 계곡까지 내려가 봤지만, 적당히 담배나 피우며 시간을 때우다가 적당한 때에 돌아온 것이었다.

그의 관심사는 오직 하나, 헛간에서 찾아낸 그 지하실이었다. 시커먼 어둠 밑으로 뻗은 계단이 그에게는 세 사람의 행방보다 훨씬 중요한 문제였다.

게다가…….

오키모토는 가방에서 꺼내온 소형 손전등을 쥐며 생각했다.

아무래도 그 지하실이 수상했다.

계단에 나 있던 발자국 같은 게 자꾸 신경 쓰였다. 그리고 마미야가 불러서 밖으로 나올 때 들렸던 그 소리도.

어쩌면 그 세 사람은 거기 숨어 있을지도 모른다.

오키모토는 이런 발상이 제법 마음에 들었다.

그곳에 숨어 있는 게 분명한 것이다. 다른 사람들을 놀려 줄 생각으로…….

오키모토는 호기심과 모험심이 이끄는 대로 막연한 기대와 예감을 품은 채 헛간 문을 다시 열었다. 지하실로 향하는 문짝은 아까 그가 열어 올린 상태로 남아 있었다. 지하의 암흑으로 통하는 네모난 구멍이 그가 돌아오기를 기다린 것처럼 보였다.

밖에서 또 천둥이 쾅쾅거렸다. 이번엔 제법 가까워진 것 같았다. 뿌연 창문과 벽 틈새로 스며드는 빛이 지난번보다 눈에 띄게 약해져 있었다.

'억수로 비가 내리겠군.'

오키모토는 그렇게 생각했지만, 불안감은 느껴지지 않았다. 태풍에 직격탄을 맞는 것도 아니니 날씨가 악화되더라도 금세 맑아질 것이다. ……아니, 오히려 이건 더 안성맞춤인 연출일 수도 있다. 더구나 이제부터 지하실로 들어갈 텐데, 여기 있을 때 번개라도 치면 더할 나위가 없다. 그렇게 생각한 순간, 희푸른 섬광이 번쩍였다. 옅은 어둠이 맴돌던 건물 내부가 플래시를 터뜨린 것처럼 순간적으로 밝아졌다.

2초, 3초…… 잠시 뒤에 또 번개가 쳤다.

오키모토는 오오호 하고 큰 숨을 내쉬었다.

그는 뼛속까지 호러 영화 애호가였지만, 이런 상황이 되자 웬만한 영화는 눈에 차지도 않을 정도였다. 자신의 심장 소리가 귀에 전해져 왔다. 두근, 두근, 두근…… 그 소리가 점점 빨라지는 느낌이 견딜 수 없이 경쾌했다.

오키모토는 왼손으로 바지 벨트에 손을 뻗어 선반에서 찾아낸 등산 나이프가 그곳에 꽂혀 있는지 확인했다.

이 지하실에 무서운 괴물이 살고 있을지도 모르지만, 그런 가능성은 추호도 생각하지 않고 있었다. 이소베는 어젯밤 오오야기가 말한 살인귀 이야기에 조금은 신경이 쓰이는 것 같았지만 말이다.

'에이, 설마……'

〈텍사스 전기톱 학살〉의 레더 페이스, 〈할로윈〉의 마이클 마이어스, 〈13일의 금요일〉의 제이슨 부히스, 〈나이트메어〉의 프레디 크루거……. 오키모토는 수많은 호러 영화에서 핏빛 학살극을 연출한 살인귀들의 모습을 떠올리면서 입끝을 억지로 치켜올리듯 웃었다. 현실과 영화는 다르다. 당연하지 않은가?

그렇게 생각하면서도 지금 이곳의 분위기는 오키모토에게 어느 정도의 공포와 경계심을 안겨줄 만큼 그럴듯했다! 그는 적당히 무서워하며 또한 즐거워했다.

손전등을 켜고 발밑을 비췄다. 먼지투성이의 더러운 바닥이 보였다. 불빛을 네모난 구멍 안으로 향하자 한눈에 위험해 보이는 좁은 계단이 드러났다.

그곳에는 역시 발자국 같은 것이 찍혀 있었다.

오키모토는 몸을 숙여 그것을 조심스레 들여다보았다. 모양은 별로 선명하지 않았다. 그러나 만약 정말로 발자국이라면 그것을 남긴 사람은 덩치가 상당할 거라고 추측할 수 있었다. 절대 동물이 남긴 발자국이 아니었다. 인간, 그것도 상당히 몸집이 큰 누군가일 것이다.

'이 밑에는 누군가가 살고 있는 것일까?'

오키모토는 숨을 죽이고 한동안 귀를 기울여 보았지만 아무 기척도 느껴지지 않았다. 오오야기, 또는 스도가 이곳에 숨어 있는 걸까? 아니면 이 발자국은 그들이 오기 이전에 찍힌 것일까?

"이봐요, 거기 누구 없어요?"

어둠을 향해 물었지만, 아무 소리도 들리지 않았다. 오키모토는 손전등을 고쳐 쥐며 슬며시 첫 번째 계단에 발을 내디뎠다.

조금 삐걱거렸지만 생각보다는 튼실해 보였다. 그는 체중이 한 번에 실리지 않도록 조심하면서 천천히 계단을 내려가기 시작했다. 계단의 개수는 기껏해야 10개 정도였지만 유독 길게 느껴졌다. 지하실 바닥까지 내려선 오키모토는 고개를 돌려 입구를 확인했다. 내려오기 전과는 달리 캄캄한 어둠 속에서 네모난 빛의 구멍이 또렷이 보였다.

탁하고 눅눅한 공기에 눈이 따끔거렸다.

게다가…… 불쾌한 악취가 가득했다. 참을 수 없을 만큼 지독하게 비릿한 냄새. 캄캄하기 때문에 냄새가 더욱 선명히 느껴졌다. 먼지와 곰팡이 냄새 외에도 뭔가 구역질이 나오는 것 같은 느낌…….

오키모토는 못 참겠다는 듯이 왼손으로 코를 틀어막으며 손전등 불빛으로 이곳저곳을 비추었다.

벽에는 곳곳에 검게 균열이 나 있었다. 균열을 따라 검푸른 이끼와 곰팡이가 자라나 있었다. 지하실의 넓이는 대충 1.5평이 될까 말까였다.

살아 있는 생물의 기척은 없었다.

오키모토는 절반쯤 안심하고, 또한 절반쯤 실망하며 안쪽으로 한 걸음 나아갔다. 툭 하고 딱딱한 소리가 났다. 발밑에 떨어진 빈 깡통 같은 것을 밟은 모양이었다.

오키모토는 자기가 낸 소리에 깜짝 놀라며 뒤로 펄쩍 뛰었다. 그 바람에 휘청거리며 오른쪽 벽에 손을 짚었고, 짚은 손이 이끼 때문에 쭈욱 미끄러졌다.

놓친 손전등이 땅을 뒹굴었다.

그는 어깨를 벽에 부딪혀 평형감각을 잃고 바닥에 무릎을 꿇었다. 진동으로 인해 천장에서 모래가 후두둑 떨어졌다.

"휴우, 위험할 뻔했네."

무릎을 꿇은 자세 그대로 떨어뜨린 손전등에 오른손을 뻗었다. 그때 몸을 지탱하기 위해 바닥을 짚은 왼손 끝에 차가운 뭔가가 닿았다.

"응?"

그리고 별생각 없이 그것을 집어 들었다. 제법 묵직한 무게였다. 딱딱한 듯하면서도 부드럽고, 뭔가 끈적끈적한 감촉이었다. 오키모토는 땅에 떨어진 손전등 주위로 생겨난 둥그런 빛 안에 그것을 가져가 보았다.

그때였다.

"으아악!"

날카로운 비명과 함께 그것을 내던지고 말았다.

"우에엑……."

오키모토는 팔을 마구잡이로 움직여 대며 소리쳤다.

"우에에엑!"

그것은 둥근 빛의 가장자리로 스르륵 굴러가더니 오키모토를 원망스러운 듯이 노려보았다. 엉망으로 헝클어진 머리카락, 튀어나온 두 개의 눈알, 크게 벌어진 입 주변에는 칠칠치 못한 어린아이처럼 검붉은 소스가 묻어 있었다. 부자연스럽게 경직된 입술 끝에서 긴 혀가 축 늘어져 있다.

그것은 남자의 잘린 목이었다.

"스, 스도인가?"

너무나 충격적으로 변한 모습이었기에 순간적으로 알아보지 못했지만, 그건 틀림없는 스도의 얼굴이었다.

"으흐, 후후후……."

혀가 너무 떨려서 제대로 말이 나오지 않았다.

오키모토는 용수철이 튕기듯 몸을 벌떡 일으키며 계단을 향해 내달렸다. 바닥에 떨어진 손전등을 줍는 것도 잊은 채였다.

사……살인자.

살인자……살인자!

살인자다!

알 수 있는 건 그것뿐이었다. 어째서 살인자인지, 그리고 누가 살인자인지에 대해 논리적으로 생각할 여유가 전혀 없었다.

그는 계단을 우당탕 뛰어 올라갔다.

살인자…….

살인자다!

머리 위의 네모난 구멍이 갑자기 희푸르게 번쩍였다. 번개였다. 그리고 다음 순간 엄청난 굉음이 쏟아졌다.

우르르릉!

오키모토는 가까스로 구멍 가장자리에 손을 뻗었다. 그때 뭔가 시커멓고 커다란 그림자가 그의 눈에 들어왔다.

'뭐지?'

생각할 틈도 없이 하얀 구멍이 순식간에 새카맣게 변했다.

쾅 하고 격렬한 소리가 귀를 때렸다. 그와 동시에 그야말로 번개 같은 통증이 구멍 가장자리에 대고 있던 양손을 휩쓸었다. 오키모토의 몸이 조금도 버티지 못하며 뒤쪽으로 중심이 무너졌다. 그는 이 세상의 지옥이라 할 만한 어둠 속으로 떨어지고 말았다.

14.

오키모토는 의식을 잃은 가운데서 꿈을 꾸었다.

지금까지 그는 흑백으로 된 꿈만 꾸었다. 그런데 이번 꿈은 그가 처음으로 경험하는 채색된 꿈이었다. 빨강과 녹색과 노랑…… 세 가지 원색이 화면을 요란하게 물들이고 있었다.

그는 어린아이로 돌아가 있었다.

한여름이었다. 그는 뜨거운 햇빛이 내리쬐는 풀밭에 앉아 땀에 흠뻑 젖으면서도 자신의 손바닥 위에서 꿈틀거리는 존재를 응시하고 있었다. 왼손의 엄지와 중지가 그 작은 동물을 집어 들었다. 작다고 해도 그 동물치고는 큰 편이었다. 몸통의 굵기가 어른의 엄지손가락만 한 그것은 한 마리의 무당거미였다.

하나하나가 개별적인 생물체처럼 움직이는 여덟 개의 다리, 노란색에 검정 무늬가 들어간 둥글게 부푼 배. 그것은 꽁지 끝에서 열심히 투명한 실을 토해 내며 손가락 사이에서 발버둥을 쳤다.

그의 오른손이 거미의 다리 하나를 향해 뻗었다.

끝을 가볍게 잡고는 적당히 힘을 주며 잡아당겼다.

툭 하고 희미한 소리가 들리며 다리가 뜯겨 나갔다. 그 다리와 몸통 양쪽에서 웬일인지 붉은 피가 뚝뚝 떨어졌다.

그는 웃었다. 즐거워서 견딜 수 없었다.

뜯어낸 다리는 바닥에 휙 버렸다. 이어서 반대쪽 다리를 집었다. 이번에는 조금씩 비틀듯이 서서히 힘을 주었다. 키이키이 하고 거미가 울었다. 두 번째 다리가 뜯겨져 나가며 또 붉은 피가 떨어졌다.

세 번째, 네 번째……. 그는 새로운 다리를 잡고 뜯어낼 때마다 다양한 방법을 시도했다. 거미의 발버둥은 그때마다 강해졌다 약해졌다 했지만, 이윽고 여덟 번째인 마지막 다리가 몸통에서 뜯겨 나가자 완전히 힘을 잃고 말았다.

그럼에도 거미는 아직 입만큼은 계속해서 꿈틀거리고 있

었다. 그는 천진난만하게 웃으며 거미의 몸통을 집은 왼손 손가락에 힘을 주었다. 다리가 뜯겨 나간 여덟 군데의 상처에서 비현실적일 만큼 많은 피가 흘러나왔다. 서서히 힘을 강하게 주자, 이윽고 푸슉 하는 경쾌한 소리를 내며 몸통이 찌그러졌다.

바로 그때.

그는 엄청난 것을 보고 말았다.

손가락 사이에서 찌부러져 새빨간 액체 덩어리가 된 거미의 몸통 끝에 괴로운 표정을 머금은 인간의 작은 얼굴이 나타난 것이다.

그것은 그가 잘 아는 얼굴이었다.

……나?

나다.

나다…….

한없는 공포에 사로잡힌 그는 거미의 몸체를 바닥에 버리고 신경질적으로 짓밟아 댔다. 짓밟으면서 머리를 감싸 쥔 채 절규했다. 여름의 초원이 돌연 걸쭉한 붉은 액체로 변하며 녹아내리기 시작했다. 그러다 오키모토는 꿈에서 깨어났다.

한없이 불쾌감이 온몸을 감쌌다. 그는 이유를 금방 알 수 있었다. 꿈 때문이 아니었다. 실제로 그의 신경을 괴롭히는 통증 때문이었던 것이다.

그는 눈을 떴다.

머리가 심하게 욱신거리고, 얼굴이 불덩이처럼 뜨거웠다.

좀처럼 초점이 맞지 않는 눈이 이윽고 뒤집어진 세상을 포착해냈다. 양쪽 발목이 불에 타듯 아팠다. 양 손목도 마찬가지였다. 숨쉬기가 무척 힘들고 몸을 마음대로 움직일 수 없었다. 뒤늦게야 자신이 거꾸로 묶여 있다는 것을 알 수 있었다. 요란한 천둥번개와 함께 순간적으로 주변이 밝아졌다. 희푸른 섬광이 비추며 지저분한 통나무 벽이 드러났다.

그곳은 지하실이 아니라 그 위의 헛간이었다.

천둥과는 별도로 희미하게 이어지는 물소리 같은 것도 들렸다. 밖에서는 비가 내리는 것 같았다. 마구잡이로 몸을 비틀어보았지만 움직일수록 팔다리만 더 아파올 뿐이었다. 밧줄로 팽팽하게 묶여 있었던 것이다.

오른쪽 눈의 콘택트렌즈가 옆으로 돌아간 것 같았다. 뺨을 타고 흘러내린 땀이 그곳으로 스며들면서 엄청나게 아팠다. 손으로 비벼낼 수도 없어서 눈물이 뚝뚝 떨어졌다.

흐릿하고 어두운 눈앞을 뭔가 시커먼 것이 가로질러 갔다. 그것이 사람의 다리라는 것을 알아챌 때까지는 약간의 시간이 걸렸다.

'살려줘.'

다급히 외치려고 했지만 목소리가 나오지 않았다. 입에는 입마개가 물려져 있다.

오키모토는 그제야 떠올렸다.

아아, 그렇다. 이 헛간 아래 그 지하실에 스도의 잘린 목이 있었다.

살인자!

이놈이 살인자라는 걸 깨달았다.

이놈이.

이 다리의 주인이.

오오야기가 말한 후타바산의 살인귀가 정말로 존재했단 말인가. 그게 바로 이놈일까?

온몸에서 힘이 쭉 빠져나갔다.

이번엔 나를?

나를 붙잡아서 이렇게 매달아 놓고 이번에는 나를 죽일 셈인가? 사타구니에서 뜨뜻한 액체가 흘러나왔다. 배와 가슴을 타고 턱까지 흘러 내려왔다.

그때 툭 하고 뭔가가 바닥에 떨어졌다. 살인귀가 간신히 의식을 되찾은 오키모토에게 보여주기 위해서 내던진 것이다. 오키모토는 땀과 눈물, 그리고 자신이 흘린 오줌에 흐릿해진 눈으로 시야에 들어온 그 물체의 형상을 간신히 포착해냈다.

'이, 이건······.'

오키모토는 꿈속의 거미가 낸 것과 비슷한 신음소리를 냈다.

'이럴 수가, 이소베 선생님이······.'

어두운 바다 위에 이소베의 머리가 놓여 있었다.

얼굴 전체가 피로 물든 가운데서도 치켜뜬 눈만은 하얬다. 얼어붙듯 굳어 버린 그 형상에서는 '죽음의 안식' 따위는 조금도 찾아볼 수 없었다.

이소베 선생님 역시 이놈에게 죽은 것이다. 그리고 분명 오오야기와 지토세도.

오키모토는 거꾸로 매달린 채 고개를 세차게 가로저었다.

이런 짓을 하다니. 인간이 아니다. 이놈은 괴물이다.

그 말이 정확했다.

무표정하게 새로운 사냥감을 바라보는 그는 사악한 정신을 가진 완전한 괴물로 거기 있었다. 인간을 잔혹하게 학대하여 공포감을 심어주고, 찢어발기고 토막 낸 끝에 죽이는 것을 최고의 기쁨으로 여기는 괴물. 인간의 영역을 벗어난 잔인하기 그지없는 사디스트가 바로 그였다.

살인귀의 손에는 한 자루의 커다란 등산용 나이프가 쥐어져 있었다. 오키모토의 허리춤에서 빼앗아 간 물건이었다.

가죽 칼집에서 빠져나온 그 칼날은 약간 녹이 슬긴 했어도 아직도 충분히 예리했다. 부드러운 인간의 살을 쉽게 발라낼 수 있을 정도로 말이다.

살인귀는 헛간 대들보에 거꾸로 매달린 사냥감 앞에 서서 입술을 혀로 할짝거렸다. 그러고는 왼손을 뻗어 땀과 오줌으로 흠뻑 젖은 황록색 트레이너 셔츠를 거칠게 붙잡아 나이프로 천천히 찢어발겼다.

살이 드러났다.

출렁거리는 뽀얀 배가 고통과 죽음의 공포 앞에서 죽어가는 개구리처럼 와들와들 떨고 있었다. 살인귀는 나이프 끝을 살에 파묻힌 배꼽에 갖다 댔다. 사냥감이 입마개 안쪽에서 아우성치며 격렬하게 몸을 비틀었다.

힘을 주었다.

처음에는 가볍게. 그러나 점점 강하게.

피부가 쓱 갈라지며 칼끝이 배꼽을 1센티미터만큼 파고들었다. 붉은 피가 서서히 배어 나왔다. 그리고 칼날을 비틀어 가로로 긋기 시작했다. 일부러 천천히 시간을 들여 옆구리까지. 나이프의 궤적을 따라 노란 지방이 삐져나오며 피가 줄줄 흘렀다.

살인귀는 거기서 손을 멈추더니 사냥감의 얼굴을 내려다보았다. 떼를 쓰는 어린아이처럼 고개를 세차게 흔들어 대고 있었다. 흘러내린 피로 얼굴이 새빨갛게 물들었다. 목덜미와 이마에 푸른 핏줄이 섰고 크게 뜨인 두 눈도 붉게 물들어 있었다.

살인귀는 나이프를 배에서 뽑아냈다. 그리고 그것을 바닥에 내려놓는 대신 사냥감의 오른쪽 허벅지에 꽂아 넣었다. 살인귀는 입마개 안쪽에서 새어 나오는 신음소리를 들으며 벽에 설치된 선반으로 다가갔다.

그는 공구가 든 나무상자 하나를 바닥에 내려놓고 뭔가를 찾기 시작했다. 그리고 금방 찾아낸 듯했다. 송곳이었다. 살인귀는 혼자 만족스럽게 고개를 끄덕이더니 그 송곳을 들고 사냥감 앞으로 돌아왔다.

오키모토는 배와 옆구리에 생겨난 예리한 통증에 괴로워하면서도 돌아온 그놈이 새로운 흉기를 들고 있다는 것을 알아챘다. 뭐, 뭐야. 그런 걸로 또 무슨 짓을 하려고…… 그런 생각을 하는 사이에 까만 흉기 끝이 그의 얼굴로 가까이 왔다.

우왓!

그, 그만해.

그만해.

제발 그만……

그만하라고!

다음 표적은 눈이었던 것이다. 오키모토는 필사적으로 눈을 감으며 다가오는 흉기로부터 고개를 돌렸다. 그러나 어차피 그것은 무의미한 발버둥일 뿐이었다. 그는 수조에서 꺼내져 해체되길 기다리는 물고기만큼이나 무력했다.

송곳의 표적은 콘택트렌즈가 돌아간 오른쪽 눈이었다.

송곳 끝이 눈꺼풀 사이를 억지로 파고들었다. 그대로 눈을 쑥 관통해 갔다. 지금까지의 통증과는 전혀 다른 감각이었다. 날카로운 통증이 느껴지지만, 그것은 눈꺼풀과 눈의 겉 부분까지였다. 안쪽에서 느껴지는 건 통증이라기보다 저릿함에 가까웠다. 화상 입을 때의 느낌과도 비슷했다.

오른쪽 시야가 허무할 만큼 쉽게 파괴되었다. 그 안쪽에서 아메바 같은 것들이 명멸하며 불규칙하게 꿈틀대기 시작했다. 살인귀는 적당한 위치에서 손을 멈추었다. 이대로 더 깊이 찌른다면 송곳 끝이 뇌까지 닿아 사냥감을 죽이게 된다. 그는 그것을 알고 있었고 그렇게 만들 생각이 전혀 없었다.

단칼에 죽이는 게 최소한의 자비라면, 살인귀의 광기 어린 마음에는 눈곱만큼도 자비가 없었다. 조금씩 갖고 놀다 죽이는 쾌감을 알아 버린 그가 도망칠 염려가 전혀 없는 사냥감의 숨통을 단숨에 끊어 버릴 리가 없었다.

그는 눈을 찌른 송곳에 비스듬한 방향으로 힘을 주었다. 그렇게 해서 놀랄 만큼 교묘한 솜씨로 사냥감의 눈알을 도려냈다.

오키모토가 이때 느낀 고통은 상상을 초월했다.

목 안쪽에서 절규가 폭발했다.

피투성이의 눈알이 여러 개의 시신경을 꼬리처럼 대롱거리며 빠져나왔다. 오키모토는 살아남은 왼쪽 눈으로 그것을 바라보며 다시금 의식을 잃어갔다.

살인귀는 그것이 마음에 들지 않았다.

아직 잠들어 버리긴 일렀다.

깨어 있지 않으면 곤란하니까.

그때 살인귀는 어떤 상황을 떠올렸다. 불과 몇 시간 전에 산길에서 이소베를 습격했을 때, 오른쪽 다리가 절단되고 왼쪽 다리를 뽑혀 고통과 출혈로 꺼져가던 그 남자의 의식이 새롭게 가해진 폭력으로 깨어났다.

그렇다, 근처에 떨어져 있던 시체의 팔을 그의 입속에 밀어 넣은 게 원인이었다. 살인귀의 생각에 정상적인 논리는 없었다.

입속에…….

그 부분만이 분리되어 현재 상황에 끼워 맞춰졌다.

살인귀는 눈알이 꽂힌 송곳을 오른손에 든 채 상체를 굽히더니 왼손으로 오키모토의 입에 채워둔 입마개를 벗겨 냈다. 밖에서는 폭풍우가 더욱 거세지고 있었다. 설령 실신에서 깨어나 비명을 지르더라도 밖에서 들릴 염려는 없을 것이다.

그러나 자유로워진 오키모토의 입은 꿈쩍도 하지 않았다. 말려 올라간 두툼한 입술 사이로 혀가 축 늘어져 있었다.

도려낸 눈알은 아직도 눈구멍과 연결되어 있었다. 살인귀는 그것을 주저 없이 오키모토의 입안에 밀어 넣고 송곳을 뽑아냈다.

"먹어!"

살인귀가 말했다. 고막을 흔드는 목소리에 오키모토의 의식이 반응한 것은 그에게 더할 나위 없는 불행이었다. 그는 잠시 가라앉아 있던 깜깜한 연못 속에서 건져지며 다시 현실로 돌아왔다. 현실은 고통과 공포, 피로 물든 생지옥이었다.

"먹어!"

살인귀의 굵고 낮은 목소리가 그렇게 되뇌었다. 오키모토의 각성된 의식은 몽롱한 상태에서도 그 말의 의미를 겨우 알아들었다.

먹어?

먹으……라고?

그리고 그는 자신의 눈알이 지금 입안에 들어와 있다는 것을 깨달았다. 비릿한 피 맛과 함께 미끈미끈하고 둥근 감촉이 혀 위에서…….

"우에에에에엑!"

오키모토는 그것을 반사적으로 토해 냈다.

위장에서 급격히 역류해 올라온 액체가 입과 코에서 흘러 나왔다. 구토한 액체는 피 웅덩이처럼 변한 오른쪽 눈구멍에 대롱대롱 매달린 눈알을 적시며 바닥에 툭툭 떨어졌다.

먹으라고?

눈알을?

내 눈알을 먹으라니?!

그때 오키모토의 머릿속에서 뭔가가 툭 끊어져버렸다. 다양한 색의 가느다란 실이 거미집처럼 정신의 구석구석까지 퍼져 나가는 느낌이었다. 얼굴 근육이 이완되며 입술 사이로 광인 같은 웃음이 흘러나왔다. 살인귀는 쓰고 난 송곳을 바닥에 버려두고 사냥감의 허벅지에 꽂아둔 나이프를 다시 쥐었다. 처음 찔렀던 복부의 상처가 피를 철철 흘리며 벌어졌다 닫혔다 했다. 살인귀는 그곳에 칼끝을 찔러 넣고는 아까와 달리 세로 방향으로 그어 내리기 시작했다.

출혈이 더욱 심해졌다.

지방과 근육이 거침없이 갈라지며 빨간 내장이 보였다.

살인귀는 나이프를 놓자마자 세로로 벌어진 상처를 맨손으로 붙잡았다. 살인귀는 양쪽 엄지를 가로로 갈라진 상처

사이로 비집어 넣고 천천히 양쪽으로 벌렸다. 우지직하는 소리가 나며 배가 더욱 벌어졌다. 복막이 찢어지며 창자 일부가 질척하게 튀어나왔다.

살인귀의 오른손이 튀어나온 장기로 뻗치더니 미끌미끌하게 빛나는 창자를 움켜잡고는 복강 안에서 억지로 끄집어냈다. 그것은 뜨거우면서도 독자적인 생명을 가진 기형의 생물처럼 손안에서 꿈틀거렸다.

살인귀는 줄줄이 밀려나온 붉은 창자를 아무 주저 없이 그 주인의 입에 꾸역꾸역 밀어 넣었다.

"먹어!"

살인귀가 다시 말했다. 오키모토는 왼쪽 눈이 자신의 입 쪽으로 향하는 순간 얼어붙었다. 그의 눈빛은 완전히 이성을 잃은 사람 같았다.

"먹어. 먹으면 살려준다."

그런 말도 안 되는 소리가 어디 있는가? 배를 갈라 창자를 꺼내놓고 그것을 먹으면 살려준다니, 아직 자신의 몸과 연결된 내장을 먹어 버리면 어떻게 살아남는단 말인가.

그러나⋯⋯.

오키모토의 머리에는 더 이상 정상적인 사고 능력이 남아 있지 않았다.

'먹으면 살려준다.'

광기에 휩싸이면서, 아니, 광기에 휩싸였기 때문에 오키모토는 생을 갈구했다. 육체는 이미 한계에 가까워지고 있었다. 다가오는 죽음에 대한 본능적인 공포 속에서 살려준다는 살인귀의 한 마디만이 그의 유일한 행동 지침이 되었다.

오키모토는 입에 들어온 부드러운 것에 이빨을 세웠다.

그것은 무척 탄력 있고 미끄러워서 쉽게 씹을 수 없었다. 그러나 곧 피로 물든 앞니가 그 일부분에 박혔다. 장의 내용물이 입속으로 밀려 들어왔다.

강렬한 악취가 코를 찔렀다.

살고 싶다.

미쳐 버린 오키모토의 의지는 오로지 그 일념으로 얼마 안 남은 힘을 쥐어짜 내어 자신의 입과 목구멍을 움직였다.

그는 피와 소화액과 오물, 그리고 자신의 창자를 필사적으로 먹어댔다. 치밀어 오르는 강렬한 구토감을 최대한 억누르며 그것을 씹고 삼켜야 한다고 생각했다.

오키모토에겐 이미 고통을 고통으로 느낄 힘조차 없었다.

여기가 어디인지, 자신이 누구인지도 알지 못했다. 눈이 보이지 않았다. 귀가 들리지 않았다. 숨조차 제대로 쉴 수 없었다.

그럼에도 그는 자기 자신을 계속 먹어 댔다.

그렇게 그는 오로지 자신의 죽음을 향해 나아가고 있었다.

15.

그는 숨을 거둔 사냥감의 처참한 모습을 무심하게 바라보다가 천천히 문 쪽으로 걸어갔다. 천둥번개가 아직도 계속되고 있었다. 하늘은 두꺼운 구름에 뒤덮여 있다.

그는 문을 열었다.

땅을 때리는 빗줄기 너머로 산장의 그림자가 보였다. 창문에서 한줄기의 약한 불빛이 새어 나왔다.

서서히 내리는 땅거미 속에서 빗줄기는 점점 거세졌다. 산 전체가 세차게 내리는 비에 호응하듯 몸을 떨며 술렁거렸다.

폭풍우 치는 밤이 될 것 같았다.

/

격리

/

거친 의식의 깊은 내면.

그는 끝없는 어둠 속에 압도되어 꿈쩍도 못하고 있었다. 아무것도 보이지 않았다. 아무것도 들리지 않았다. 아무것도 느껴지지 않았다.

그는 벌써 상당히 오랜 시간 동안 완전한 어둠과 침묵 속에 갇혀 있었다. 이따금씩, 그것도 아주 짧은 순간 동안, 그를 둘러싼 두껍고 단단한 껍질에 바늘보다 작은 구멍이 생길 때가 있었다. 그는 그 순간 동안에만 무서울 정도의 무감각에서 해방되었다.

뭘까, 이것은.

붉은 물보라…….

뭘까?

짐승 같은 절규…….

강렬한 악취…….

그때마다 맥락 없이 비춰진 현실이 그를 푹푹 찔러 댔다.

뭘까?

여긴 어디지?

난 뭘 하고 있는 거지?

그는 물었다.

그러나 대답해 주는 사람이 있을 리 없었다.

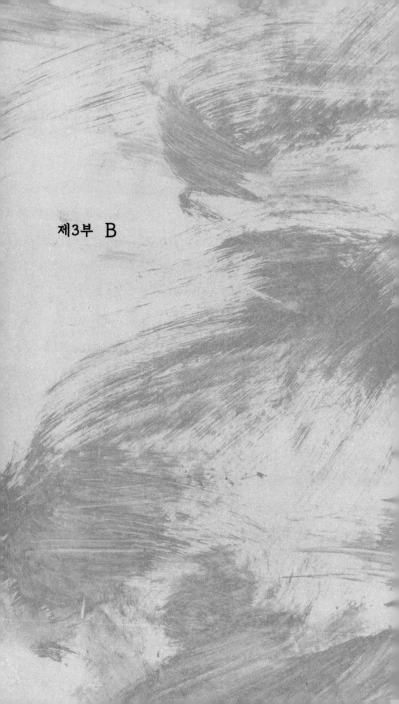

제3부 B

1.

오후 7시가 넘었다.

해는 이미 지고, 산장에 있는 두 개의 창밖은 전부 캄캄했다. 어젯밤과 같은 달빛이나 별빛은 찾아볼 수 없었다. 천둥 번개는 아까보다 멀어졌지만, 비바람의 기세는 도무지 약해질 기미가 없었다.

테이블 위에서는 촛불이 타고 있었다. 그 미약한 빛이 주변에 앉은 세 사람의 그림자를 지저분한 산장 벽에 비추어 냈다. 그림자는 그들의 마음속에 가득 찬 불안감을 투영하듯이 기괴할 만큼 크게 일그러지며 흔들렸다.

"저기, 뭐라도 마실까요? 커피라도 타올게요."

방금 전부터 15분 넘게 이어진 침묵을 마미야가 깨뜨렸다.

"아, 내가 타올게."

아카네가 그렇게 말하며 의자에서 일어났다. 그리고 테이블에 턱을 괸 이소베 부인을 향해 말했다.

"아주머니도 마실 거죠?"

"난 됐어."

그녀는 흔들리는 촛불을 가만히 바라보며 작게 고개를 가로저었다. 아카네가 물을 담은 주전자를 가스버너 위에 올리고 불을 켰다. 원통형의 휴대용 가스버너였다. 기세 좋게 뿜어져 나오는 푸른 불꽃이 산장 벽에 새로운 그림자를 만들어냈다. 이소베 부인은 그쪽에는 눈길도 주지 않고 탁자 위에 놓인 작은 위스키 병을 들더니 직접 입을 대고 벌컥벌컥 들이켰다.

"저기, 식사 준비 같은 걸 해둬야 하지 않을까요?"

아카네와 이소베 부인을 번갈아 지켜보던 마미야가 조심스레 입을 열었다.

"식사?"

이소베 부인이 눈썹을 날카롭게 치켜올리며 소년을 바라보았다.

"이럴 때 무슨 식사 준비를 하겠니?"

춥지도 않은데 입술이 덜덜 떨리고 있었다. 어둑어둑한 조명 탓도 있을 테지만, 미간과 이마에 깊은 주름이 새겨진 그녀의 얼굴은 남편의 귀환을 기다린 지난 몇 시간 동안 몇 살은 더 늙어 버린 것처럼 보였다.

"괜찮을 거예요. 분명 어디선가 비를 피하고 있겠죠."

마미야가 말했다.

"비를 피하고 있다고?"

"갑자기 천둥이 치고, 비가 세차게 내렸잖아요."

"이 산속에서 비를 피할 장소가 어디 있을까?"

"다른 산장이 있을지도 모르고, 아니면 동굴도 있고요. 아마 이소베 선생님은 다른 사람들을 찾아냈을 거예요. 그중에 한 사람이 어디선가 다쳐서 움직이지 못하고 있는 게 아닐까요? 그래서 다 같이 비를 피하고 있는 게……."

"그만해."

이소베 부인은 갑자기 신경질적인 목소리를 내며 양손으로 테이블을 내리쳤다.

"됐어. 그런 식으로 위로하듯이 말하지 않아도 돼."

"위로라니, 그런 게 아니에요."

"위로잖아."

그녀의 창백하던 뺨이 상기되며 마미야를 쏘아보았다.

"현실을 제대로 한번 봐라."

"현실이라뇨?"

갑자기 살벌하게 신경질을 부리자, 소년은 당황할 뿐이었다.

"왜 아무도 안 돌아오겠어? 그 세 사람도, 그이도, 그리고 오키모토까지……. 왜?"

"저기, 그러니까 그건……."

"시간이 얼마나 지난 줄 아니? 그 세 사람이 사라진 지 벌써 열두 시간째야. 그이가 찾아 나선 건 네 시간이 넘었고. 아무리 비가 많이 온다고 해도 우리를 남겨둔 채 아무 연락도 하지 않는 건 너무 이상하잖아. 안 그러니?"

이소베 부인은 단숨에 말을 쏟아내고는 다시 위스키 병을 입에 갖다 댔다.

"무슨 일이 벌어진 거야. 세 사람뿐 아니라 그이까지도. 분명히 뭔가 나쁜 일이……."

"하지만 아직 확실한 건 아무것도 없잖아요."

마미야가 말했다.

"이렇게 비가 심하게 내리는데, 캄캄해지면서 움직이기 힘들었을지도 모르고요."

"아니야. 분명히 무슨 일이 생겼어."

그러다 이소베 부인은 마미야를 향해 목소리를 높였다.

"네가 뭘 안다고 그래?"

"아주머니."

아카네는 더 이상 두고 볼 수 없어서 이소베 부인에게 다가갔다. 당장이라도 오열할 것 같은 그녀의 얼굴을 바라보며 최대한 강한 어조로 말을 건넸다.

"마미야에게 화를 낼 필요는 없잖아요. 우리를 위로하려고 열심히 말한 건데요."

"하지만……."

"아주머니뿐만 아니라 마미야와 저도 걱정이 되는 건 마찬가지예요. 저희도 무섭고 불안해요."

"아……."

이소베 부인은 말을 잇지 못하다 기운이 빠진 것처럼 어깨를 축 늘어뜨렸다.

"미안해. 난 너무 답답해서……."

가스버너에 올려둔 주전자에서 수증기 소리가 났다. 아카네가 새 종이컵을 테이블 위에 올려놓으며 무거운 기분으로 고개를 천천히 저었다.

무리도 아닐 것이다. 오오야기를 비롯한 세 사람은 물론이고, 그들을 찾아 나선 이소베 선생님과 오키모토까지 돌아오지 않고 있다. 다섯 사람에게 뭔가 나쁜 일이 생긴 게 아니냐고, 피치 못할 상황과 맞닥뜨린 게 아니냐고 생각하는 게 당연했다. 게다가 이소베 부인은 다른 누구도 아닌 남편이 행방불명이 되었으니 걱정이 더 클 것이다.

"어쨌든 기다리는 수밖에 없어요."

아카네는 스스로를 타이르듯 말했다.

"빗줄기가 약해지면 분명 돌아오겠죠."

"그래……."

이소베 부인은 한숨과 함께 고개를 끄덕였다.

"그렇다면 좋을 텐데."

아카네는 이소베 부인이 마실 커피까지 탔다. 컵을 가져
다주자, 그녀가 고맙다고 작게 중얼거리며 설탕과 우유도
넣지 않고 살짝 홀짝거렸다.

그리고 몇 분 동안의 암울한 침묵이 이어지는 사이 한동
안 멀어졌던 천둥이 다시 굉음을 울리기 시작했다. 뺨을 괴
고 돌처럼 굳어 있던 이소베 부인이 흐윽 하고 짧은 비명을
질렀다. 아카네는 종이컵을 입에 가져가던 손을 멈추고 오
른쪽 대각선에 있던 창문을 돌아보았다. 현관과는 반대편,
즉 산장 뒤쪽으로 난 창이었다.

바람에 휘몰아치는 빗물이 창문을 때리고 있었다. 촛불을
반사하는 어두운 창유리가 당장이라도 깨질 것 같은 소리를
내며 흔들리고 있었다.

"누나, 저기……."

마미야가 침묵을 못 참겠다는 듯이 아카네에게 말을 꺼냈
을 때, 갑자기 번쩍하고 번개가 어둠을 갈랐다.

뒤이어 쏟아질 천둥소리에 겁을 먹은 이소베 부인이 양손
으로 귀를 틀어막았다. 아카네는 그런 모습을 흘겨보다가,

한순간의 섬광에 비춰진 바깥 풍경 속에서 누군가의 검은 그림자를 보았다.

"앗!"

아카네는 자신도 모르게 비명을 질렀다.

"왜 그래요?"

마미야가 물었다.

"방금 전에."

아카네가 의자에서 일어나 창문 쪽으로 얼굴을 댔다.

"방금 전에 밖에 누가 있었어."

"네?"

"뭐라고?"

마미야와 이소베 부인의 목소리가 겹쳐졌다.

"정말이에요?"

"정말?"

"네."

천둥이 또 낮게 울렸다. 창밖은 다시 칠흑 어둠으로 돌아와 있었다. 아무리 살펴봐도 보이는 건 창유리에 비친 자신들의 얼굴뿐이었다.

"유코, 대체 누가 있었어?"

이소베 부인이 일어나 창가 쪽으로 달려왔다.

"모르겠어요."

아카네는 고개를 가로저었다.

"한순간이었고……. 하지만 확실히 사람인 것 같아요. 시커멓고 덩치가 큰……."

"덩치 큰 사람?"

마미야가 말했다.

"그렇다면 오오야기 형이 아니었을까요?"

"모르겠어. 하지만 오오야기 씨가 입고 있던 옷은 밝은 주황색이었는데……."

"흙먼지에 더러워졌을 수도 있잖아요."

"그래, 분명 그럴 거야."

이소베 부인이 소리치듯 말하며 창문을 열려고 했다. 하지만 여닫이 상태가 나쁜 탓인지 아무리 힘을 주어도 열리지 않았다.

"맞아, 오오야기야. 돌아온 거야."

이소베 부인이 창문을 포기하고 몸을 돌려 현관문 쪽으로 달려갔다. 아카네와 마미야도 그 뒤를 따랐다. 문을 열자마자 강한 바람과 함께 굵은 빗방울이 쏟아져 들어왔다. 이소베 부인은 옷이 젖는 것도 신경 쓰지 않고 바깥으로 한 걸음 나아갔다.

"오오야기, 왔어요?"

세차게 내리는 비를 향해 큰 소리로 외쳤다.

"오오야기!"

"아주머니, 안 되겠어요. 그만 들어가요."

아카네가 이소베 부인의 팔을 잡았다.

"흠뻑 젖겠어요. 그냥 안에서 기다려요. 아까 본 게 오오야기 씨라면 분명 근처에 있을 거예요."

맞아, 하고 아카네는 마음속으로 되뇌었다. 방금 본 그림자가 정말 오오야기였다면…….

'하지만…….'

〈하지만…….〉

'덩치가 크다고' 인식했던 것은 어쩌면 자신의 착각이었는지도 모른다. 만약 방금 전에 본 것이 오오야기도 아니고, 다른 일행도 아니었다면?

아카네는 이소베 부인을 안으로 데려오고, 비에 젖은 문을 원래대로 닫아 놓으면서 무서운 의혹과 예감에 전율했다.

'혹시 우리가 모르는 사람이?'

〈……모르는 사람이?〉

그러자 '모르는 사람'이라는 말이 메아리가 되어 귀 안쪽에서 반복되었다.

'설마, 그럼…….'

〈설마, 그럼…….〉

2.

아무리 기다려도 돌아오는 사람은 없었다.

이소베 부인은 비통한 얼굴로 물었다.

"왜 안 돌아오는 거야? 누구든 간에, 왜……."

아카네는 적당한 대답을 찾을 수 없었다.

"유코, 창밖으로 분명히 사람을 봤다고 했지? 근처까지 왔다면 왜 안 들어오는 걸까?"

"너무 어두워서 산장을 못 보고 지나쳤을지도 몰라요."

마미야가 말하자, 이소베 부인은 세차게 고개를 저었다.

"창문에서 불빛이 보이지 않았겠니?"

"그건……."

세 사람은 그 뒤로도 좀 더 기다렸다. 그러나 시계가 8시를 가리킬 무렵이 되어도 산장 문이 밖에서 열리진 않았다.

"내가 찾으러 나갈게."

이소베 부인이 불쑥 중얼거렸다. 아카네는 걱정스러운 마음으로 그녀의 얼굴을 바라보았다.

"그건……."

아카네가 입을 열자, 마미야도 같은 말을 동시에 꺼냈다.

"그건……."

아카네는 마미야와 잠깐 눈이 마주쳤다가 이소베 부인의

창백한 얼굴로 시선을 돌렸다.

"이런 빗속에서 찾으러 나가는 건 무모해요."

이소베 부인은 단호하게 대답했다.

"무모하다는 건 나도 알아."

"그래도……."

"이제 더 이상 여기서 가만히 기다릴 수만은 없어. 이젠 정말로 머리가 이상해질 것 같아."

"그러면 아주머니, 최소한 비가 그친 다음에……."

"내 말 좀 들어봐, 유코."

이소베 부인은 이마에 한 손을 얹고 입술을 강하게 깨물며 아카네를 바라보았다. 방금 전처럼 흥분한 상태는 아니었다. 굳은 결심을 한 것처럼 힘이 담긴 눈빛이었다.

"아까 네가 봤다는 그림자는 대체 누구였을까?"

그녀는 말했다.

"오오야기나 다른 네 사람 중 한 명이었다면 당연히 여기로 들어왔을 거야. 그런데 누구도 들어오지 않았어. 그렇다는 건……."

"제가 착각한 건지도 몰라요."

아카네는 그럴 리가 없다고 생각하면서도 그렇게 말했다.

"나무 그림자 같은 걸 잘못 볼 수도 있잖아요."

"난 말야, 아까부터 최선을 다해 냉정하게 생각해 봤어."

아카네의 애원을 무시하듯이 이소베 부인이 말을 이었다.

"여기서 나간 다섯 사람이 왜 모두 돌아오지 않는지를. 아침부터 없었던 세 사람이라면 함께 어딘가로 갔다가 사고가 난 건지도 모르니까 그나마 이해가 돼. 찾으러 나갔던 우리 남편이 세 사람을 발견했지만 하필 비가 내리는 바람에 발이 묶였다는 것도 전혀 불가능한 이야기는 아니야. 하지만 잠깐 여기 돌아왔다가 밖으로 나간 오키모토까지 돌아오지 않는 건 아무리 생각해도 이상하지 않아? 아카네, 안 그래?"

아카네는 애매하게 고개를 끄덕였다.

"게다가 아까 유코가 봤다는 그림자도 있어."

이소베 부인은 창문 쪽으로 시선을 돌렸다.

"무서운 상상이 드는 게 나뿐인가? 어때?"

"무서운…… 상상……."

마미야가 그 말을 되뇌었다.

"오늘 낮에 우리 그이도 지나가는 말로 이야기했잖니. 그때는 바보 같은 소리라고 생각했지만, 만약 아까 유코가 본 게 우리가 모르는 누군가라면……."

그녀가 말하고자 하는 바는 명확했다.

어젯밤 오오야기가 이야기했던 후타바산의 살인귀야말로 아까 보았던 그림자의 정체가 아니겠느냐고 지적한 것이다. 다섯 사람이 아직 돌아오지 않는 것 역시 살인귀의 출현 때문일 거라는 이야기기도 했다.

"나도 그럴 리 없다고 생각하지만, 만약에 정말로……."

이소베 부인은 어깨를 부르르 떨며 양손으로 눈꺼풀을 억눌렀다.

"내가 찾으러 나갈게. 그 사람을 구해야 해."

"그건…… 하지만……."

"그 사람에게 무슨 일이 생기면 나도 살지 못할 거야."

이소베 부인은 아카네의 말을 가로막으며 비통한 목소리를 쥐어짜 냈다.

"내겐 너무 소중한 사람이야."

그녀가 자신의 짐을 놓아둔 산장 구석으로 걸어갔다. 가방 안에서 바람막이를 꺼내고 옆에 놓아두었던 작은 손전등을 들었다.

"내가 돌아올 때까지 여기서 벗어나면 안 돼. 알겠지? 만에 하나 내가 돌아오지 않으면 그때는……."

"잠깐만요!"

마미야가 말했다.

"아주머니, 이건 분명히 장난인 것 같아요. 짓궂은 장난이요."

"장난이라고?"

이소베 부인은 조금 어이없다는 듯이 고개를 갸웃거렸다.

"무슨 소리를 하는 거니?"

"아마, 그래요, 아마 스도 씨가 생각해낸 일일 거예요."

"무슨 말이야?"

"그러니까…… 제 생각엔, 일단 스도 씨가 처음에 모습을 감춘 거예요. 그리고 자기를 찾으러 온 오오야기 씨와 지토세 씨를 설득해서 함께 숨어 버린 거죠. 그런 식으로 한 명씩 장난에 가담시킨 거예요. 남아 있는 우리들을 놀리려고요."

소년은 어떻게든 그녀를 잡아두기 위해 진지한 얼굴로 말을 이어갔다.

"그러다 뒤늦게 찾아온 이소베 선생님과 오키모토 형도 설득을 당한 거예요. 그때 폭풍우가 치기 시작해서……. 아까 아카네 누나가 본 것은 아마 오오야기 씨겠죠. 우리가 어떻게 하고 있나 정탐하러 왔을 테고요."

"그렇다면 그들은 대체 지금 어디에 있는데? 이런 폭풍우 속에서 어디에 숨어 있다는 거니?"

"저기, 그건……."

마미야는 대답이 궁해졌지만, 이내 퍼뜩 생각났다는 듯이 손뼉을 쳤다.

"저기예요. 여기 뒤편에 있는 건물이요. 창고같이 생긴."

"창고?"

"네, 거기라면 비를 피할 수 있어요. 다들 그 안에 있을 거예요."

마미야의 주장을 얼마나 진지하게 받아들였는지는 알 수 없지만, 이소베 부인이 긴장된 뺨에 희미한 미소를 지으며 대답했다.

"그래. 그럴지도 모르겠구나. 그러면 일단 먼저 그 창고를 조사해 볼게."

"아, 잠시만요."

"괜찮다. 어쩌면 마미야의 말이 맞을지도 몰라. 그러면 혼을 내줘야지. 우리를 이렇게 걱정하게 만들었는데."

"하지만, 저기……."

"난 이제부터 절대 설득당하지 않아. 찾아내면 호되게 꾸짖어서 데리고 올게."

이소베 부인은 손전등을 일단 바닥에 내려놓고, 옥색 트레이너 셔츠 위로 붉은색 바람막이를 입었다. 머리에 후드를 뒤집어쓰며 재빨리 턱 끈을 조였다.

"잠깐만요. 기다려주세요."

이소베 부인은 마미야가 한 번 더 붙잡는 것을 고개를 저으며 거부하고는 현관으로 향했다.

"가지 말아요, 아주머니."

사태가 점점 돌이킬 수 없는 방향으로 나아가고 있었다. 아카네는 그런 생각에 사로잡히며 외쳤다.

"가지 말아요!"

〈가지 말아요!〉

그렇게 말할 때 뇌를 스치는 이상한 예감은 몇 시간 전에
잠깐 산장에 돌아왔던 오키모토가 다시 나갈 때 느낀 것과
똑같은 감정이었다.

'가면 안 돼.'

〈가면 안 돼.〉

"걱정할 것 없단다."

이소베 부인은 어찌할 줄 모르고 서 있는 아카네와 마미
야를 천천히 돌아보았다. 그녀의 완고한 눈빛을 보면 더 이
상 설득해도 소용없다는 걸 알 수 있었다. 그녀가 말했다.

"꼭 그 사람들을 데리고 돌아올게. 그때까지 밖으로 나오
면 안 돼. 알았지?"

3.

이소베 부인은 폭풍우 속으로 발을 내디뎠다.

아까 위스키를 마시며 생겨난 몸의 열기가 맹렬한 비바람
에 순식간에 날아가버렸다. 정면에서 후드 안으로 쏟아지는
굵은 빗방울이 얼굴을 때리자 머리카락까지 금세 흠뻑 젖어

버렸다.

그녀는 손전등으로 발밑을 비추며 산장 뒤편으로 향했다. 마미야에게 말한 대로 먼저 창고부터 살펴볼 생각이었다. 한때 신경질적으로 흥분되던 감정이 어느 정도 진정되기는 했지만, 여전히 그녀의 마음은 숲속에서 폭풍우에 흔들리는 나무들과 비슷한 상태였다.

모든 게 뒤죽박죽이었다. 남편이 이미 무사하지 못할 거라는 절망감과 그것을 부정하는 마음, 모든 게 다 장난일 거라는 마미야의 주장이 사실이길 바라는 마음, 그리고 아까 아카네가 봤다는 검은 그림자가 이 산에 사는 살인귀일지도 모른다는 두려움…….

그것들이 혼돈스러운 소용돌이 속에서 연달아 나타났다가 사라져 갔다. 몇 걸음 나아가는 사이에 등산화 안까지 물이 들어왔다. 청바지는 무겁게 젖어 피부에 천이 달라붙는 감촉이 무척 불쾌했다.

산장 주변 일대가 거대한 검은 늪처럼 보였다.

처음엔 심한 진창은 되도록 피해가려 했지만, 그런 노력이 무의미하다는 걸 이내 깨달았다. 몇 번이고 진흙에 발이 빠지며 넘어질 뻔한 것이다. 그녀가 무서워하는 천둥이 밤하늘을 진동시킬 때마다 숨이 멎는 듯한 기분을 맛봐야 했다.

이윽고 목적지인 헛간 앞에 도착했다. 그리 대단한 거리가 아니었음에도 상당한 시간이 걸렸다. 손전등 불빛이 그 작은 건물의 모습을 비추었을 때는 이미 몸이 완전히 식어 있었다.

'이 안에 있는 걸까?'

헛간으로 다가가던 발을 멈추고 검게 젖은 나무문을 손전 등으로 비추었다. 그 앞에는 커다란 물웅덩이가 생겨나 있 었다.

다들 이 안에 있을까? 다들……. 그이도, 다른 사람들도?

그녀는 제발 그렇기를 간절히 바랐다.

짓궂은 장난이든 뭐든 좋으니, 제발…….

하지만 문틈 사이로는 한 줌의 빛도 새어 나오지 않았다. 그들이 여기 숨어 있다면 최소한 작은 불길이라도 있어야 하지 않을까? 그런데…….

이소베 부인은 크게 몸서리를 치며 뒤를 돌아보았다. 산 장의 창문에서 일렁이는 약한 불빛이 빗물 너머로 보였다. 거리로 따지면 코앞이었다. 그러나 그 사이를 메운 어둠의 압도적인 부피감 때문에 아득히 먼 곳처럼 느껴졌다. 그녀 는 물웅덩이를 가로질러 문 앞까지 나아간 다음, 숨을 죽이 며 손잡이에 손을 뻗었다.

"거기 누구 있어요?"

슬며시 말을 건네며 귀를 기울였다. 그러나 비바람 소리와 숲의 술렁거림, 그리고 자신의 숨소리 외에는 아무것도 들리지 않았다. 문을 밀자 무겁게 삐걱거리는 소리를 내며 천천히 열렸다.

"거기……."

지붕을 타고 떨어지는 빗물이 폭포수처럼 어깨를 때렸다. 그녀는 견디지 못하고 문 안쪽으로 들어섰다.

"아무도 없어요?"

내부는 완전히 암흑이었다. 그런 가운데 뭔가 이상한 냄새가 맴돌고 있었다. 발밑을 비춘 불빛을 안쪽으로 향하기 전에, 덜컥 하고 희미한 소리가 어둠을 흔드는 게 들렸다.

"누, 누구예요?"

그녀의 물음에 대답하듯이 밖에서 번개가 번쩍했다. 희푸른 색의 강렬한 빛이 어둠을 날카롭게 흩트려 놓았다. 그녀는 무심결에 눈을 감았다. 그러나 눈꺼풀이 닫히기 직전에 망막에 짧게 비친 광경이 그녀의 심장을 꽉 움켜쥐었다.

방금 그게 뭐지?

순간적인 섬광 속에서 방금 목격한 것의 의미에 대해 자문해 보았다. 그러나 마비된 사고력으로는 답이 나오지 않았다. 압도적인 공포에 다리 힘이 풀리고 심장이 쪼그라들 뿐이었다.

천둥이 울려 퍼졌다. 그 소리 덕분에 조금이나마 사고력의 마비가 풀렸다.

"뭐지?"

이소베 부인은 간신히 목소리를 냈다.

"바, 방금, 그건……."

뭔가 엄청나게 무서운 광경을 본 것 같은 느낌이 들었다. 번개의 섬광이 보여준 환각일까? 그녀는 자신이 목격한 광경의 의미를 바르게 이해하지 못했다. 그녀는 발밑을 비추던 손전등을 조심스레 앞쪽으로 향했다. 하얀 광선이 어둠을 가르자, 방금 본 광경이 결코 환각이 아니었음을 알았다.

"으…… 아아……."

헛간의 한복판 공간에 그것이 있었다.

뭔가 검붉고 미끈미끈한 물체였다.

"뭐야, 이건?"

그것은 오로지 추악하기만 한 큼지막한 고깃덩이였다. 순간적으로, 커다란 소고기를 잔뜩 매달아 놓은 냉장실의 풍경을 떠올렸지만, 실제로 그것이 대체 무엇인지는 곧바로 알아볼 수 없었다.

그러다가.

"오…… 오키모토……?"

간신히 그것과 오키모토의 이름을 연결 지은 건 낯익은 체크무늬 셔츠가 고깃덩이에 들러붙어 있는 걸 확인했기 때문이다.

이건…….

이게 오키모토라고?

크게 벌어진 입으로 비명조차 내지 못한 채, 그녀는 꽁꽁 얼어붙고 말았다. 시체는 대들보에 거꾸로 묶여 있었다. 흰 청바지는 흙먼지로 더럽혀졌고, 셔츠는 검붉은 색으로 물들었다. 갈라진 배에서 징그럽고 질퍽질퍽한 뭔가가 튀어나온 채 매달려 있었다.

그녀는 덜덜 떨리는 손으로 손전등을 아래쪽으로 향했다. 고깃덩이는 바닥에서 50센티미터 정도 떨어진 위치에서 부자연스럽게 끝나 있었다. 머리가 없었던 것이다.

너무나도 처참한 형상이었다. 불과 몇 시간 전에 산장에서 나갔던 그 대학생과 이 고깃덩이가 동일한 존재라는 걸 도저히 믿을 수 없었다.

이소베 부인은 천천히 고개를 가로저었다.

이건 분명 장난일 거예요.

아까 마미야가 했던 말이 문득 떠올랐다.

짓궂은 장난.

산산조각이 나며 무너지고 있는 정신의 균형을 회복하기 위해, 그녀는 현실을 부정하며 그 말을 믿기로 했다.

이건 짓궂은 장난…….

그녀는 스스로를 타일렀다.

장난이야, 이건.

저건 오키모토가 아니야. 인간의 시신 같은 게 아니야. 숲속에서 잡은 사슴의 시체 같은 것에 옷을 입혀 놨을 거야…….

다리를 휘청거리면서도 한 걸음 나아갔다.

분명해. 역시 다 함께 짜고 우리를 놀려 주려는 거야. 이런 기분 나쁜 것까지 만들어 내서…….

그녀는 휘청거리며 한 걸음 더 나아갔다.

그때였다.

빠지직하고 발밑에서 딱딱한 소리가 났다. 바닥에 떨어져 있던 뭔가를 등산화로 밟은 듯했다.

자세히 보니 그것은 네모난 뿔테안경이었다.

이건…… 오키모토의 것이었다. 이소베 부인은 어둠을 향해 외쳤다.

"소용없어! 아무리 겁을 주려고 해도, 나는 겁먹지 않아!"

그때 엄청난 악취가 코를 찌르면서 구토감이 치밀어 올랐다. 그녀는 눈앞에 매달려 있는 물체를 의식적으로 무시하며 손전등으로 더욱 안쪽을 비추며 소리쳤다.

"이제 그만하고 다들 나와. 모두들 여기 있지?"

정면에 아래쪽으로 향하는 작은 문짝이 손전등 불빛에 들어왔다. 그녀의 시선에 아래 놓인 물체들이 하나둘 들어오기 시작했다. 놀랍게도, 그녀가 찾던 사람들이 다들 거기 있었다. 그건 환각도 아니고, 짓궂은 장난은 더욱 아니었다.

그녀는 이번에야말로 현실을 있는 그대로 받아들일 수밖에 없었다. 더 이상 그것을 거부하는 건 자신의 정신을 스스로 무너뜨리지 않고는 불가능했다.

그녀가 찾던 이들은 다들 그곳에 일렬로 놓여 있었다. 맨 오른쪽부터 오오야기, 지토세, 스도, 이소베, 그리고 오키모토까지. 바닥에 다섯 개의 목이 나란하게 놓여 있었다.

전부 처참하게 변해 버린 모습이었다. 흐트러진 머리카락, 치켜뜬 눈, 단말마의 비명을 그대로 얼려 버린 것처럼 일그러진 모양으로 크게 벌린 입······.

아름답던 지토세의 얼굴에서 예전의 모습은 찾아볼 수 없었다. 스도의 얼굴은 불에 짓이겨진 것처럼 검게 그을려 있었다. 오키모토의 얼굴에서는 왼쪽 안구가 도려내져 있었다.

"여······ 여보."

아케미는 격렬한 고통이 새겨진 남편의 얼굴에서 눈을 떼지 못하며 괴로워했다.

"이럴 수가······."

다들 살해당한 거야.

그녀는 이제야 그 사실을 이해했다. 그와 동시에 그때까지 목구멍에서 막혀 있던 비명이 단숨에 폭발했다.

다들 살해당한 거야.

그 사람도, 오키모토도…… 모두.

거꾸로 매달린 이 고깃덩이는 오키모토의 시체였어. 다들 살해당했어. 살해당하고 목이 잘려서…….

으아아아악……. 날카롭게 이어지는 긴 비명이 하늘 위를 휩쓸던 천둥소리에 지워졌다. 마치 그 비명과 천둥이 겹치는 순간을 기다리고 있었던 것처럼, 어둠에 휩싸인 헛간 구석에서 거대한 그림자가 움직였다. 뭔가 시커먼 것을 든 오른손을 높이 치켜들고 그녀를 향해 맹렬히 돌진해 오고 있었다.

새로운 비명이 그녀의 입에서 솟구쳤다.

몸이 옆으로 비틀거리듯 움직였다. 의도적으로 피한 게 아니라 공포와 경악에 사로잡힌 나머지 다리에 힘이 풀려 넘어질 뻔한 것이다.

그게 오히려 다행이었다. 획 하고 귓가에서 공기 가르는 소리가 나더니 나무 바닥이 갈라지는 둔탁한 소리가 울려 퍼졌다.

이놈이다!

그녀는 알아차렸다.

'이놈이 모두를 죽인 거야. 오오야기가 말한 후타바산의

살인귀야. 정말로 존재했어. 정말로……!'

그놈은 바닥에 박힌 흉기를 뽑아내며 천천히 눈을 들었다. 이소베 부인이 어린아이가 떼를 쓰듯 고개를 휘저으며 뒷걸음질 쳤다. 어찌할 수 없을 만큼 손이 떨려서 손전등을 떨어뜨리고 말았다.

왼쪽 팔꿈치에 뭔가 부드러운 것이 닿았다. 대들보에 매달린 오키모토의 시체였다. 그녀는 즉시 그 뒤쪽으로 몸을 숨겼다.

시커먼 그림자가 다시 오른팔을 높이 들며 덤벼들었다. 다급해진 그녀는 배가 갈라져 내장이 흘러나온 오키모토의 몸통을 양손으로 붙들고 방패처럼 내밀었다. 휘둘러진 흉기가 고기 방패에 정확히 명중했다. 푸슉, 하는 불쾌한 소리와 함께 피와 내장 파편이 흩뿌려졌다. 그 순간 우오옷…… 하고 낮은 목소리가 들렸다.

밖에서 번개가 번쩍하는 순간, 자기의 얼굴을 한 손으로 억누르며 뒤로 비틀거리는 거구가 보였다. 시체에서 튄 피가 놈의 눈에 들어간 듯했다. 그녀는 상체를 최대한 낮추고, 살인귀의 옆을 재빨리 지나친 다음 헛간 밖으로 뛰쳐나왔다.

4.

"방금 비명 같은 소리가 들리지 않았어?"

아카네가 어두운 창밖을 바라보며 겁먹은 목소리로 물었다.

마미야가 종이컵에 남은 식은 커피를 마시려다 말고 아카네의 얼굴을 바라보았다. 아무리 귀를 기울여도 세차게 부는 바람소리와 지붕을 때리는 빗소리, 방금 울린 천둥의 여운 말고는 아무것도 들리지 않았다.

"기분 탓일 거예요."

마미야는 그렇게 말하며 미소를 지으려 했지만 잘되지 않았다.

"전 아무것도 못 들었는데……."

"정말?"

아카네는 미심쩍은 얼굴로 창가에 다가가 창유리에 눈을 가까이 댔다. 물론 그런다고 캄캄한 바깥 풍경이 보일 리 없었다.

"마미야, 커피 새로 타다줄까?"

창문에서 떨어진 그녀는 크림색 블라우스를 입은 가냘픈 몸을 자신의 양팔로 끌어안듯 하며 가늘게 몸서리쳤다.

"아, 네."

마미야는 고개를 끄덕이고 나서 물었다.

"추우세요?"

"아니, 괜찮아."

"그래도……."

"배고프지 않니?"

"뭐, 조금은. 하지만 괜찮아요."

"벌써 8시잖아. 쿠키가 있는데 먹을래?"

마미야가 뜨거운 커피를 홀짝이며 아카네가 꺼내준 쿠키를 먹었다. 공복감은 느껴졌지만 위 근처가 심하게 더부룩해서 별로 많이 먹지는 못했다.

마미야는 무슨 말이라도 꺼내야겠다고 생각했다. 다섯 명이나 되는 사람들이 돌아오지 않고 있고, 이소베 부인까지 이런 폭풍우 속으로 뛰쳐나가 버렸다. 이곳에서 자신과 단둘이 남은 아카네가 얼마나 불안해할지 알 수 없었다.

무슨 말이든 해서 그녀에게 힘을 주어야 했다. 하지만 마미야는 무슨 말을 어떻게 꺼내야 좋을지 몰랐다. 지금 상황과 상관없는 화제를 꺼내서 그녀의 신경을 다른 데로 쏠리게 해야 할까? 아니면 자신들이 처한 상황 속에서 좀 더 긍정적인 요소를 찾아 언급해야 할까?

"저기, 마미야."

한동안 이어지던 거북한 침묵을 먼저 깬 건 아카네였다.

"나는…… 왠지 무척 불길한 예감이 들어."

그녀는 테이블 위에서 일렁이는 랜턴 불빛을 바라보며 절실한 목소리로 말했다.

"아까 아주머니가 나가실 때, 난 그걸 느꼈어. 기억나? 아까 오키모토 씨가 돌아왔다 다시 나갈 때도 내가 똑같은 말을 했었잖아?"

마미야가 말없이 고개를 끄덕였다.

"이런 걸 육감이라고 하나? 갑자기 마음속에서 뭔가가 움직이는 거야. 안 돼, 좋지 않은 일이 일어날 거야……라는. 그러더니 귀 안쪽에서 똑같은 말이 메아리처럼 들려왔어. 이게 어떤 느낌인지 알겠어? 마미야."

"글쎄요."

마미야가 고개를 갸웃거리며 머리를 긁적였다.

"저는 그런 일엔 무척 둔감한 편이라서요."

"그러면, 그런 예감 같은 건 존재한다고 생각해?"

거듭해서 마미야의 대답을 재촉하는 아카네의 표정이 무척 진지했다.

"글쎄요, 잘 모르겠네요. 예감이라면, 영감(靈感)하고 비슷한 건가요?"

"조금 다르지만, 뭐, 비슷한 거라고 할 수 있지."

"같은 반 아이들 사이에서 자주 화제가 됐거든요. 귀신을 봤다느니, 가위에 눌렸다느니 하는 이야기요. 그리고 '큐피트 씨'라고 이상한 점 같은 놀이도 하던데요."

"큐피트? 아아, '고쿠리 씨(한국에서 분신사바로 알려진 강령술 놀이-옮긴이)' 말이구나."

"그런 얘기는 아무래도 미심쩍다고 생각해요. TV의 특별 프로그램에서 나오는 심령 특집이나 UFO 같은 소재도 조작 같다는 생각이 들고요. 하지만 어젯밤 스도 씨가 했던 이야기보다는, 그러니까 이소베 선생님과 같은 의견이에요. 우리가 잘 모르는 일이나 우리 상식으로는 이해할 수 없는 일들이 이 세상에 얼마든지 있을 수 있다는 말에는 찬성하는 편인데요……. 아, 제가 말을 잘 못해서 표현을 제대로 못하겠어요."

"아니, 무슨 말을 하려는 건지 이해했어."

아카네는 엷은 미소를 띠며 살짝 고개를 저었다.

"나는 말이지, 내가 영감이니 뭐니 하는 특별한 능력을 가졌다는 생각은 전혀 하지 않아. 하지만 어제 이 산에 오고 나서부터 뭔가 굉장히 이상한 느낌이 들었어. 어젯밤 캠프 파이어를 했을 때부터, 쭉……."

"이상한 느낌이라고요?"

"어떻게 표현해야 좋을지 모르겠지만, 뭔가…… 그러니까 말이지, 우리가 하는 대화나 행동 하나하나가 뭔가 거대하고 기묘한 힘의 영향을 받는 것 같다는, 그런 느낌……."

아카네가 어떻게든 머리에 떠오른 이미지를 표현하려고 한다는 건 알지만, 마미야는 좀처럼 감이 오지 않았다.

"그래서 난 오오야기 씨가 그 말을 시작했을 때……."

"살인귀 얘기, 말인가에요?"

"그래."

아카네는 고개를 끄덕였다.

"나한테는 굉장히 강하게 느껴졌어. 이유는 잘 모르겠지만, 듣고 싶지 않아, 이야기하면 안 돼, 그건 무척 안 좋은 이야기니까…… 하는 생각이 들었어."

마미야는 오오야기의 이야기가 끝난 직후에 자신이 짧게 목소리를 냈던 걸 떠올렸다. 그때 그녀는 갑자기 소리치듯이 '안 돼!'라고 말했다.

"안 된다고 생각했어. 귀 안쪽에서 그걸 반복해서 말하는 목소리가 들리더니, 갑자기 장작이 튀면서 불똥이 튀었던 거야."

그녀는 오른손 검지에 두른 반창고를 슬며시 내려다보았다.

"마미야."

아카네는 겁먹은 눈을 들어 말했다.

"그 이야기에 대해 어떻게 생각해? 오오야기 씨가 말했던 살인귀 얘기……."

"그건 모두 엉터리예요."

마미야가 자신 있게 대답했다.

"정말로 그렇게 생각해?"

"그러면 아카네 누나는 정말로 살인귀 같은 존재가 이 산에 살고 있다고 생각하세요?"

"그건 잘 모르겠어."

아카네가 창백해진 얼굴을 숙였다.

"하지만 마미야. 아까 네가 아주머니에게 했던 말, 다들 돌아오지 않는 건 그냥 짓궂은 장난이라는 말은 진심이 아니었잖아?"

"아, 그건……."

"아주머니를 말리려고 순간적으로 떠오른 말을 그냥 해 본 거 아냐?"

"그건 맞아요."

"아무리 그래도 이런 지독한 장난을 할 리가 없지. 이런 식으로……."

마미야가 자세를 꼿꼿이 펴며 목소리에 힘을 주었다.

"그렇다고 살인귀에게 당했다는 증거도 없잖아요. 애초에 오오야기 씨가 했던 이야기는 너무 두서가 없었어요. 스도 씨도 비웃었지만, 저 역시 같은 의견이에요."

"그런 존재가 있을 리 없다는 거야?"

"그냥 뜬금없는 소문밖에 없잖아요. 악귀의 후손이라느니, 일본군이 세운 비밀연구소라느니⋯⋯. 모두 말도 안 되는 얘기예요."

"그렇⋯⋯겠지."

아카네는 힘없는 미소를 지으며 고개를 살짝 끄덕이더니 몸을 덥히려는 듯이 커피가 든 종이컵을 양손으로 감쌌다.

"그럴 거야."

마미야는 그런 그녀의 모습을 테이블 너머로 바라보며 아득하게 느껴지는 기억을 더듬었다.

'아아, 이 얼굴은⋯⋯.'

핏기 없는 하얀 피부. 갈색이 섞인 긴 생머리. 살짝 야윈 듯이 갸름한 뺨. 항상 시선을 내리깔며 속눈썹이 떨리듯 움직이는 얼굴, 그리고 '유코'라는 애칭으로 불리는 그녀의 이름. 이제는 사진 속에서만 웃을 수 있는 소중한 사람의 얼굴과 이름을 소년은 그녀를 통해 볼 수 있었다.

어제 집합 장소에서 아카네와 처음 만나는 순간, 그렇게 그녀는 소년에게 '특별한 사람'이 되고 말았다.

'이 사람을 위해서라면⋯⋯.'

다시 내려앉은 침묵을 어떤 말로 타개할지 고민하면서 마미야는 마음속으로 중얼거렸다.

무슨 일이 있어도⋯⋯. 그렇다, 설령 살인귀가 실제로 이 산에 존재한다 해도 이 사람만큼은 내가 지켜 내야 한다.

'내가……'

마미야는 마음속으로 거듭 되뇌었다.

'내가 이 사람을 꼭……'

5.

헛간에서 뛰쳐나온 이소베 부인은 폭풍우 속을 전력으로 질
주했다.

바람막이의 후드가 강풍에 날아갔다. 비스듬하게 쏟아지
는 세찬 빗물 때문에 제대로 눈을 뜨기가 힘들었다. 게다가
손전등까지 잃어버린 지금, 눈앞은 깊은 어둠에 뒤덮여 있
었다. 간신히 산장 창문의 불빛을 찾아내어 그 방향으로 달
려갔다. 그러나 몇 미터도 가지 못하고 진창에 발이 미끄러
지며 앞으로 고꾸라지고 말았다.

"도와줘요."

격렬한 빗소리에 목소리가 빨려 들어갔다.

"도와줘요, 여보!"

아무리 불러도 남편은 이미 이 세상 사람이 아니었다. 방
금 처참하게 잘린 목을 봤음에도 그녀는 10여 년을 함께

살아온 남편의 얼굴을 떠올리며 도움을 요청할 수밖에 없었다.

"아아, 여보…… 도와줘요."

그의 죽음을 도저히 인정하고 싶지 않았다.

'우리는 특별한 부부였어. 무척 특별한……'

벌어진 입으로 튄 진흙을 곱씹었다. 지독한 쓴맛이 혀에 느껴졌다. 언제 어디선가 이와 똑같은 맛을 똑같은 기분으로 느낀 적이 있다는 생각이 들었다.

뒤에서, 물웅덩이를 밟는 거친 발소리가 들려왔다.

그놈이 쫓아온다!

이소베 부인은 필사적으로 몸을 일으켜 다시 무작정 뛰기 시작했다. 창문 불빛을 다시 찾을 틈도 없었다. 그녀는 아무것도 보이지 않는 앞을 향해 하염없이 달렸다.

방금 전 진흙의 맛은…….

달려가는 와중에, 공포로 움츠러든 마음 한편에서 생각했다.

그게 언제였더라?

그게 언제…….

어디를 어떻게 달리고 있는지 전혀 알 수 없었다. 자신의 위치를 깨달은 것은 다시 발이 미끄러져 차가운 바닥에 굴러 넘어졌을 때였다.

풀냄새가 났다. 그리고 쭉 뻗은 양손에 꺼끌꺼끌한 나무 감촉이 느껴졌다. 그것을 통해 숲속으로 들어섰다는 걸 알아챌 수 있었다. 그녀는 황급히 몸을 일으켰다.

산장이 어디지? 창문 불빛은?

그녀는 주변을 둘러보며 힘들여 일어섰다. 등 뒤로 검게 늘어선 나무들 사이로 희미한 빛이 보였다. 몸을 돌리려고 했지만, 그때 또 발이 미끄러지며 이번엔 뒤로 나자빠지고 말았다.

손을 짚지도 못한 채 등을 강하게 부딪쳤다. 이때 뒤통수 밑에 뭔가 말랑말랑한 것이 느껴졌다. 이소베 부인은 숨을 헐떡이면서도 고통을 견디며 다시 몸을 뒤집어 일어서려 했다. 물에 잠긴 땅에 양손을 짚고 팔을 폈다.

번개가 쳤다. 순간적으로 숲속을 밝히는 그 빛 덕분에 그녀의 눈은 코앞에 놓인 그 물체를 포착해냈다.

빨간 옷.

처음 인식한 건 바로 그것이었다.

더럽혀진 빨간 블루종 재킷.

이건 어제 스도가 입고 있던 옷이었다. 그렇다면 여기 있는 것은, 이 말랑말랑한 것은, 바로 스도의 시체가 분명했다. 스도는 이런 곳에서 그놈에게 습격을 당했던 것이다. 여기서 살해당하고 흉기로 목이 잘린 것이다.

썩기 시작한 시체 냄새가 코를 찔렀다. 혐오감과 공포심에 온몸의 털이 곤두섰다. 그녀는 의미 불명의 아우성을 토해 내며 몸을 일으키려 했지만 또다시 발이 미끄러지며 진흙 위로 엉덩방아를 찧었다.

마치 끝도 없는 늪 속으로 빨려 들어가는 기분이었다. 아무리 일어서려고 해도 이제 안 될 것 같았다. 의지를 가진 검은 진흙이 발목에 휘감기며 몸을 끌어당기고 있다. 이대로 깜깜한 죽음을 향해 질질 빨려 들어가는 것이다.

극한까지 당겨진 긴장감이 툭 끊겨졌다. 무력감과 절망감에 온몸의 힘이 빠져나갔다.

아아, 맞아. 그녀는 이제야 깨달았다.

진흙의 맛, 세차게 내리는 비, 그리고 붉은색 옷……. 아아, 이건 그날과 똑같았다. 그날, 재작년 7월의 그 비 오는 날과 똑같다…….

"사토시……."

부들부들 떨리는 입술로 그 이름을 중얼거렸다.

그건 지난 2년 동안 절대로 떠올리지 않겠다고 굳게 마음먹었던 기억이었다. 7월의 비 내리는 오후. 그 아이가, 사토시가 죽은 그날…….

"사토시……."

다시 한 번 그 이름을 부르는 사이에, 등 뒤로 발소리가

다가오고 있었다. 이소베 부인은 그것을 멍하니 의식하면서
도 그 자리에 주저앉은 채 움직이지 않았다.

살인귀는 숲속에서 어젯밤 세 번째로 죽인 남자의 시체
옆에 주저앉은 사냥감의 뒷모습을 발견하더니 오른손에 든
도끼를 근처 나무줄기에 박아 넣었다. 이미 그녀에게 도망
치거나 저항할 기력이 남아 있지 않다고 본 것이다.

천천히 다가가서 땅딸막한 어깨에 양손을 뻗었다. 그리고
어깨살을 움켜쥐며 힘없는 고무인형 같은 몸을 억지로 일으
켜 자신 쪽을 바라보게 했다. 양손으로 목을 잡은 뒤 단숨에
공중으로 몸을 들어 올렸다. 초인적인 괴력으로 목이 잡힌
채 매달린 그녀는 숨 막히는 괴로움에서 벗어나기 위해 마
구잡이로 발버둥을 쳤다.

'그만 죽여줘…….'

방금 전까지의 공포는 사라지고, 오히려 적극적으로 죽음
을 바라는 마음이 그녀의 마음속에서 생겨나고 있었다.

빨리 죽여줘.

빨리…….

이대로 괴물에게 살해당하는 게 나을 것이다. 나는, 나 같
은 인간은 그냥 빨리 죽어야……. 그 순간, 2년 전의 사건이
생생히 되살아났다.

지금까지는 계속 억지로 잊기 위해 노력해 왔다. 남편과

이야기를 하거나 이웃에 사는 언니 부부와 만나서 사토시에 대해, 아니면 그날의 사고에 대해 언급될 때조차도 그녀는 최선을 다해 잊으려 했다. 나와는 상관없어, 내 탓이 아니야……라고.

'맞아.'

희미해지기 시작한 의식 속에서, 그녀는 오랫동안 억눌러 왔던 죄의식을 토로해 냈다.

그 아이를 죽인 건 나였어.

바로 나였어.

그래서, 그러니까…….

그날은 오후부터 비가 내렸었다. 상당히 세차게 내리는 비였다. 자전거로 슈퍼에 장을 보러 갔던 그녀는 비가 그치기를 기다리지 않고 집에 돌아왔다. 왼손으로 우산을 받치며 오른손으로 핸들을 쥐고 빗속을 급하게 달렸다.

그런데 시야가 좁은 모퉁이를 돌았을 때였다. 우산 때문에 전방의 시야가 가려진 탓에 인도를 지나던 아이와 부딪치고 말았다. 그게 하필이면 사토시였던 것이다. 자전거와 함께 넘어졌지만, 그리 대단한 부상은 아니었다. 팔꿈치와 무릎을 찧은 통증보다도 뺨에 느껴지는 차가운 콘크리트와 입안으로 튄 진흙의 쓴맛이 기억에 선명히 남아 있었다.

그러나 자전거에 치인 사토시는 밀려나면서 차도로 넘어

지고 말았다. 붉은 티셔츠를 입은 그 아이에게 최악의 타이밍으로 다가온 자동차의 급브레이크 소리. 길 위에 쓰러진 그 아이의 작은 몸……

병원으로 이송된 사토시는 아버지가 도착하기도 전에 숨을 거두었다. 그녀 역시 병원으로 달려갔지만 그 아이가 차에 치인 것이 자기 탓이라는 말을 그 자리에서 꺼낼 수는 없었다.

다행히 – 이렇게 말해도 될지 모르겠지만 – 그 아이를 친 자동차의 운전자는 그 직전에 인도에서 벌어진 일을 모르고 있었다. 현장을 지나던 목격자도 없었다.

그래서 그녀는 그 사고의 근본적인 책임이 자신에게 있다는 사실을 절대 누구에게도 밝히지 않기로 마음먹었다. 그런 일은 처음부터 일어나지 않았다고 스스로를 강하게 타이르며, 그날의 진실을 잊으려 노력해온 것이다.

내가 죽였어.

내가 그 아이를.

허공에서 버둥대던 팔다리가 둔해지고 의식이 사라지기 직전, 목을 압박하던 힘이 갑자기 사라졌다. 몸이 공중에 붕 뜨더니 다음 순간 땅에 강하게 부딪혔다.

어째서?

이소베 부인은 목을 잡고 격렬히 기침을 하며 어리둥절한 눈빛으로 어둠 속을 바라보았다.

어째서 손을 놓은 거야?

어째서 단번에 죽여주지 않는 거야…….

살인귀는 땅에 엎드린 사냥감의 움직임을 차갑게 내려다보았다. 너무 쉽게 죽어 버리면 곤란하다. 재미없으니까. 그것이 그의 지극히 단순한 사고이자 판단이었다.

괴롭게 헐떡이는 여자의 머리카락을 움켜쥐고 난폭하게 일으켰다. 그리고 이번에는 커다란 손바닥으로 머리 옆 부분을 감싸며 다시 공중으로 들어올렸다.

저항하는 힘은 거의 없었다. 양쪽에서 가하는 압력을 서서히 늘리자, 무서운 병에 걸려 발작하는 것처럼 양팔과 양다리가 따로따로 맹렬히 움직였다. 그 결과 양 무릎이 살인귀의 배에 몇 번 닿았지만 그에게는 아주 하찮은 충격에 불과했다.

제대로 숨을 고를 틈도 없이 가해진 새로운 고통에 이소베 부인은 짐승이 낮게 으르렁거리는 듯한 신음소리를 냈다.

끼긱, 끼기긱…….

두개골이 삐걱거리기 시작했다. 뇌가 압박을 당하자 시야를 뒤덮은 어둠이 녹아내리며 우유 빛깔로 바뀌어 갔다.

이번에야말로 죽을 것이다. 그녀는 몽롱한 의식 속에서 그날 병원에서 본 사토시의 마지막 얼굴을 떠올렸다.

이건 그 아이를 죽인 벌이다.

그 아이를 죽인 나의 죄에 대한 형벌……

살인귀는 양손으로 머리를 감싼 상태에서 엄지를 뻗었다. 그리고 공허하게 열린 여자의 양쪽 눈을 향해 손끝을 서서히 밀어 넣었다. 안구가 찌부러지며 눈구멍에서 선혈이 흘러나왔다. 여자의 입에서 흘러나오던 탁한 신음이 소름끼치는 비명으로 폭발했다.

살인귀는 그런 반응에 만족해하며 사냥감의 몸을 좌우로 흔들더니 흔들리는 힘이 충분해지자 그 기세를 실어 앞쪽으로 툭 내던졌다. 그녀의 몸은 몇 개의 나뭇가지를 부러뜨리며 공중을 날아갔다. 그리고 두 갈래로 갈라진 큰 나뭇가지 사이로 다리부터 처박혔다.

살인귀는 홀연히 어둠 속을 걸어갔다. 엎드린 채 나뭇가지 사이에 낀 사냥감의 입에서는 아직도 낮은 신음 소리가 새어 나왔다. 아직 죽지 않은 것이다.

이런 상태에서 살인귀는 다음 행동에 나섰다.

양손을 그녀의 머리로 뻗었다. 관자놀이를 양손가락으로 누르며 서서히 힘을 가했다. 터져버린 양쪽 눈에서 흘러나온 피가 빗물에 녹으며 땅에 떨어지고 있었다.

이윽고 신음소리는 이를 가는 듯한 소리로 바뀌어 갔다. 힘없이 늘어졌던 팔이 크게 꿈틀거리며 위로 솟구치더니 격렬한 경련과 함께 내려왔다. 살인귀가 두개골에 대한 압박을 지속하면서 머리를 오른쪽 방향으로 비틀기 시작했다.

으드득, 하고 목뼈에서 소리가 나나 싶더니 팔이 한층 크게 솟구치며 갈고리처럼 구부린 손끝으로 허공을 붙잡았다. 살인귀는 무표정하게 사냥감의 움직임을 내려다보며 그때까지 적당히 조절하던 자신의 힘을 완전히 해방시켰다.

목이 둔탁한 소리를 내며 180도로 회전했다. 피로 물든 눈구멍과 긴 혀를 늘어뜨린 입이 위쪽을 향했다. 그다음 순간, 관자놀이에 가해지던 압력에 의해 드디어 두개골이 여지없이 파괴되었다.

푸슉!

물 풍선이 터지는 듯한 소리와 함께 머리가 박살 났다. 얼굴이 세로로 찌그러지며 갈라진 머리에서 피와 뇌수가 줄줄 흘러내렸다. 살인귀는 나무에 박아 두었던 도끼를 뽑아들더니 이번에도 숨을 거둔 사냥꾼의 목을 절단하러 다가갔다.

6.

그는 잘라낸 사냥감의 목과 새로운 피를 빨아들인 도끼를 양손에 든 채 천천히 숲을 걸어 나왔다.

비바람은 여전히 거셌다. 밤을 비추는 빛이 없어 어둠은 한없이 검고 깊었다. 그러나 그것은 그에게 전혀 악조건이 아니었다. 오히려 그 반대였다.

휘몰아치는 이 폭풍우는 결코 그의 움직임을 방해하지 못한다. 그것은 오히려 그의 탐욕스러운 살의를 고무하는 함성일 뿐이고, 공간을 가득 메운 어둠은 결코 그의 시력을 가로막지 못했다.

그는 어둠을 뚫고 산장으로 다가갔다.

그리고 약한 불빛이 새어 나오는 창문 옆으로 다가가더니 숨을 죽이고 안을 들여다보았다. 두 명의 그림자가 보였다. 남자와 여자, 한 명씩이다. 양쪽 모두 몸집이 작고 약해 보이는 외모였다.

두 사람이 함께 있을 때 습격하는 건 되도록 피하고 싶었다. 한 사람씩 따로 죽이는 게 나을 것이다. 시간을 들여 서서히 괴롭히며 죽이고 싶었기 때문이다. 두 사람이 함께 있으면 좀처럼 그러기가 힘들 테니 말이다.

좀 더 기다리다 보면 또 알아서 밖으로 나와 줄지도 모른다. 그는 손에 든 사냥감의 목을 무심히 바라보며 그렇게 생각했다.

7.

다섯 사람은 여전히 돌아오지 않았다. 그들을 찾으러 나간 이소베 부인 역시 돌아오지 않았다.

폭풍우가 몰아치는 가운데 산장에 남겨진 두 사람 사이에 오가는 말은 점점 줄어들었고, 시간만이 천천히 지나갈 뿐이었다.

"이제 9시가 넘었네요."

마미야가 짧아진 랜턴의 양초를 갈면서 아카네의 표정을 살폈다. 그녀는 블라우스 위로 베이지색 서머 스웨터를 걸치고, 자신의 어깨를 끌어안은 채 가만히 고개를 숙이고 있었다.

"저기, 누나…… 피곤한 것 같은데 그만 주무셔도 돼요. 제가 계속 깨어 있을 테니까요."

아카네는 고개를 숙인 채 말없이 고개를 좌우로 흔들었다.

"저기, 아카네 누나."

"뭔데?"

"괜찮아요. 분명히 다들 무사히 돌아올 거예요."

아무 의미 없는 똑같은 위로를 몇 번째 반복하는 마미야였다.

"분명히, 이제 곧 비도 잦아들 테니까요."

아카네는 천천히 고개를 저었다.

"하지만…… 그래도 아무도 안 돌아오면 제가 한번 나가 볼게요."

"나간……다니?"

"도움을 청하러 갈게요. 산기슭 마을까지 내려가거나, 아예 산을 넘어가서……."

"안 돼!"

아카네는 갑자기 큰소리를 지르며 마미야의 말을 가로막았다.

"안 돼, 여길 나가면. 그러면 마미야도……."

"괜찮아요. 전 이래 봬도 체력이 강한 편이고, 초등학교 때는 보이스카웃도 했거든요."

"안 돼. 절대 안 돼……."

그녀의 눈에 살짝 눈물이 고인 것을 보고 소년은 크게 당황했다.

"저, 저기……."

"서로 떨어지면 안 된다고 아주머니도 말씀하셨잖아. 밖으로 나가면 절대로 안 돼."

아카네는 흘러내리려는 눈물을 손가락으로 닦아내며, 다시 고개를 숙이고 말했다.

"난 아까부터 자꾸 이상한 느낌이 들어."

그 어느 때보다 더욱 겁에 질린 음성이었다.

"누군가가 우리를 감시하고 있어. 아까부터 계속."

마미야가 움찔했다.

"그런…… 하지만 그건…….."

"기분 탓이라고 말하려는 거지? 하지만 분명해."

아카네가 기도하듯 양손을 모았다.

"무서워서 말을 못했지만, 아까 저쪽 바깥에서……."

그러더니 문 옆으로 난 창을 바라보며 말했다.

"뭔가가 분명히 움직였어. 까맣고 커다란, 사람 그림자 같은 무엇이 스윽 하고."

"저…… 정말로요?"

"한순간이었지만, 확실히 보였어."

"유리창에 제 그림자가 비친 거 아닐까요?"

"아니야. 그런 게 아니었어."

"하지만……."

아카네는 대체 누구를 본 것일까? 커다랗고 검은 그림자라니, 그게 무엇일까? 그건 아주머니가 나가기 전에 그녀가 창밖에서 목격했다는 그림자와 동일한 인물일까?

"제가 보고 올게요."

마미야가 말했다.

"잠깐 나가서 산장 주변을 살펴볼게요."

"안 돼."

"금방 돌아올게요."

"나가면 안 돼. 부탁이야……."

아카네가 긴 속눈썹을 떨며 마미야의 얼굴을 똑바로 바라보았다.

"들어봐, 마미야. 역시 이 산에 오오야기 씨가 말한 그 살인귀가 실제로 있는 건지도 몰라. 아까 본 건 그놈일 거야. 밖에 나가면 죽게 돼."

"설마요."

"부탁이니까, 내 말을 들어. 응?"

마미야를 똑바로 쳐다보면서도 그녀의 눈은 어딘가 먼 곳을 향하고 있었다. 그때 그런 기분이 들었다. 여기가 아닌 먼 어딘가, 이 밤을 감싼 어둠 너머에 숨은 무언가를……

마미야가 고개를 끄덕였다.

"알겠어요."

마미야는 그렇게 말하고는 의자에서 일어나 짐을 놓아둔 구석으로 향했다. 어제 캠프파이어 장작을 모을 때 사용한 손도끼가 벽에 세워져 있었다. 마미야는 그것을 들고 몇 번 가볍게 휘둘러 보았다. 이어서 입구 쪽으로 가서 문에 걸쇠를 채웠다.

아카네는 그런 그의 행동을 조금 놀란 표정으로 지켜보았다. 마미야는 고개를 돌려 진지한 눈빛을 그녀에게 향했다.

'소중한 사람, 소중한 이름…….'

그녀의 이름은 유우코였다. 모두들 편하게 '유코'라고 불렀다. 젊고 예쁘고 언제나 상냥했던 그녀는, 소년의 어머니였다. 지금으로부터 6년 전, 소년이 초등학교 2학년으로 올라가는 봄방학 때 벌어진 일이었다.

어머니가 두 아들을 데리고 평소에 사이가 좋았던 친척 동생 부부와 배에 올랐다. 그들은 오래전부터 화창한 봄 바다를 항해하는 선박 여행을 계획했었다. 평온한 항해였다. 아이들은 즐겁게 떠들고, 어머니는 행복한 미소를 짓고 있었다.

그러나 갑작스런 충격이 선박을 덮쳤다.

말도 안 되는 충돌 사고가 발생한 것이다. 무엇이 어떻게 된 건지 이해할 틈도 없이 배가 크게 기울었고, 차가운 바다에 삼켜지기 시작했다.

그 뒤에 벌어진 혼란에 대해서는 상당히 애매모호한 기억밖에 남아 있지 않다. 다만 바다 위의 구명보트 끝에 매달린 채 큰 소리로 엄마를 불렀던 것만은 선명히 기억했다. 그리고 구명보트에서 조금 떨어진 해수면의 격렬한 물보라도 기억났다. 두 아이를 먼저 살려 보낸 그녀의 하얀 손이 그 물보라와 함께 사라져 갔던 그 잔혹한 광경도.

아무것도 할 수 없었다.

그때 나는 아무것도 할 수 없었다. 도오루 형과 함께 어린 아이처럼 울부짖으며 어머니가 가라앉는 것을 바라볼 수밖에 없었다.

'그러니까…….'

〈'그러니까…….'〉

"만약, 정말 그런 놈이 있고 우리를 습격해 온다면…….'

마미야는 죽은 어머니를 떠올리게 한 '특별한 사람'의 얼굴을 바라보며 당당한 목소리로 말했다.

"제가 지켜 드릴게요. 무슨 일이 있어도 제가…….'

그 말을 얼마나 진지하게 받아들였는지 모르지만, 아카네는 창백한 뺨에 희미한 미소를 지으며 고맙다고 대답했다.

"고마워. 용감하구나 마미야는. 정말 고마워.'

"그런 게 아니라, 저는…….'

이런 상황에서 이런 말을 꺼내도 되는 걸까? 불안한 상황을 이용해 여자를 꼬시는 비겁한 남자라고 생각하진 않을까? 마미야는 가슴이 답답해지고 온몸의 피가 끓어오르는 듯한, 생전 처음 느껴보는 이상한 느낌에 당황하면서도 마음을 다잡았다.

"저는 아카네 누나를…….'

좋아한다고 말하는 그 목소리가 때마침 울린 천둥소리에

지워져버렸다. 그 말이 과연 그녀의 귀에 닿았는지 소년은 알 수 없었다. 아카네는 깜짝 놀란 눈빛으로 마미야의 눈을 바라보았다. 소년은 불이 난 것처럼 화끈거리는 얼굴을 숙였다. 천둥소리가 잦아지며 낮게 여운을 남기는 가운데 정신이 아득해질 만큼의 긴 침묵이 이어졌다.

"고마워."

이윽고 아카네의 입술이 움직였다.

"정말 고마워."

8.

오전 2시.

벌써 꽤나 오래 기다렸지만 나머지 두 사냥감은 도무지 산장에서 나올 기미가 보이지 않았다.

어쩔 수 없다…….

그는 행동하기로 결심했다.

행동을.

9.

아카네와 마미야는 둘 다 테이블에 얼굴을 숙인 채 졸고 있었다. 오랜 긴장으로 완전히 지쳐 버린 탓에 잠들면 안 된다고 생각하면서도 어쩔 수 없이 빠져드는 얕고 불안정한 잠이었다.

쨍그랑.

갑자기 요란한 소리가 울렸다.

천둥이 친 게 아니라 창유리가 깨진 것이다.

두 사람은 깜짝 놀라며 앉아 있던 의자에서 펄쩍 뛰었다.

"앗!"

"우왓!"

두 사람이 동시에 소리쳤다.

산장의 현관문 옆으로 난 창문이었다. 여러 장의 유리가 산산조각 나 있었다. 그리고 유리 파편에 섞여 바닥에 떨어지는 두 개의 물체가 있었다.

그것들이 무엇인지 확인하자마자 아카네는 '꺄악' 하고 날카로운 비명을 질렀다. 양손으로 얼굴을 가리며 테이블 끝으로 힘없이 걸어갔다. 마미야는 그런 그녀에게 다가가는 것도 잊은 채 눈을 동그랗게 뜨고 멍하니 서 있을 뿐이었다.

창문을 깨고 날아든 물체는 그들이 하염없이 기다리던 사람들의 무참히 변해 버린 모습이었다.

몸통에서 잘려져 나온 두 개의 목.

"아…… 아아."

아카네가 양손으로 얼굴을 덮고 고개를 가늘게 저었다.

"이런, 이런……."

마미야가 겁먹은 가슴을 간신히 다잡으며 바닥에 뒹구는 두 개의 목을 향해 다가갔다. 두 개의 머리 모두 얼굴을 위로 향하고 있었고, 얼굴 전체가 피투성이였다. 어둑어둑한 랜턴 불빛을 받자 그 피의 색이 유독 거무칙칙하게 보였다.

죽는 순간의 공포와 고통이 깊이 새겨진 두 얼굴의 표정. 무시무시할 만큼 징그럽게 변해 버린 모습이지만, 그것이 누구의 얼굴인지는 간신히 알아볼 수 있었다.

하나는 오키모토였다.

기름져 보이던 안색이 지금은 지점토처럼 새하얗게 변해 버렸다. 왼쪽 눈구멍에서는 안구가 도려내져서 검붉은 피가 고인 채로 굳어 있었다. 오른쪽 눈은 당장이라도 터질 것처럼 크게 치켜뜨고 입안에는 무언가가 꽉 들어차 있는 듯이 뺨이 빵빵하게 부풀어 있다. 입술 사이로 미끌미끌한 고기 조각 같은 것이 얼핏 보였다.

또 하나는 이소베 부인이었다. 그쪽은 오키모토보다도 더욱 처참한 몰골이었다. 조금 통통하던 얼굴 윤곽은 알아볼 수 없을 만큼 심하게 변형되어 있었다. 일부분이 아닌 얼굴 전체가 비정상적으로 일그러진 것이다. 아무래도 머리뼈 자체가 엄청난 압력으로 인해 찌그러진 것 같았다.

"너무해……."

공포와 현기증, 그리고 구토감이 동시에 엄습해 왔다.

"이건 너무해."

마미야가 깨진 창문으로 쏟아져 들어오는 비를 맞으며 입가를 손으로 막으며 뒷걸음쳤다.

쿵!

이번엔 현관 쪽에서 요란한 소리가 울려 퍼졌다.

아카네의 입에서 방금 전보다 날카로운 비명이 솟구쳤다.

"마미야!"

그녀가 외쳤다.

걸쇠를 채워둔 문이 심하게 덜컹거렸다.

"역시 존재하고 있었어. 그놈이 온 거야. 모두를 죽이고, 다음은 우리들을……."

다른 동료가 돌아온 게 아니냐는 생각은 검토할 가치도 없었다. 그 두 개의 머리를 창문 안으로 던진 인물이 지금 문을 비집어 열고 있다는 것은 너무도 명백했다. 그리고 이런 잔혹한 짓을 저지른 인간이 오키모토와 이소베 부인, 아카네와 마미야를 제외한 다른 멤버들 중에 있을 리가 없다는 건 더 명백한 사실이었다.

후타바산의 살인귀…….

그렇다, 오오야기가 말했던 악마가 실제로 이 산에 살고 있었던 것이다. 마미야는 테이블로 달려가서 그 위에 던져 놓았던 손도끼를 집어 들었다.

"빨리 숨어요!"

그는 용기를 쥐어짜 내며 아카네에게 지시했다.

"안으로 들어오면 제가…….”

그때 문이 둔탁한 소리를 내며 요동쳤다. 걸쇠가 풀린 것은 아니었다. 빠직하고 난 소리에 마미야가 손도끼를 들고 뒤돌아보는 순간, 다시 빠직하는 소리가 들렸다. 현관문 한 가운데에 시커먼 구멍이 뚫려 있었다.

놈은 도끼 같은 것으로 문을 부수려는 것이었다.

쾅, 쾅, 빠직…….

세 번째로 소리가 들리며 구멍이 세로로 넓어졌다. 나무 판을 파고드는 시커먼 날이 보였다.

"들어오지 마!"

마미야가 변성기의 걸걸한 목소리로 있는 힘껏 고함쳤다.

"오지 마!"

벌어진 구멍을 통해 손이 쑥 뻗어왔다. 소년보다 두 배는 될 법한 커다란 손이었다. 피부색을 알 수 없을 만큼 뭔가가 질척하게 들러붙어 있었는데, 그게 진흙인지 피인지는 알아볼 수가 없었다.

"오지 마!"

마미야가 다시 한 번 크게 외치더니 양손으로 손도끼를 치켜들고 문을 향해 돌진했다. 걸쇠를 풀기 위해 문 안쪽을 더듬기 시작한 손을 향해 있는 힘껏 도끼날을 내리쳤다.

"크아아아앗!"

낮고 둔중한 비명이 문 너머에서 들려왔다. 야수의 포효 같기도 하고, 천둥소리와도 비슷해서 도저히 인간의 것이라고는 믿기지 않는 목소리였다.

방금 전의 일격으로 어느 정도 부상을 입힌 건지는 알 수 없었지만, 구멍을 통해 들어왔던 손은 바닥과 마미야의 옷에 약간의 피보라를 남긴 채 밖으로 빠져나갔다.

"마미야!"

테이블 뒤에 웅크리고 있던 아카네가 떨리는 목소리로 소년을 불렀다. 마미야가 몸을 돌려 그녀에게 달려갔다.

"이 틈에 빨리 도망쳐요."

그의 목소리도 떨리고 있었다.

"저쪽 창문으로 나가요."

"하지만⋯⋯."

"이런 악랄한 짓을 벌인 놈이라고요."

그렇게 말하며, 마미야가 바닥에 떨어진 두 개의 머리를 내려다보았다. 아카네가 새파랗게 질린 얼굴로 미약한 한숨을 쉬었다.

"어떻게 하면 좋을까?"

"당연히 도망쳐야죠."

"하지만 도망친다 해도……."

"여기 있는 것보다는 나아요. 빨리 가지 않으면 저놈이 또 올 거예요. 창문을 통해 뛰어 들어오면 어떻게 할 방법이 없어요."

"알았어……."

아카네는 그제야 고개를 끄덕거렸지만, 이내 다시 뭔가를 생각해내고 이렇게 중얼거렸다.

"이쪽 창은 여닫이가 좋지 않아서 잘 열리지 않았던 것 같은데……."

"제가 의자로 부술게요."

마미야가 주저 없이 대답했다.

"빨리 바람막이를 입으세요. 손전등도 준비하고요."

마미야는 그렇게 지시하고는 짐 쪽으로 달려가서 아카네의 가방을 던져 주었다. 그리고 바로 자기 가방을 열어 푸른색 바람막이와 소형 손전등을 꺼냈다.

"난 손전등이 없어."

"그럼 제 것을 쓰세요."

"마미야는?"

"괜찮으니 빨리 바람막이를 입……."

그때 소년의 말을 가로막듯이 으드득하는 소리와 함께 건물이 흔들렸다. 놈이 다시 도끼를 휘두르기 시작한 것이다. 마미야는 테이블 옆으로 돌아와서 아카네에게 손전등을 건네고는 의자 하나를 양손으로 들어올렸다. 그리고 뒤쪽 창문을 향해 있는 힘껏 내던졌다.

요란한 소리를 내며 창유리가 깨졌다. 마미야는 손도끼를 고쳐 쥐고 부러진 창틀과 유리 파편을 쳐내며 아카네를 재촉했다.

"자, 빨리요. 방금 소리를 들었을지 몰라요. 자……."

붉은색 바람막이를 입은 아카네가 바깥쪽의 암흑을 향해 뛰쳐나가는 것을 지켜본 뒤, 마미야도 황급히 비옷을 입었다.

"마미야."

바깥에서 그녀의 목소리가 들렸다.

"빨리 나와."

"지금 가요."

마미야가 대답하면서 손도끼를 겨드랑이 사이에 끼우고 창틀에 손을 댔다.

그때였다. 등 뒤에서 한층 격렬하게 쾅 하는 소리가 울려 퍼졌다. 뒤를 돌아보았더니, 비에 젖어 밤의 모든 어둠을 흡수한 듯한 까맣고 커다란 그림자가 지금 막 문을 걷어차서 넘어뜨리며 산장 안으로 들어오고 있었다.

"도망치세요!"

마미야가 빠르게 소리쳤다.

'그녀를 지켜야 해.'

"제가 여기서 막아낼 테니까, 그 틈에 도망쳐요!"

소년의 마음속에서 폭풍우 치는 산이 6년 전의 봄 바다로 바뀌었다. 거세게 일렁이는 파도에 휩싸인 바다로.

10.

살인귀의 그림자가 다가오고 있었다.

마미야는 손도끼를 겨드랑이에서 뽑아 들고 자세를 낮추며 상대를 겨누었다. 마미야는 무척 내성적이고 얌전해서 지금까지 싸움 한번 해본 적이 없는 소년이었다. 그랬기에 저렇게 덩치가 큰 사람을 상대로 어떻게 싸우면 좋을지 상상조차 가지 않았다. 그러나 지금은 놈의 이유 모를 살의로부터 아카네를 지키기 위해 조금이라도 그의 발을 묶어 둬야

했다. 단 1분이라도. 단 1초라도.

"마미야!"

창밖에서 아카네가 소리쳤다.

"그만둬. 빨리 나와!"

"도망쳐요!"

마미야는 고개를 돌리지 않고 전방만 주시하며 큰 소리로 대답했다.

"부탁이니까 도망쳐 줘요."

심지가 거의 타들어 갔는지 랜턴 속 촛불이 당장이라도 꺼질 것 같았다. 마치 놈이 밖의 어둠을 이끌고 온 것처럼 공간에서 빛이 점점 사라져 갔다. 어둑어둑한 가운데서 살인귀의 그림자가 천천히 움직였다. 엄청난 몸집이었다. 오른손에는 커다란 도끼를 들고 있다는 것 말고는 어떤 옷을 입었는지, 어떤 얼굴인지 어두워서 잘 보이지 않았다.

도끼를 쥔 놈의 오른손이 위로 솟구쳤다. 방금 마미야의 공격으로 입은 부상 따위는 이미 느껴지지도 않는 듯했다.

"그만둬!"

마미야는 공포를 뛰어넘어 오히려 차분해진 목소리로 말을 했다.

"더 이상 다가오지 마."

순간적으로 상대의 움직임이 멈춘 것 같은 느낌이 들었

다. 오키모토와 이소베 부인을 저토록 잔인한 방법으로 살해한 놈이니 어차피 제정신은 아닐 것이다. 정상적인 대화가 통할 거라 생각하진 않지만, 마미야는 한 가닥 희망을 걸고 물었다.

"누구냐, 넌."

살인귀의 발이 한 발짝 앞으로 나아갔다.

"어째서 우리를 공격하는 거야?"

또다시 한 발자국 움직였다.

약하게 일렁이던 촛불이 어둠에 휩싸인 살인귀의 얼굴을 어루만졌다. 강하게 이글거리면서도 차갑게 빛나는 붉게 충혈된 두 눈만이 순간적으로 드러났다.

"어째서 모두를 죽인 거야?"

마미야가 질문을 거듭하면서도, 이젠 안 되겠다고 생각했다. 아무리 말을 해도 소용없었다. 방금 보였던 놈의 눈빛은 인간의 것이 아니었다. 피에 굶주린 짐승의 눈이 분명했다. 만약 놈이 인간이라 하더라도, 그건 세상에서 가장 거대한 광기에 사로잡힌 무엇인가의 눈일 것이다.

우르르릉!

하늘 위에서 천둥이 거세게 울렸다. 그에 호응하듯이 살인귀의 거대한 몸이 크게 움직였다.

"우와아아아아아아아앗!"

마미야는 하복부에서 소리를 쥐어짜 내며 손도끼를 높이 쳐들었다. 그리고 공격해 오는 상대를 향해 마구잡이로 뛰어들었다.

살인귀의 왼팔이 가볍게 움직였다. 들러붙는 벌레를 가볍게 털어내는 듯한 동작이었지만, 소년의 왜소한 몸은 그것만으로도 한 번에 튕겨져 나갔다. 튕겨나간 기세로 바닥을 뒹굴다가 테이블 다리에 등을 부딪치며 멈추었다. 유일한 무기였던 손도끼는 손에서 벗어나 살인귀의 발밑에 떨어져 있었다.

곤봉으로 얻어맞은 것 같은 통증이 양쪽 팔꿈치에서 느껴졌다. 엄청난 힘이었다. 이미 예상은 했지만 이래서는 마치 어린아이가 어른에게 덤비는 것이나 다름없었다.

마미야는 낮게 신음하면서 간신히 상체를 일으켰다. 그때 달칵하는 소리를 내며 눈앞에 떨어지는 물건이 있었다. 그것은 푸른색의 원통형 기구였다. 다름 아닌 휴대용 가스버너였다. 테이블 위에 놓여 있던 것이 방금 부딪친 충격으로 넘어지며 바닥에 떨어진 것이다.

마미야는 지푸라기라도 잡는 심정으로 그것에 손을 뻗었다.

살인귀의 굵은 두 다리가 묵직하게 바닥을 뒤흔들었다. 다시 도끼를 쳐들며 이쪽을 향해 다가왔다. 가스버너를 집어든 마미야는 뒤쪽 대각선으로 몸을 날려 산장 구석으로 굴러갔다. 그것을 따라 검은 그림자의 방향이 천천히 바뀌었다.

다급해하지 마. 다급해하면 안 돼.

마미야가 필사적으로 스스로를 타이르며 청바지 앞주머니를 뒤졌다. 라이터가 있을 것이다. 불을 쓸 때 필요할 것같아서 주머니에 챙겨두었을 텐데…….

있었다!

마미야는 왼손으로 그 라이터를 꺼내 불을 붙이고는 오른손으로 버너 뚜껑을 열었다. 연료인 부탄가스가 분출되는 것과 거의 동시에 희푸른 불꽃이 화르륵 타올랐다.

화력을 최대로 높였다. 뿜어져 나오는 불을 앞쪽으로 향하며 벽을 등진 채 일어섰다. 눈앞까지 다가온 살인귀는 갑자기 자신을 향하는 빛과 열기에 낮은 신음소리를 내며 멈춰 섰다. 팔을 들어 얼굴을 가리며 그대로 몇 걸음 물러났다. 마미야는 잘될지도 모르겠다고 생각했다. 이 불꽃을 놈의 옷에 옮겨 붙게만 하면 말이다.

그러나 세찬 빗줄기를 뚫고 지나온 놈의 옷은 흠뻑 젖어 있었다. 전혀 불가능하진 않겠지만, 이 정도의 불로는…….

놈의 머리다.

머리카락이라면 아무리 젖어 있어도 이 정도 화력을 견뎌내지 못할 것이다. 하지만 어떻게 해야 할까? 상대의 덩치는 저렇게나 컸다. 몸집이 작은 마미야보다 몇십 센티미터나 높은 위치에 머리가 달려 있었다. 게다가 방금 본 것처럼 엄청난 괴력에 도끼까지 들고 있었다. 대체 어떻게 놈의 머리에 불을 가까이 댄단 말인가.

그런 생각을 하는 사이에, 살인귀는 갑자기 뿜어져 나온 강렬한 불꽃에 대한 약간의 놀라움에서 깨어나고 있었다. 도끼를 고쳐 쥐며 다시 마미야를 향해 걸어왔다.

에이, 될 대로 되겠지.

마미야는 자포자기하며 살인귀의 얼굴을 향해 버너를 던졌다.

끄으으읏!⋯⋯.

사나운 포효가 산장을 뒤흔들었다. 화염이 살인귀의 얼굴을 정통으로 휩쓴 것이다. 살인귀가 도끼를 바닥에 내버리며 양손으로 얼굴을 가렸고, 중심을 잃고 몸을 휘청거리며 바닥에 한쪽 무릎을 꿇었다.

마미야는 이 기회를 놓치지 않았다. 바닥에 떨어져 계속 불을 뿜는 버너를 집어 들고, 얼굴을 감싼 채 고개를 깊이 숙인 살인귀의 지저분한 머리카락에 화염을 갖다 댔다. 야수 같은 포효가 또다시 산장을 뒤흔들었다.

머리카락은 점점 그을렸지만, 젖은 탓에 불이 옮겨붙지는 못하는 것 같았다. 살인귀는 굵은 팔을 마구잡이로 휘둘렀다. 그것을 간신히 피해낸 마미야는 살인귀의 등 뒤로 돌아가서 옷깃을 통해 버너를 옷 속으로 밀어 넣었다. 이건 효과가 있었다. 살인귀는 미친 듯이 울부짖으며 바닥 위를 뒹굴었다. 살이 타는 강한 악취가 주변에 퍼져 나갔다.

마미야는 부서진 현관문을 통해 밖으로 뛰쳐 나갔다. 그녀는 지금쯤 멀리 도망쳤을 테니 이제 괜찮을 것이다. 그러니 이제 나도…….

마미야는 푸른 바람막이의 후드를 뒤집어쓰고 자세를 낮추며 달리기 시작했다. 세차게 내리는 빗속을, 시커먼 어둠 속을 말이다. 그때 어디선가 목소리가 들려왔다.

"마미야!"

소년은 깜짝 놀라며 멈춰 섰다. 앞쪽에서 한 줄기 빛이 이쪽을 비추고 있었다.

"마미야?"

빛과 함께 목소리가 들렸다.

"마미야! 아, 다행이야, 무사해서…….."

붉은 바람막이를 입은 아카네가 구르듯 달려왔다.

"왜 도망치지 않았어요?"

"어떻게 나 혼자 도망칠 수 있겠어."

"아무튼…… 지금은 이런 말을 할 때가…….."

"미안. 서두르자! 그놈이 분명 또 뒤쫓아올 거야."

그 말에, 마미야는 슬쩍 뒤를 돌아보았다. 방금 뛰쳐나온 산장의 문이 보였다. 랜턴의 촛불이 이미 꺼져 버려서 내부 광경이 전혀 보이지 않았다. 비바람 소리가 너무 커서 놈이 계속 고통의 신음소리를 내고 있는지도 알 수 없었다.

"빨리!"

아카네가 마미야의 손을 잡았다.

차가운 빗물 속에서 마미야의 손을 잡은 아카네의 손은 어린 시절 느꼈던 어머니의 손만큼이나 따뜻했다.

11.

두 사람은 손을 꼭 잡은 채로 폭풍우 속을 달렸다.

격렬한 비바람은 도무지 약해질 기미가 안 보였고, 땅바닥은 진흙탕 같았다. 칠흑의 어둠 속에서 의지할 불빛이라고는 작은 손전등뿐이었다. 그들은 몇 번이고 발이 미끄러지며 넘어졌다. 한쪽이 쓰러지면 다른 한쪽이 일으켜 주고, 둘이 함께 쓰러지면 서로 힘을 합쳐 일어나면서 발 닿는 대로 달려나갔다. 어쩌면 방향감각을 잃은 채 똑같은 곳을 맴도는 것인지도 몰랐다.

두 사람은 이윽고 숲속으로 접어드는 한 줄기의 길을 발견했다. 울려 퍼지는 천둥소리에 독촉을 당한 것처럼 그 길을 선택했지만, 어디로 이어지는지는 두 사람 다 알지 못했다. 좁은 길이었다. 머리 위로 덮인 나뭇가지 덕분에 세찬 비바람이 그나마 덜해졌다. 그러나 진창이 집요하게 발목을 잡아채는 건 변함없었다.

한동안 나아가자 길은 꽤나 가파른 언덕으로 바뀌었다. 마미야는 이 길이 산등성이 쪽으로 이어진다는 걸 깨달았다. 이소베가 세 사람을 찾기 위해 들어선 길이었다. 되도록 하산하는 길로 내려가고 싶었지만 이제 와서 돌이킬 수도 없는 일이었다. 그 무서운 거한이 어디서 기다리고 있을지 모르니 말이다. 길이 더욱 좁아지더니 둘이서 나란히 걸어가기도 힘들어졌다. 마미야가 앞장서서 손전등을 비추며 나머지 손으로 아카네를 이끌었다.

급격한 언덕길은 마치 탁류에 휩쓸린 강 같았다. 숲의 술렁거림이 폭포소리처럼 들렸다. 흙탕물에 젖어 물러진 땅이 몇 걸음 걸어갈 때마다 쑥 꺼졌다.

"자, 잠깐만."

아카네가 괴롭게 헐떡였다.

"난 이제……."

"힘내세요."

마미야가 잡고 있던 손에 힘을 주었다.

"이제 얼마 안 남았어요."

뭐가 얼마 안 남았는지는 마미야도 알지 못했다. 하지만 그런 말로 그녀와 자신을 격려하지 않으면 거대한 탁류에 삼켜서 다신 올라오지 못할 것 같은 기분이 들었다.

"조금만 더 가서 그놈이 쫓아오지 않게 되면 그때 쉬어요. 알았죠? 그러니 힘을 내요."

산장에서 살인귀에게 얻어맞고 넘어지다가 바닥에 부딪혔던 등이 이제 심하게 아파왔다. 소년은 이를 악물며 견뎌냈다.

"마, 마……."

아카네의 목소리가 가늘게 떨리더니 그 자리에 멈춰선 채 움직이려 하지 않았다.

"마미야……."

"못 걷겠어요?"

마미야는 손전등 불빛으로 그녀의 얼굴을 비추었다. 붉은색 후드 밑에서 표정이 싸늘하게 얼어붙은 채 입술만 가늘게 떨리고 있었다.

"저, 저기……."

눈가가 찢어질 만큼 크게 뜬 아카네의 눈이 마미야의 얼굴을 지나치며 훨씬 먼 곳을 바라보고 있었다.

"저기……."

그녀는 목이 메다가 소리쳤다.

"그놈이!"

"아앗."

마미야가 깜짝 놀라며 빛을 앞쪽으로 비추었다.

거대한 검은 그림자가 몇 미터 앞을 딱 가로막고 있었다.

곰처럼 양팔을 벌리고, 오른손엔 도끼를 들고 있었다. 흉악하고 날카로운 호흡이 숲의 술렁거림에 섞여 들려오는 듯했다.

말도 안 되는 얘기였다. 어떻게 우리 앞에? 지름길로 온 걸까? 그렇게 된 건가? 도망치려고 몸을 돌릴 틈도 없이 살인귀가 맹렬하게 땅을 박차며 달려왔다.

"우왓."

마미야가 무심결에 상체를 구부렸다. 아카네의 날카로운 비명이 귀를 찢었다. 어둠을 가르며 휘둘러진 도끼는 마미야의 왼쪽 어깨를 스치고 땅을 때리며 격렬한 물보라를 일으켰다. 그 기세에 푹 고꾸라진 살인귀의 복부가 마미야의 숙인 머리를 때렸다. 아카네와 잡고 있던 오른손을 놓치고, 왼손의 손전등도 어디론가 튕겨져 나갔다. 두 사람은 그대로 뒤엉키며 빠르게 몸을 피한 아카네 옆으로 넘어졌다.

"마미야."

아카네가 소리쳤다.

"마미야!"

쑥 하고 땅이 꺼지는 느낌이었다. 두 사람이 뒤엉켜 넘어
진 땅이 빙하처럼 분리되더니 탁류에 휩쓸려 경사를 미끄
러지기 시작했다. 땅에 엎드린 마미야는 양손을 앞으로 뻗
으며 몸부림을 쳤다. 몸을 일으키려고 했지만 왼쪽 어깨에
제대로 힘이 들어가지 않았다. 불에 탄 것처럼 아팠다. 그저
스친 것뿐인데도 상처가 꽤 깊은 것 같았다.

살인귀의 몸은 소년의 발밑에 있었다. 놈도 진흙 위로 엎
드려 있었지만 아무 충격도 입지 않았는지 엄청난 힘으로
마미야의 다리에 매달려 있었다.

마미야가 필사적으로 양다리를 움직여서 그것을 뿌리치
려 했다. 그러는 동안에도 분리된 땅은 경사면을 빠르게 미
끄러져 내려갔다. 손가락이 계속해서 진흙을 움켜쥐지만 아
무리 해도 멈추지 않았다.

"마미야!"

울부짖는 듯한 아카네의 목소리가 들려왔다.

"마미야!"

번개가 번쩍였다.

그와 거의 동시에 고막을 찢는 듯한 천둥이 덮쳐 왔다.

얼굴을 들자 불과 1미터 앞의 지면에 양 무릎을 꿇은 채
이쪽으로 손을 뻗은 아카네의 모습이 보였다.

"마미야!"

절규하는 그녀의 목소리.

"누나……."

마미야가 필사적으로 오른손을 뻗었다. 아카네의 손이 그 것을 꽉 움켜쥐었다.

그러나, 그때 이미 몸을 일으킨 살인귀가 마미야의 등을 온몸으로 짓눌렀다. 진흙투성이인 무거운 거구에 눌리자 마 미야의 가냘픈 가슴은 찌그러질 것만 같았다.

"누나……."

마미야는 숨이 막히면서도 그녀의 이름을 불렀다.

"아카네…… 누나."

살인귀는 소년의 등에 올라타더니 다시 도끼를 움켜쥐고 높이 쳐들었다. 번개가 또 번쩍였다. 암흑을 순식간에 찢어 발기는 그 창백한 섬광 속에서 살인귀가 들어 올린 검은 흉 기는 조금의 자비심도 없이 허공을 갈랐다.

소중한 사람, 특별한 사람. 그녀의 손을 잡은 소년의 오른 쪽 손목을 향해서.

'……엄마. ……아카네 누나.'

두 사람의 절규가 동시에 터져 나왔다.

도끼가 소년의 손목을 일격에 잘라 냈고, 흘러넘치는 피 가 빗물에 뒤섞였다. 땅이 무너지던 속도가 갑자기 빨라졌다. 소년의 몸은 등에 올라탄 살인귀와 함께 언덕길을 하염없이 미끄러져 내려갔다.

"아카네 누나……."

다시는 기어 올라갈 수 없는 어둠 밑으로 삼켜지면서, 소년은 아직도 그녀의 이름을 부르고 있었다.

"아카네…… 누나……. 아카네 누……."

/

광기

/

뭐지?

그는 계속 질문했다.

여기는?

나는?

대답해 주는 사람은 없었다.

그는 자신을 둘러싼 두껍고 단단한 껍질에서 빠져나가기 위해 몸부림을 쳤다. 어떻게든 원래 상태로 돌아가고 싶었다. 그러나 아무리 발버둥 쳐도 껍질은 꿈쩍도 하지 않았다. 오히려 더욱 커다란 힘으로 그를 죄어왔다.

도저히 이겨낼 수 있을 것 같지 않았다.

그래서 그는 다음번에 바늘구멍이 뚫리는 순간을 기다리기로 했다. 그 희미한 틈새를 통해 극도로 가늘게 좁힌 의지의 촉수를 밖으로 뻗어 보자고 생각한 것이다.

이윽고…….

구멍이 생겨났다.

강렬한 섬광과 굉음이 그곳으로부터 한꺼번에 밀려 들어왔다.

그는 촉수를 뻗었다. 그러자,

뭐지?

그가 소리 없는 비명을 질렀다.

누구야?

강렬한 속도로 회전하는 선풍기에 실수로 손을 집어넣은 듯한
느낌이었다. 엄청난 충격과 함께 촉수가 찢어질 뻔했다.

누구야?

누구야, 넌?

그곳에는 일그러진 역동을 보이는 거대한 소용돌이가 있었다.
그의 이해력을 초월할 만큼 너무나 기묘하고 압도적인 에너지의
소용돌이였다. 황급히 촉수를 거두자 자신의 모든 것이 어떤 종류
의 공포로 움츠러들며 떨리고 있다는 걸 알 수 있었다.

저건…….

저건 대체 뭐지……?

그 답이 될 만한 유일한 말이 떠올랐다.

그것은 '광기'였다.

제4부 A

1.

"아카네…… 누나……. 아카네 누…….."

암흑에 삼켜져 가는 소년의 목소리를 들으며, 아카네는 진흙 위로 엎드린 채 입을 크게 벌렸다.

'마미야!'

〈마미야!〉

하지만 굳어 버린 목에서는 목소리가 나오지 않았다. 나뭇가지를 비집고 떨어지는 빗물이 그녀의 몸을 가차 없이 후려치고 있었다. 바람막이의 후드가 벗겨지면서 긴 머리카락이 흠뻑 젖어 헝클어졌다. 아카네는 온몸을 떨며 다시 한번 입을 열었다.

"마미야……."

간신히 목에서 소리가 나왔다. 그러나 그 목소리는 빗소리에 지워져 그녀 자신의 귀에도 들리지 않았다.

방금 눈앞에서 벌어진 일. 방금 마미야에게 벌어진 일. 방금…….

아카네의 오른손은 아직도 마미야의 손을 꽉 잡고 있었다. 그럼에도 그 너머에 노란색 바람막이를 입은 그의 모습은 존재하지 않았다. 한없이 깊은 어둠만이 펼쳐져 있을 뿐이다. 아카네는 눈앞의 공간을 메운 그 어둠을 하염없이 바라보았다. 그리고 자신이 잡고 있는 소년의 손을 내려다보았다.

아아, 이런 일이 벌어지다니.

그녀는 돌연 마음의 초점을 잃으며 자신의 내면에 잠재된 어떤 악몽 속으로 빨려 들어갔다.

'그게…….'

〈그게…….〉

'그게 언제였더라.'

〈……언제였더라.〉

목소리가 메아리처럼 울렸다.

그건 아직 어린 시절 중학교에 올라가기 전이었다. 그때 아카네는 이따금씩 나쁜 꿈에 시달렸다.

'나쁜 꿈…….'

〈나쁜 꿈…….〉

한밤중에 갑자기 비명을 질러서 부모님이 달려와 깨우곤 했다. 깨어나면 꼭 열이 나는 것처럼 머리가 지끈거렸다. 빠르게 뛰는 심장 박동소리가 들렸다. 눈에는 눈물이 고이며 온몸이 땀에 흠뻑 젖어 있었다.

그녀는 지금도 밤에 쉽게 잠들지 못했다. 이제 지금은 옛날처럼 악몽을 꾸진 않지만, 밤에 자주 몸을 뒤척이는 건 변함없었다. 침대에 누워 눈을 감으면 무의식중에 마음이 긴장되었다. 잠들기가 겁이 났던 것이다.

악몽……. 게다가 그것은 언제나 같은 꿈이었다. 어째서 그런 꿈만 꿨던 걸까? 그 악몽은 대체 뭐였던 걸까?

'그건…….'

〈그건…….〉

'……알고 있어.'

〈……알고 있어.〉

그건 일종의 '체험' 같은 것이었다.

예전에 아주 어렸을 때 그녀가 직접 체험한 일이었다. 그것이 악몽으로 형태를 바꿔 그녀의 마음속에 거듭 되살아났던 것이다. 잘 정돈된 기억은 아니었다. 대부분의 사실이 어렴풋이 기억났지만, 그렇다고 세세한 부분까지 잘 떠오르는 건 아니었다. 애초에 의식의 바깥쪽으로 끄집어낼 수 없었을 뿐, 그것은 그녀의 마음 깊고 어두운 곳에서 아직 생생하게 살아 있었다. 그날의 체험이, 그 장면이, 색깔이, 소리가, 냄새가…….

그건 초등학교에 올라가기 전에 있었던 일이었다.

해 질 녘이었다.

거리에 아직 뜨거운 여름이 버티고 서서 이대로 해가 짧아져도 꿈쩍도 안 할 거라고 말하는 듯한 초가을의 해 질 녘이었다. 그때 그녀는 하얀 블라우스에 갈색 멜빵 치마, 노란 모자에 노란 가방을 메고 있었다.

어쩌다 보니 평소보다 늦어진 유치원 하굣길이었다. 힘없는 걸음걸이로 자기 그림자를 따라가고 있었다. 그녀는 혼자였다. 황혼에 물들기 시작한 따뜻한 공기. 어디선가 먹음직스러운 저녁밥 냄새가 풍겨 왔다. 그녀는 두근거리는 작은 심장을 안고 서쪽 하늘로 기울어가는 새빨간 광선을 등진 채 그것으로부터 도망치듯 달려갔다.

빨리 집에 도착하고 싶었다. 가족들이 걱정할 것 같아서는 아니었다. 그저 혼자서 맞닥뜨리게 될지도 모르는 어둠의 기척이 어린 마음에 겁이 났던 것이다.

앞쪽에 건널목이 보였다. 자동차가 지나가지 못할 만큼 좁은 보행자 전용 건널목이었다. 그녀는 건널목을 좋아하지 않았다. 갑작스레 울리는 날카로운 경보기 소리는 그것만으로도 난폭한 괴물의 웃음소리를 연상케 했다. 요란한 노란색에 검은 줄이 칠해진 차단기는 자신을 붙잡으려는 괴물의 더듬이처럼 보였다. 그리고 무엇보다도 이 세상의 모든 것을 파괴해 버릴 것 같은 굉음과 땅울림과 돌풍이라니! 생각만 해도 당장 뒤돌아서 도망치고 싶어진다.

'잠든 괴물이 깨어나지 않게 조심하자……'

그녀는 스스로에게 다짐하며 조용하면서도 빠른 발걸음으로 첫 번째 건널목을 건넜다. 몇 미터 간격을 두고 또 하나의 건널목이 있었다. 이곳은 상행선과 하행선이 조금 떨어져 있고, 각각 별도의 경보기와 차단기가 설치돼 있었다.

그녀는 잠깐 멈춰 서서 뒤를 돌아보았다. 서쪽 하늘이 무서울 만큼 붉게 타오르고 있었다. 시커먼 실루엣으로만 보이는 집들과 빌딩 너머로 석양이 반쯤 지고 있었다. 어둠이 점점 가깝게 느껴졌다. 그녀는 울 것 같은 얼굴로 앞을 돌아보았다.

그때였다. 갑자기 머리 위에서 쏟아지는 소란스런 금속음에 그녀는 펄쩍 뛰었다. 무의식중에 귀를 틀어막았지만 다리에 힘이 풀려서 움직일 수가 없었다. 겁먹은 마음이 외쳤다. 빨리 도망가야 해. 그러지 않으면…….

집까지는 이제 금방이었다. 저 두 번째 건널목을 건너 모퉁이를 돌기만 하면.

그녀는 달려갔다.

요란한 경보음이 그녀를 뒤쫓아왔다.

그녀는 필사적으로 달렸다.

두 번째 건널목이 눈앞에 다가왔을 때 소리가 그녀를 추월해버렸다. 도망치는 그녀를 비웃듯이 코앞의 경보기가 울리기 시작한 것이다. 끼기긱 하고 불쾌하게 삐걱거리는 소리와 함께 투박한 호랑무늬 더듬이가 내려왔다. 그녀는 양손으로 가방끈을 움켜쥐며 겁에 질린 듯이 뒷걸음쳤다.

잡혔다는 생각이 들었다.

이제 도망칠 수 없었다.

이윽고 열차가 들어왔다. 엄청난 굉음에 주변의 공기와 흙, 풀이 단말마의 비명을 질렀다. 그 안에서 그녀는 혼자 머리를 감싸 쥔 채 몸을 웅크릴 수밖에 없었다.

일단은 뒤쪽 건널목으로. 그리고…….

땅울림 같은 소리가 점점 가까워졌다. 그녀는 공포에 온몸이 굳어 버리면서도 건널목 반대편에 서 있는 사람의 모습을 발견했다. 처음 보는 남자 어른이었다. 석양을 정면으로 받으며 얼굴이 붉게 물들어 있었다. 건널목 너머로 공허한 눈으로 이쪽을 바라보고 있었다. 그 순간, 그녀는 흉악하게 울리는 경보기와 가까워지는 굉음도 잊어버린 채 남자를 바라보며 고개를 갸웃거렸다. 왠지 이상한 느낌이 들었다.

왠지…….

뭔가…….

팽팽한 공기에 금이 가기 시작했다. 그런 생각을 하는 사이 갈색 쇠로 된 괴물이 긴 몸통을 꿈틀거리고 무서운 포효를 내지르며 습격해 왔다. 순간 건너편 남자의 모습이 왼쪽에서 오른쪽으로 지워졌다. 모자가 돌풍에 날아가려다가 턱끈이 목에 걸리며 등 뒤로 매달렸다.

그때.

소녀는 단말마의 비명을 들었다. 주변의 모든 것을 휩쓰는 굉음 속에서도 유일하게 이질적으로 솟구친 것은 다름 아닌 인간의 비명 소리였다. 왼쪽 발목에 가벼운 충격이 왔다. 그와 거의 동시에 뺨에 미약한 아픔이 느껴졌다. 촤악 하고 뭔가 뜨뜻미지근한 것이 튄 것 같았다.

발밑을 내려다보았다. 그곳에는 믿기지 않는 물체가 있었다. 소녀는 영문도 모르는 채 뺨에 손을 갖다 댔지만, 쭉 하고 미끄러졌다.

손바닥을 내려다보았다. 붉은 석양 속에서 그것이 무엇인지 이해하는 데는 시간이 조금 걸렸다. 하얀 블라우스에 얼룩이 점점이 번져 갔다. 그 얼룩과 뺨, 손을 질척하게 더럽힌 액체가 인간의 피라는 걸 깨달은 순간, 그녀는 뒤늦게 발밑에 놓인 물체의 정체를 이해했다.

그것은 잘려 나간 사람의 손목이었다.

건널목을 통과하던 열차에 방금 봤던 남자가 뛰어들었던 것이다. 열차 바퀴에 깔리며 조각난 육체, 죽음과 함께 사방에 튄 파편…… 엄청나게 흘러나온 피, 그리고 손목. 선혈에 물든 죽은 자의 손목은 마치 도움을 청하듯 그녀의 발목을 잡은 채 놓아주지 않았다.

그 악몽은 모든 것들이 붉은색으로 물든 세계를 보여 주었다. 이글이글 타오르는 석양의 붉은색. 갑자기 튄 피보라의 붉은색. 만물의 붕괴를 예감케 하는 땅울림 속에서 꿈틀거리고 기어 다니는 손목의 환영…….

2.

'……손목.'

〈……손목.〉

'그때 건널목에서 자살한 남자의.'

〈……자살한 남자의.〉

'잘린 손목이…….'

〈잘린 손목이…….〉

아카네는 귀 안쪽에서 앵무새처럼 따라 하는 목소리를 의식하며 문득 되살아난 악몽의 기억에서 벗어나 현실로 돌아왔다.

"아카네 누나……. 아카네……."

어둠 밑에서 드문드문 자신의 이름을 부르는 마미야의 목소리가 들렸다.

"마미야!"

이번엔 제대로 된 목소리가 나왔다. 아카네는 엎드려 있던 진흙 위에서 간신히 상체를 일으키며 외쳤다.

"마미야!"

몸을 일으키려다가 약해진 발밑이 푹 꺼졌다. 요란하게 엉덩방아를 찧었지만 간신히 미끄러져 떨어지지 않을 수 있었다. 왼손이 아까 마미야가 떨어뜨린 손전등에 닿았다. 아카네는 진흙에 반쯤 파묻힌 그것을 무작정 주워 들었다.

캄캄한 머리 위에서 또다시 천둥이 긴 꼬리를 물며 울려 퍼졌다. 그녀는 되찾은 빛으로 자신의 오른손을 비추었다.

"아아, 이럴 수가……."

눈을 감으며 고개를 저었다.

"마미야."

그녀의 손은 역시 아직도 그것을 잡고 있었다. 손톱이 파고들 만큼 강하게 그것을. 바로 마미야의 손을 말이다. 그의 손은 지금도 확실히 그곳에 있었다. 살인귀의 일격에 처참하게 잘린 손목이 그곳에 있었다.

"아카네…… 누나……."

들려오는 목소리는 당장이라도 끊어질 것처럼 힘이 없었다. 마치 여기 남겨진 손목이 신음하는 것 같은 착각이 들 정도였다. 어둠을 가르며, 또다시 번개가 번쩍였다. 이때 아카네의 눈에는 희푸른 섬광이 왠지 붉게 느껴졌다.

이윽고 또 천둥이 이어졌다. 대지와 숲을 끊임없이 때리는 빗소리. 나무들을 휩쓸며 강하게 부는 바람 소리…….

……꿈이구나. 꿈이구나, 이건.

아카네는 잡고 있던 마미야의 손을 멍하니 바라보며 스스로를 억지로 타일렀다. 이것 역시 악몽의 세계에서 벌어진 일이다. 옛날에 자주 꾸던, 그리고 방금 전에 마음속에서 되살아났던 그 악몽이 아직도 이어지는 것이다. 그녀의 의식이 또다시 현실로부터 도피하기 시작했다. 그래, 꿈이었어…… 아주 나쁜 꿈이었다. 그러니 무서워할 필요는 없다. 난 이제 어린아이가 아니야. 꿈이라는 걸 알아버린 악몽 따위를 무서워할 필요는 조금도 없지 않은가.

"아카네…… 씨……."

……누굴까?

"아카네…… 씨……."

대체 누구야? 마미야니? 무슨 일이야? 어째서 네가 내 꿈속에……?

"아카네……."

아아 알았어. 마미야는 나를 좋아한다고 말해 줬었지. 중학생 주제에 조숙하기는. 난 벌써 스무 살이고 너보다 몇 살이나 많아. 하지만 그래. 마미야처럼 연하에 귀여운 남자애가 나에겐 맞을지도 몰라. 남성적인 사람은 오히려 거부감이 들어.

"아카…… 네……."

나도 네가 좋아. 무척 상냥한걸. 의외로 듬직한 구석도 있고. 마미야라면…….

"아…… 카……."

알았어. 이제 알았으니까 그런 목소리 내지 마. 부탁이야. 그렇게 괴로운 듯이…….

붉은 번개가 다시 세계를 깜빡이게 했다. 안전한 '악몽' 속으로 도망친 아카네의 눈에 서로 뒤엉킨 두 그림자가 보이기 시작했다. 그녀는 정신을 차렸다.

천둥이, 비가, 바람이, 그리고 어둠이 현실의 윤곽을 되찾았다. 왼손에 든 손전등 불빛을 손에서 발밑, 그리고 그 아래쪽으로 내렸다. 어둠을 가르는 하얀 광선이 진흙탕으로 변한 언덕길을 따라 내려갔다. 불과 5, 6미터 아래였다. 진흙 인형처럼 변한 두 사람의 모습이 빛의 동그라미 안에서 포착되었다.

"아아, 마미야."

비에 젖어 차갑게 식은 입술이 소년의 이름을 불렀다.

"마미야!"

있는 힘껏 쥐어짠 외침이 동시에 작렬한 천둥번개에 지워졌다. 그러나 그때 아카네는 선명히 보았다.

살인귀에 깔린 마미야의 얼굴을.

이쪽을 똑바로 올려다보는 그의 눈빛을.

진흙투성이가 되어 피거품을 물면서도 열심히 무언가를 전하려 하는 그의 입술을. 손전등 불빛을 소년의 입가에 맞추었다. 아카네 역시 그의 소리 없는 비명을 입술 움직임을 통해 필사적으로 읽어 내려 했다.

'도, 망, 쳐, 요.'

그렇게 움직였다.

'도, 망, 쳐, 요…….'

'……빨, 리, 요.'

"마미야!"

피를 토하는 듯한 아카네의 외침은 또다시 날카로운 낙뢰 소리와 겹쳐졌다.

"마미야……!"

3.

마미야는 거듭해서 헛소리처럼 아카네를 불렀다.

의식이 서서히 암흑 속으로 빨려 들어가고 있었다. 그러나 완전히 정신을 잃을 뻔한 아슬아슬한 경계선에서 문득 정신이 돌아왔다. 격렬한 빗소리 속에서, 그녀의 목소리가 희미하게 들린 것 같은 기분이 들었던 것이다.

한쪽 손목이 잘려 나간 고통은 점점 미친 듯이, 점점 빠르게 온몸의 힘을 앗아갔다. 필사적으로 기운을 내려 했지만 그것도 잠시였다. 아, 이제 틀렸어……라고 그는 생각했다. 이제 도망칠 수 없다. 이제 포기할 수밖에 없다. 광기에 사로잡힌 까만 거구가 뒤로 누운 마미야의 몸 위를 누르고 있었다. 당장이라도 배가 터질 것 같았다. 다시 희미해져가는 의식 속에서 마미야는 자신의 무력함을 저주했다.

하다못해, 하다못해 몸이 조금만 더 컸다면 이놈과 제대로 한번 싸울 수 있었을 텐데. 그렇게 해서 그녀를, 아카네를 지켜줄 수 있었을 텐데.

그녀를…….

그녀를…….

눈이 떠졌다.

그는 열심히 턱을 들어 암흑 속에서 아카네의 모습을 찾왔다.

번개가 쳤다. 그때 마침 시선을 향하던 곳에 그녀의 모습이 있었다. 붉은 바람막이. 진흙으로 더럽혀진 하얀 얼굴. 흠뻑 젖은 긴 머리카락. 큰 눈을 치켜뜬 채 이쪽을 바라보고 있었다.

아카네 누나! 이렇게 마음으로 외쳤다. 그에 호응하듯이 귀 안쪽 어디선가 목소리가 들렸다.

〈엄마…….〉

'엄마…….'

〈아카네 누나!〉

나의 소중한 사람, 나의 특별한 사람…….

"도망쳐요!"

큰 소리로 외치려고 했다.

"도망쳐요! 빨리!"

도망쳐요, 아카네 누나. 조금이라도 멀리…….

목소리가 제대로 나왔는지는 알 수 없었다. 찢어질 만큼 크게 벌린 입안으로 굵은 빗방울이 떨어졌다.

'난 이제 됐으니까…….'

소년은 눈을 감았다.

'난 이제…….'

살인귀의 손이 목을 향해 뻗어왔다. 숨이 막혀 뿌리치려 했지만 도저히 상대가 되지 않았다. 이길 수 없었다.

그때였다. 목을 짓누르던 손의 힘이 아주 조금이나마 느슨해진 느낌이 들었다. 간신히 눈을 뜨자 희미한 빛이 느껴졌다. 아카네가 위쪽에서 손전등으로 이쪽을 비추는 모양이었다.

안 돼.

마미야는 소리치려 했다.

안 돼.

빨리 도망쳐야 해.

그때 어렴풋이 밝아진 시야 중앙으로 굵은 팔이 높이 들리는 것이 보였다. 살인귀가 새로운 사냥감을 도끼로 공격하려 하는 것이다.

마미야는 즉시 오른팔을 들어올렸다.

손목을 잃은 오른팔이 빗속에서 휘둘러졌다. 잘린 동맥에서 뿜어져 나온 피가 몸 위로 올라타 있던 살인귀의 얼굴을 향해 흩뿌려졌다. 광기로 불타는 그의 양쪽 눈이 피를 제대로 뒤집어썼다. 윽 하는 낮은 신음소리가 들렸다. 높이 치켜들었던 도끼가 땅에 떨어지고, 목을 억누르던 왼손의 힘이 더욱 느슨해졌다.

그때 마미야는 거의 본능적으로 최후의 반격을 시도했다. 있는 힘껏 목을 움직여 살인귀의 손을 떨쳐낸 뒤에 그 손가락 끝을 혼신의 힘을 다해 물어버린 것이다.

으드득하는 둔탁한 소리가 났다.

앞니가 살을 파고들며 뼈까지 닿은 것이다.

또다시 거친 신음소리가 들렸다. 살인귀의 엄지를 제외한 네 손가락이 부들부들 경련을 일으켰다. 그러나 살인귀가 움츠러든 것도 아주 잠시뿐이었다. 일반적인 사람이라면 물린 손가락을 열심히 빼내려 했을 것이다. 그러나 살인귀는 달랐다. 고통은 그를 지배하는 광기를 더욱 부추기는 결과만 낳고 말았다.

살인귀는 필사적으로 깨무는 사냥감의 얼굴을 냉담하게 내려다보며 정상인과는 정반대로 행동했다. 다친 왼손을 소년의 입안으로 비집어 넣기 시작한 것이다.

우지직, 하는 이상한 소리가 마미야의 턱에서 귀로 직접 전해져 왔다. 살인귀는 자신의 살이 더욱 짓이겨지면서도 손을 밀어 넣었다. 이성적인 모든 것으로부터 동떨어진 그의 괴력에 의해 치아가 뿌리부터 꺾이고 있었다.

마미야는 더 이상 참지 못하고 턱의 힘을 풀었다. 그러나 살인귀는 힘을 가하는 방향을 바꾸지 않았다. 손에서 이가 떨어지자 이번엔 주먹을 쥐며 더욱 강한 힘으로 밀어 넣었다.

툭 하고 앞니가 네 개나 부러졌다. 서로 다른 두 개의 피 맛이 씁쓸한 진흙 맛과 뒤섞이며 마미야의 혀를 자극했다.

커다란 주먹의 절반 가까이가 소년의 입안을 파고들었다. 그럼에도 살인귀는 힘을 거두려고 하지 않았다. 입의 끄트머리가 서서히 찢어지고 있었다. 마미야는 목이 막히면서, 눈을 뒤집었다. 대체 무슨 일이 일어나려는 건지 생각할 여유조차 없었다.

이윽고 주먹 전체가 입안에 들어갔다. 살인귀가 주먹을 이리저리 돌리자 턱이 완전히 빠져 버렸다. 이제는 거의 숨을 쉴 수도 없었다.

'아카네 누나……'

〈아카네 누나…….〉

이번엔 확실히 빠져나올 수 없는 암흑 속으로 떨어지면서, 마미야는 마지막 남은 의식 속에서 마음을 보냈다.

'도망쳐요……'

〈도망쳐요…….〉

살인귀의 얼굴에 냉혹한 미소가 번졌다. 손의 통증 따윈 이미 잊은 지 오래였다. 주먹 끝이 목구멍에 닿았다. 그러자 살인귀는 지금까지보다 두 배로 팔에 힘을 주었다.

우지직.

목구멍이 찢어지기 시작했다.

살을 찢고 뼈를 벌리며, 피투성이 주먹이 조금씩 목 안쪽을 향해 밀려 들어갔다.

마미야의 양쪽 팔다리가 미친 사람처럼 파닥거렸다. 조금의 질서도 존재하지 않는 방향성 없는 움직임이었다. 양손이 허공을 때리고 양다리가 땅을 걷어찼다. 살인귀의 체중이 실린 채로 허리가 부들부들 떨렸다. 온몸의 근육이 맹렬한 경련을 일으키고 있었다.

소년의 의식은 이미 밤보다 깊은 어둠 밑에 있었다. 아직도 삶에 매달린 육체만이 살인귀의 광기 어린 공격에 반응할 뿐이었다. 목구멍 안으로 파고든 살인귀의 주먹은 인두를 통과해서 식도 안까지 억지로 밀고 들어갔다. 한계까지 늘어났던 식도 벽이 결국 찢어지기 시작했다.

그럼에도 살인귀는 힘을 거두지 않았다.

더 깊숙이.

더 깊숙이.

더…….

살인귀의 굵은 팔이 결국 그런 식으로 팔꿈치까지 들어갔을 때, 한층 격렬한 경련과 함께 소년의 움직임이 뚝 그쳤다.

너무나도 처참한 최후였다. 살인귀가 지저분한 이를 드러내며 웃었다. 어둠 속에서 검붉은 혀가 내밀어지며 젖은 입술을 할짝거렸다. 그는 숨을 거둔 사냥감의 몸 안에서 주먹을 쫙 폈다. 피와 소화액, 근육, 지방이 한데 뒤섞이며 다섯 손가락 사이에 들러붙었다. 파괴된 식도 밑에는 완전히 수

축된 뜨거운 덩어리가 있었다. 위장이었다.

살인귀는 그것을 움켜쥐었다. 미끌거리는 장기에 손톱을 세운 채 깊숙이 짓눌렀다. 그런 뒤에 이번에는 팔을 있는 힘껏 잡아당겨 단숨에 뽑아냈다.

이미 원형을 전혀 알아볼 수 없는 소년의 입에서 피투성이의 치아와 고기조각이 차례차례 흘러나왔다. 이어서 창자와 이어진 위장이 줄줄 꺼내져 나왔다. 살인귀는 흥, 하고 낮게 코웃음 치며 홀연히 일어섰다. 암흑 속에서 잠시 자신의 왼손에 들린 물체를 응시했지만, 이윽고 바닥에 아무렇게나 던져버렸다. 진흙탕에 놓인 장기 위로 무정한 빗물이 쏟아지고 있었다. 살인귀는 그것을 푸슉 하고 짓밟아 버렸다.

그는 숨도 고르지 않고 눈을 들어 언덕길 위를 바라보았다. 어둠 너머에서 작은 빛이 보였다 숨었다 하고 있었다. 살인귀는 한없이 무표정한 얼굴로 발밑에 파묻혀 있던 도끼를 집어 들었다.

4.

마지막으로 본 마미야의 표정이 눈에 새겨져 지워지지 않았다. 섬광이 주변을 밝게 비춘 건 한순간에 지나지 않았다.

그러나 아카네는 그때 확실히 보았다. 이쪽을 바라보며 열심히 무언가를 전하려 하는 그의 진지한 표정을.

그건 도움을 요청하는 눈빛이 아니었다. 살인귀의 불합리한 폭력에 대한 분노도, 공포도 더 이상 찾아볼 수 없었다. 조용한 체념과 그와 대조적으로 아카네를 걱정하는 절실한 마음이 검은 두 눈동자 안에서 공존하고 있었다.

도망쳐요.

마미야는 그렇게 말했던 것이다.

도망쳐요, 빨리.

목소리가 실제로 들린 것은 아니었다. 하지만 아카네는 손전등 불빛으로 비춘 그의 입술에서 그런 메시지를 정확히 읽어냈다. 소년은 도망치라고 말했다. 도와달라는 게 아니라 도망치라고 말이다.

"미안해, 마미야……."

아카네는 손전등을 고쳐 쥐며 억지로 몸을 일으켰다.

"미안해."

아카네는 몸을 돌려 언덕길을 뛰어 올라가기 시작했다.

"미안해, 미안……."

그녀는 몇 번이고 그렇게 중얼거렸다. 그렇게라도 하지 않으면 당장이라도 그 자리에 주저앉아 울어 버릴 것 같았다. 비의 기세가 다소 약해진 기분이 들었다. 휘몰아치는 바람도 마찬가지였다. 흠뻑 젖은 바람막이와 옷이 무겁게 느껴졌다. 마치 납으로 만든 옷을 입고 있는 듯한 심정이었다. 심장이 격렬하게 고동치며 숨이 막혔다. 하반신의 근육이 이제 한계라는 듯이 비명을 질러 대고 있었다.

살인귀가 이제 다음 사냥감인 그녀를 뒤쫓아 올 게 분명했다. 그 거대한 몸집과 초인적인 힘. 그와는 체력 차이가 너무나 압도적이었다. 따라잡히는 건 분명 시간문제였다.

피로와 절망으로 몸이 굳어갔다.

지금쯤 마미야는 이미……

그렇게 생각하자 가슴이 찢어질 것 같았다. 뺨을 타고 흐르는 빗물에 눈물이 섞여 있었다. 아카네는 피가 날 만큼 입술을 깨물었다. 그러면서 그들 일행을 습격한 광기를 마음속 깊은 곳에서 저주했다. 죽음과 직면한 마미야를 버려두고 도망칠 수밖에 없는 자신의 무력함을 저주했다.

'대체 왜?'

⟨대체……⟩

대체 그놈은 누구일까?

얼굴은 제대로 보이지 않았다. 어떤 옷을 입고 있는지도 잘 알 수 없었다. 아니, 그런 걸 관찰할 여유가 없었다고 해야 옳을 것이다.

그가 정말 후타바산에 산다는 살인귀일까? 악마일까? 그는 적어도 인간의 형상을 하고 있었고, 무척 덩치가 큰 남자였다. 손에 도끼를 들고 있었다.

그리고……. 마음속 어딘가에서 뭔가가 꿈틀, 하고 움직였다.

'……앗?'

살인귀의, 마미야를 깔아 눕힌 그놈의 시커먼 그림자가 기묘한 빛에 조금씩 비춰지며 흔들거리고 있었다.

뭘까? 이건 뭘까?

아카네는 당황했다.

'어째서…….'

나는 그 남자를 예전부터 알고 있다. 갑자기 왠지 모르게 그런 느낌이 들었기 때문이다.

누구?

누구지?

갑자기 발밑이 미끄러지며 아카네는 자세를 잡을 틈도 없이 땅에 넘어지고 말았다. 진흙에 미끄러지는 느낌은 아니었다. 뭔가 나무조각이나 돌멩이처럼 길 위에 떨어진 불안정한 물체를 밟은 것 같았다. 차가운 진흙에 얼굴이 처박혔다.

그냥 이대로, 계속 이러고 있을까?

아카네는 반쯤 자학적인 기분으로 그런 생각을 했다.

곧 그놈이 올 것이다. 그렇게 되면 단숨에 편해질 수 있을 텐데. 난 어차피 결국 죽을 운명이다. 아무리 발버둥 쳐본들 무의미한 저항일 뿐이다. 혼자서 더 이상 도망칠 수 있을 리가 없다. 이런 폭풍우 속에서, 이런 어둠 속에서 아무도 모르게 도끼로 난도질을 당해서 죽을 것이다…….

'……안 돼!'

〈……안 돼!〉

아카네는 진흙에 얼굴을 비비듯이 고개를 가로저었다.

무슨 생각을 하는 거야. 이런 곳에서 포기하면 안 돼!

방금 전에 본 마미야의 얼굴이 눈꺼풀 안쪽에서 되살아났다. 피에 물든 입술이 움직였다.

도, 망, 쳐, 요.

도, 망, 쳐, 요, 빨리…….

손전등은 놓치지 않았다. 무릎과 아랫배에 둔탁한 통증이 왔다. 아카네는 이를 악물며 어깨를 들었다. 하얗고 둥근 빛이 아무렇게나 땅을 스쳐 지나갔다. 몸을 일으키려 무릎을 세운 왼쪽 정강이에 뭔가 딱딱한 것이 닿으며 툭 밀려났다. 이거였나? 방금 이것 때문에 다리를 헛디딘 건가? 아카네는 상체를 일으키며 그것을 손전등으로 비춰보았다.

그것은 나뭇조각도 돌멩이도 아니었다. 진흙투성이라 처음에는 알아보지 못했지만, 아카네는 이내 깨달았다. 그 순간 자신의 목소리라고는 믿기지 않는 비명이 빗속에서 터져 나왔다. 그것은 절단된 사람의 다리였다! 무릎 근처에서 잘려 나가 있었고, 찢어진 바지에서 검붉은 피가 응고된 상처가 보였다. 시체에 몰려든 벌레들이 꿈틀거렸다.

아카네는 일어섰지만 무릎이 심하게 떨려서 힘이 들어가지 않았다. 떨리는 손으로 주변에 손전등 불빛을 비추었다. 그제야 그녀는 자신이 이 세상의 광경이라고는 믿기지 않는 참상 한가운데에 서 있다는 것을 알았다.

땅에 뒹구는 건 다리 한쪽만이 아니었다.

그 다리가 한때 종속되어 있던 몸통이 그 앞쪽에 있었다. 나머지 다리는 찢어지다 만 상태로 엉뚱한 방향으로 꺾여 있었다.

게다가. 그 몸통에는 머리가 없었다. 다리보다 훨씬 그로테스크한 절단면의 살이 보였다. 무서움보다는 맹렬한 구토감에 입을 틀어막았다.

"이소베…… 선생님."

〈이소베……선생님.〉

얼굴은 확인할 수 없지만, 통통한 체형과 익숙한 카키색 옷을 통해 이소베라는 걸 알 수 있었다. 오늘 오후에 행방불명된 세 사람을 찾으러 왔다가 여기서 그놈에게 공격을 당한 것이다.

참상은 그것으로 그치지 않았다. 더 앞쪽, 길 오른쪽의 완만한 경사면에 불을 비추었다. 남자와 여자, 두 인간의 잔해가 그곳에 있었다. 두 사람은 마치 곤충의 표본처럼 까만 말뚝에 몸을 관통당한 채로 땅에 꽂혀 있었다. 이소베의 시체와 마찬가지로 목은 잘려 나가 있었다. 더러워진 흰 티셔츠와 보라색 블라우스를 입고 있었다.

'……그 사람들이야.'

〈……그 사람들이야.〉

그들 역시 그놈의 손에…….

아카네는 더 이상 구토감을 참지 못하고 몸을 기역 자로 구부렸다. 위가 비어 있어서 역류해 나오는 것은 시고 씁쓸한 소화액뿐이었다. 목을 울려 게워 내는 소리와 함께 새로운 눈물이 눈에서 흘러나왔다.

다들 죽어 버린 것이다. 전부 다……. 지옥에서 온 괴물의 손에 의해. 흐릿한 눈 안쪽에서 지금쯤 도쿄의 자택에서 편안히 잠들어 있을 부모님의 얼굴이 떠올랐다. 그리고 어린 시절부터 쭉 분신처럼 생각해온 여동생의 얼굴이…….

'도와줘…….'

〈도와줘…….〉

이만큼이나 가족이 멀게 느껴진 적은 처음이었다.

'도와줘…….'

〈도와줘…….〉

아무리 불러본들 누가 구하러 와줄 리가 없었다. 살육의 폭풍이 휘몰아치는 이 산속에서 이제 그녀는 어쩔 수 없는 혼자였다. 그러다 듣게 되었다. 비바람 소리가 소용돌이치는 가운데서 이쪽을 향해 다가오는 발소리를.

온다!

아카네는 비명을 삼켰다.

그놈이 온다.

마지막 사냥감을 찾아 다가온다.

나를 죽이러 온다!

도망쳐야 한다고 몸에 명령했다. 도망치는 데까지 도망쳐야 했다. 그녀는 아직도 계속되는 구토감을 억누르며 필사적으로 몸을 일으키고는 시체 옆을 지나 다시 전력으로 질주했다.

몇 번이고 진흙에 발이 걸려 넘어질 뻔할 때마다 추적자의 발소리가 가까워지는 걸 느꼈다. 당장이라도 등 뒤에 그 까만 도끼날이 날아들 것 같은 예감에 전율했지만, 결코 뒤를 돌아보지는 않았다. 돌아보기만 하면 한 걸음도 움직이지 못하게 될 것 같았기 때문이다.

이젠 안 된다. 더 이상 달릴 수 없다.

그런 생각에 수없이 무릎을 꿇을 것 같으면서도, 어떻게

든 버텨 내며 달린 지 얼마나 되었을까? 아카네는 언덕길을 거의 다 올라왔다.

그 시점에서, 빗줄기가 드디어 가늘어지고 있었다. 바람도 어느 정도 얌전해졌다. 아카네에게 그건 실로 행운이었다. 산의 산등성이 길로 나온 것이다. 호우와 강풍이 여전히 계속되었다면 가냘픈 그녀의 몸은 조금도 버티지 못하고 굴러떨어졌을지 모른다. 길은 그곳에서 좌우 양쪽으로 갈라져 있었다. 손전등 불빛이 비에 젖은 낡은 이정표를 비추었다. 왼쪽 방향의 화살표에는 이렇게 적혀 있었다.

→ 후타바산 정상, 앞으로 50분.

5.

아카네는 주저 없이 왼쪽으로 진로를 잡았다.

멈춰 쉬면 안 된다는 생각으로 얼마 안 남은 기력을 쥐어짜 냈다. 여기서 조금이라도 거리를 벌린다면 혹시 포기해 줄지도 몰랐다. 갈림길에서 어느 쪽으로 향했는지 그놈은 알지 못할 테니 말이다. 아무리 밤눈이 밝다고 해도 이런 암흑 속에서 땅의 발자국까지 구분해낼 수 있을까? 설마 짐승만큼 후각이 발달하진 않았을 것이다.

게다가 아카네는 생각했다.

〈게다가…….〉

어떻게든 이 산을 넘어가는 데 성공할 경우, 어쩌면…….

〈어쩌면…….〉

아카네는 산등성이를 달리기 시작했다.

지금까지의 길과 비교하면 폭이 훨씬 넓고 바닥도 단단했다. 무엇보다도 다행인 점은 길이 일단 내리막으로 접어들었다는 것이었다. 물론 그럼에도 그녀의 체력은 이미 한계에 가까워져 있었다. 심장과 폐도 터지기 직전이고, 근육에는 이미 여기저기에 쥐가 났으며 목은 타는 듯이 아팠다.

길 양쪽에 높이 우거진 숲이 사사삭 하고 바람에 흔들리는 소리가 들렸다.

별 하나 없는 밤하늘.

안개처럼 공간을 메우는 비.

이따금씩 번쩍이는 번개와 울려 퍼지는 천둥.

산길을 달려가고 있었음에도 무슨 영문인지 자신이 바다에 떠 있는 것 같은 착각에 사로잡혔다. 마치 거친 바다 위를 떠다니는 작은 배가 된 것 같았다. 머리가 몽롱해지기 시작했다. 손전등의 작은 불빛을 주시하는 눈이 어지럽게 흔들렸다. 그 진폭이 점점 커지더니 이윽고 빙글 회전했고…….

그런 식으로 또 얼마만큼이나 달린 걸까?

이제는 더 이상 달린다고 말하기도 힘든 상태였다.

길은 다시 오르막길로 서서히 접어들었다. 바람은 더욱 약해졌지만 이따금씩 돌풍이 불어 닥치며 그녀를 덮쳐 왔다.

아카네는 결국 바닥에 무릎을 꿇고 말았다.

앞쪽을 비춘 빛이 또 다른 이정표를 포착해 냈다.

→ 후타바산 정상, 앞으로 20분.

이제…… 이제 된 걸까?

아카네는 무릎을 꿇은 채로 어두운 하늘을 올려다보았다.

이제는 쉬어도 되는 걸까? 이제 그래도 되는 걸까? 이제 그놈은 쫓아오지 않는 걸까? 이제…….

그때였다. 저벅, 하고 등 뒤에서 암흑이 소리를 냈다. 아카네는 그럴 리 없다고 생각했지만, 한편으로는 예상대로라는 느낌도 들었다.

스윽, 저벅…….

발소리였다.

겨우 남아 있던 작은 희망이 산산조각 났다. 절망한 나머지 온몸의 힘이 쑤욱 빠져나갔다. 인간이 아니다! 인간의 모습을 하고 있지만 그놈은 인간이 아니었다. 피에 굶주린 야수, 미쳐 버린 악마, 괴수, 괴물…….

번개가 하늘을 찢어발겼다. 그 빛이 또다시 어린 시절의 악몽을 물들이던 석양과 피의 색깔과 겹쳐졌다. 천둥이 괴물의 도착을 알리는 땅울림으로 바뀌어 갔다.

아카네는 양팔로 자신의 가슴을 끌어안으며 그 자리에 주저앉았다. 이젠 막을 수 없다. 다가온다. 괴물이 다가온다. 나를 죽이러 온다. 도망칠 수 없다. 이제 더 이상…….

그녀는 눈을 질끈 감았다.

다가오던 발소리가 순간적으로 멈추었다.

찾아낸 것이다, 마지막 사냥감을.

이제는 서두를 필요가 없다고 판단한 걸까? 다시 들리기 시작한 발소리는 체념한 사냥감의 애를 태우려는 듯이 느릿했다.

"이제, 됐어."

아카네는 눈을 감고 가슴을 끌어안은 채로 중얼거렸다.

마지막으로 자기 목소리를 들어두고 싶었던 것이다. 아직 이렇게 살아 있다는 사실을 조금이라도 오래 느끼고 싶었다.

〈이제, 됐어…….〉

귀 안쪽에서 메아리처럼 반복되는 똑같은 말을 의식하며 소리쳤다.

"이제 됐으니까 빨리 해줘."

〈이제 됐으니까 빨리 해줘.〉

"빨리 죽여줘……"

〈빨리 죽여줘…….〉

진흙투성이의 노란색 바람막이. 진지한 눈빛으로 그녀를 똑바로 바라보던 마미야의 얼굴이 이때 다시 마음속에 떠올랐다.

"미안해, 마미야……."

〈미안해, 마미야…….〉

"미안해."

〈미안해.〉

문득 산장의 창문으로 날아들었던 두 개의 머리가 생각났다. 고무 점토처럼 찌그러진 이소베 부인의 머리. 눈알 한쪽이 도려내진 오키모토의 얼굴.

"난 이제 안 되겠어."

〈난 이제 안 되겠어.〉

그리고, 다리와 목이 잘려 개구리의 시체처럼 땅에 엎드려 죽은 이소베. 겹쳐진 채로 땅에 꽂힌 두 개의 목 없는 시체……. 이제 곧 나도 그들처럼 되어 버릴 것이다. 삶을 끝낸 추한 고깃덩이로. 난도질당하고 손목과 목이 잘린 뒤, 결국 벌레가 들러붙고 썩기 시작해서…….

"싫어! 정말 싫어!"

죽음의 어두운 심연을, 그곳에서 기다리는 끝없는 허무를 자신의 몸으로 끌어당겨 생생히 느낀 순간, 아카네는 무심결에 소리쳤다.

"싫어!"

⟨싫어!⟩

그녀가 튀어 오르듯 몸을 일으켰다.

눈을 뜨자, 살인귀의 흉악한 숨소리가 바로 눈앞에까지 가까워져 있었다.

"싫어어어!!"

⟨싫어어어!!⟩

그녀는 마구잡이로 양손을 휘둘렀다. 왼손에 든 손전등이 날아가더니 땅에 떨어져 데구르르 구르다 빛을 잃었다. 번개가 지그재그로 하늘을 갈라놓으며 굉음이 메아리쳤다.

살인귀의 모습이 눈앞에 보였다.

"오지 마!"

⟨오지 마!⟩

까만 도끼가 공기를 가르자 아카네는 즉시 몸을 피했다. 도끼는 그녀의 왼쪽 팔을 스치며 땅에 깊숙이 박혔다.

"오지 마."

⟨오지 마.⟩

"제발 부탁이야."

⟨제발 부탁이야.⟩

그때 아카네는 자신의 오른손에 쥐고 있는 걸 발견했다. 지금까지 전혀 의식하지 못하고 있었다. 믿어지지 않았다.

그것은 아까 언덕길에서 잘려 나간 마미야의 오른손이었다. 아카네는 그것을 무의식중에도 계속 움켜쥔 채 여기까지 온 것이다. 살인귀가 도끼를 고쳐 들자마자, 그녀가 마미야의 손을 높이 쳐들었다.

"마미야!"

아카네는 외쳤다.

〈마미야!〉

"도와줘!"

〈도와줘!〉

어두운 하늘에서 또다시 거대한 섬광이 번쩍였다.

다급해진 아카네는 덮쳐 오는 살인귀의 얼굴을 향해 소년의 분신을 내던졌다. 그것은 뜻밖에도 십자 표창처럼 회전하며 공중을 날아갔다.

크아악!

살인귀의 비명과 함께 치켜들었던 오른팔의 움직임이 멈추었다. 왼손으로 얼굴을 감싸더니 몸을 기우뚱거리며 뒷걸음쳤다. 그것은 거의 기적이라고밖에 표현할 수 없는 사건이었다. 내던져진 소년의 손이 살인귀의 오른쪽 눈에 명중한 것이다. 그것도 갈고리처럼 구부린 채 경직된 엄지가 안구에 깊이 박혀 있었다.

크아악!

그때 다시 천둥 같은 목소리가 터져 나왔다.

살인귀의 눈구멍에서 선혈이 흘러나왔다. 그래도 왼쪽 눈에서는 지금까지보다 더욱 흉악하고 격렬한 살의의 불꽃이 타오르고 있었다. 살인귀는 멈추지 않았다. 여러 명의 피를 빨아들인 까만 흉기가 세 번째로 들어 올려졌다. 아카네는 이번에야말로 단념할 수밖에 없었다.

'아아, 살려주세요…….'

그녀는 하늘에 기도했다.

〈아아, 살려주세요…….〉

그때였다. 지금까지와는 비교도 되지 않는 강렬한 섬광과 굉음이 동시에 쏟아져 내렸다. 눈이 멀고, 고막이 찢어지는 것만 같았다. 이어서, 엄청난, 절규가, 공기를, 흔들었다.

크아아아아아아악……!

높이 팔을 치켜든 살인귀의 거구가 그 자세 그대로 부들부들 떨리고 있었다. 놀랍게도, 도끼에 낙뢰가 직격한 것이다.

그리고 아카네는 처음으로 살인귀의 얼굴을 정확히 볼 수 있었다. 수많은 희생자의 피가 들러붙은 그 얼굴의 오른쪽 눈구멍에는 아카네가 던진 마미야의 손이 아직도 살아 있는 것처럼 매달려 있었다. 벼락에 맞은 탓에, 그놈은 도무지 인간으로 보이지 않는 형상이었다. 머리카락은 불타 그을리고 입은 찢어질 만큼 크게 벌리고 있었다. 나머지 왼쪽 눈에는

엄청난 광기가 깃들어 있다. 그러나 그녀를 무엇보다 경악
케 한 것은…….

"어째서…….."

아카네는 심장이 얼어붙는 심정으로 외쳤다.

"어째서 당신이?"

그녀는 살인귀의 얼굴을 알아보았다.

징그러울 정도로 심하게 변해 버렸지만, 그것은 분명히
그 사람의 얼굴이었다. 바로 TC멤버스의 일행인 오오야기
'히데오'의…….

/

해방

/

엄청난 빛과 소리와 열 덩어리가 의식 깊은 곳까지 날아들었다. 그 충격으로 그를 가두던 두껍고 단단한 껍질이 순식간에 흔적도 없이 부서졌다.

그는 캄캄하고 깊은 구멍에서 빠져나와 점점 원래 크기를 되찾아가는 자신을 느끼며, 바깥에서 기다리고 있을 그 무서운 격렬한 광기의 소용돌이에 겁을 내며 대비를 했다.

그러나.

그것은 그곳에 없었다.

그는 그때 갑자기 어디선가 마음속에 침입해온 무서운 이물(異物)의 속박에서 이제 겨우 해방되었다는 것을 깨달았다.

그렇다.

그날, 그날 밤 그 순간에⋯⋯.

TC멤버스의 '도쿄 제2지부 하계 특별 합숙. 그들이 이 후타바산에 찾아온 첫날 밤의 일이었다.

캠프파이어를 둘러싼 술자리에서 이소베 부인의 제안으로 시작된 괴담 놀이 자리에서, 그는 이 산에 산다는 살인귀 이야기를 모두에게 해주었다. 아카네와 이소베 부인이 먼저 산장으로 들어가고, 그 뒤에 이소베가 술에 취해 인사불성이 되었다. 마미야가 이소베를 데리고 들어가고, 내내 불만스러운 표정을 짓고 있던 오키모토까지 들어갔다.

모닥불 주위로는 지토세 요시에와 스도 야스히코, 그리고 그만 남게 되었다. 달이 떠 있었다. 기묘한 보름달의 밤이었다.

지토세가 갑자기 산책을 가고 싶다는 말을 꺼내자, 파트너를 정하기 위해 스도가 제안한 대결이 있었다. 동전을 던져 앞뒷면을 맞추는 대결이었다.

그는 뒷면에 걸었고, 스도는 앞면에 걸었다.

결과는 앞면이었다.

2분의 1의 우연이 스도의 손을 들어준 것이다. 그는 운이 없다고 생각하며 혼자 모닥불 옆에 앉아 술을 마셨다. 이 산의 반대쪽에서 정상을 향하는 '동생들'은 지금쯤 어떻게 지낼지, 문득 그런 생각을 하고 있었다.

거기까지는 선명히 기억이 났다. 기괴한 충격이 그를 덮친 것은 그 뒤였다. 너무나 갑작스러웠다. 그 현상은 아무 전조나 예감 없이 찾아왔다.

강력한 현기증과 구토감, 그리고 엄청난 고통.

자신에게 무슨 일이 벌어졌는지 자문하는 의식이 날카로운 섬광과 함께 흩어진 순간, 갑자기 고통이 사라지며 그곳에 커다란 구멍이 뻥 뚫려 있었다.

그는 그 속으로 빨려 들어가면서 죽음을 느꼈다. 자신의 죽음은 아니었다. 그러나 어쩌면 그와 비슷하게 가까이서 벌어진 거대한 죽음의 파동임은 분명했다. 그 뒤로 무슨 일이 벌어졌는지 전혀 모른다. 의식의 중앙에 뚫린 암흑의 구멍 속으로 뭔가가 날아들었다. 한없이 사악한 누군가의 미쳐 버린 의지였다.

그것은 압도적인 힘으로 그를 두껍고 단단한 껍질 안쪽에 가둬 버리고, 그의 육체를 차지해 버렸다. 그렇게 해서 그는 그 뒤로 쭉 현실로부터 격리된 채로 있었다.

그것은.

그것은 대체 뭐였던 걸까?

그는 그 이후에 자신이 취한 행동을 전혀 알지 못했다. 육체를 지배하는 미친 의지가 명령하는 대로 '살인귀'가 된 그는 산장 뒤편에 세워진 창고에서 도끼를 꺼내고, 산장 주변에 박혀 있던 말뚝 하나를 뽑아든 뒤에 두 개의 흉기를 양손에 들고 숲속으로 들어갔다.

스도와 지토세가 둘이서 산책하러 나간 길이었다. 이소베에게서 빌린 지포라이터를 셔츠 주머니에서 떨어뜨린 것은 첫 희생자가 될 그들을 찾아 언덕길을 올라가던 도중에서였다.

이윽고 그는 밤의 어둠에 섞여 몸을 섞는 두 사람을 발견했다. 무슨 일을 할지는 이미 정해져 있었다.

그리고…………………………….

………………………….

………………….

………….

…….

그러나 그는 간신히 자신의 몸을 되찾은 기쁨을 아주 짧은 순간 밖에 느낄 수 없었다.

지금은.

머리끝부터 발끝까지를 온몸이 뜨겁게 지져진 듯한 고통이 꿰 뚫고 있었다. 오른쪽 눈이 전혀 보이지 않았고, 목은 있는 힘껏 비 명을 쥐어짜 내고 있었다. 자신이 어디에 있는지 알 수 없었다. 뭘 하고 있는지도 알 수 없었다. 그저, 암흑 속에 서서 멍하니 그를 바 라보는 피투성이 여자의 얼굴을 타오르는 망막 중앙에 포착할 수 있었을 뿐이다.

그녀는…….

그는 진짜 '죽음'의 암흑이 자신의 몸에 덮쳐오는 현실을 자각 하면서 그 여자의 얼굴을 바라보았다.

그녀는 아카네 '유키코'였다.

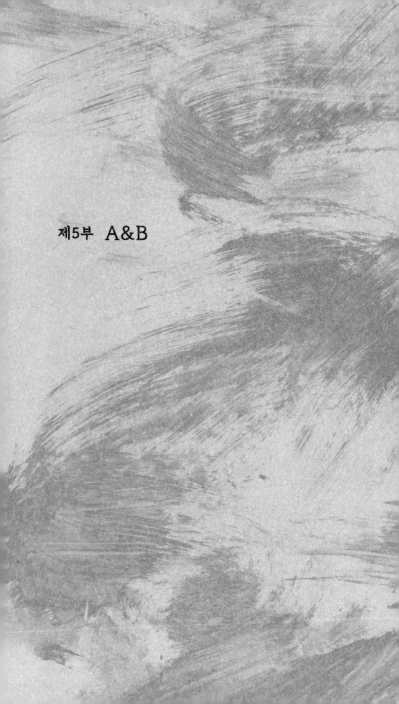

제5부 A&B

1.

쓰러진 살인귀, 오오야기 히데오의 검은 그림자를 바라보며
아카네는 그 자리에 멍하니 서 있었다. 하늘에서 천방지축
으로 난동을 부리던 천둥은 마치 이제는 해야 할 일을 전부
마쳤다는 듯이 멀어져 갔다. 이미 비는 그치고, 산속에는 스
산한 바람소리만이 들려올 뿐이었다. 그녀는 꽤나 긴 시간
동안 그렇게 멍하니 서 있었다. 그러다 퍼뜩 정신을 차리며
머리 위를 올려다보았다. 벌써 새벽이 가까워졌는지 하늘이
아주 조금 밝아져 있었다. 바람에 흘러가는 구름의 움직임
을 볼 수 있었다.

오오야기 씨가 왜?

어째서, 그가?

그녀는 차갑게 식은 몸을 자신의 팔로 감싸 안았다. 왼손 검지가 욱신거렸다. 반창고가 벗겨져 캠프파이어 때 베인 상처에서 또 피가 배어 나오고 있었다.

어째서 오오야기 씨가 이런 짓을…….

어째서 이런…….

어째서…….

산장의 창문을 통해 던져진 두 개의 머리. 그것은 이소베 '아케미'와 오키모토 '겐스케'였다. 도망치는 도중에 발견한 시체는 세 개였다. 이소베 '슈이치'의 목 없는 시체와 겹쳐 진 채 말뚝으로 박힌 두 사람, 스도 '야스히코'와 지토세 '요 시에'였다.

분명 그녀가 자신의 눈으로 확인한 것은 다섯 개의 시체 뿐이었다. 그들 모두가 너무나 처참한 방식으로 살해당했 다. 도저히 인간의 소행이라고는 믿기지 않을 정도로 처참 했다. 그래서 그녀는 당연히 그 범인이 정체 모를 후타바산 의 살인귀일 거라고 확신했다. 하지만 살인귀가 자기들의 일행 중 한 사람일 줄이야……. 그건 상상조차 해본 적이 없 었다.

"왜 그랬어?"

아직 살아남았다는 실감조차 못 느끼는 아카네는 땅에 엎 드린 오오야기의 그림자를 향해 물었다.

"왜 모두를 악랄하게 죽인 거야?"

그건 제정신으로 할 수 있는 짓이 아니었다. 어떤 동기나 목적이 있어 그렇게나 악랄한 범행을 저질렀다고는 도저히 생각할 수 없었다. 그는 미쳐 버린 게 분명했다. 그렇다, 완전히 머리가 돌아 버린 게 틀림없었다.

첫날 밤에 이 산에 사는 살인귀에 대해 이야기하던 그. 그때 흘러나온 말들, '좋지 않은 이야기', '여기서 해선 안 되는 이야기', '들어선 안 되는 이야기'로 느껴졌던 그 말들이 이 산에 사는 사악한 존재를 깨웠고 그는 스스로 미쳐 버린 것일까? 그렇게라도 생각할 수밖에 없었다. 그러나 그렇다 하더라도…….

"왜 그랬어?"

아카네는 계속 물을 수밖에 없었다. 이건 너무나 잔인한 짓이었다. 스도 씨, 지토세 씨, 오키모토 씨, 이소베 선생님과 부인, 그리고 마미야까지.

"왜…….'

'……너무해.'

그때 또 귀 안쪽에서 메아리처럼 목소리가 반복되었다.

〈……너무해.〉

'앗?'

〈……앗?〉

아카네는 반사적으로 주변을 두리번거렸다. 첫날 밤부터 지금까지 몇 번이고 그녀의 귓가에서 메아리처럼 맴돌던 목소리였다. 그 목소리가 폭풍우가 가라앉은 이 새벽, 이 장소에서 한층 선명하게, 마치 근처에서 들려오는 것처럼 느껴졌던 것이다.

"누구야?"

아카네가 물었다.

〈……누구야?〉

서서히 암흑이 걷혀 가고 있었다. 하지만 어디에서도, 누구의 모습도 보이지 않았다.

"어디야?"

〈……어디야?〉

"누구야?"

〈……누구야?〉

"누구…… 앗!"

〈누구…… 앗!〉

아! 그녀는 그 목소리의 정체를 간신히 깨달았다. 그것은 쌍둥이 여동생 유미코였다.

2.

쓰러진 살인귀의 검은 그림자를 바라보며 아카네는 그 자리에 멍하니 서있었다. 하늘에서 난동을 부리던 천둥은 마치 방금 일격으로 해야 할 일을 전부 마쳤다는 듯이 멀어져갔다. 비는 이미 그치고 산속에는 바람소리만이 들려올 뿐이었다. 그녀는 꽤나 긴 시간 동안 멍하니 서 있었다.

그러다 퍼뜩 정신을 차리며 머리 위를 올려다보았다. 벌써 새벽이 가까워졌는지 하늘이 아주 조금 밝아져 있었다. 바람에 흘러가는 구름의 움직임을 볼 수 있었다.

그것은 대체 뭐였던 걸까?

그녀는 차갑게 식은 몸을 자신의 팔로 끌어안았다. 오른손 검지가 욱신거렸다. 반창고가 벗겨져 캠프파이어 때 베인 상처에서 또 피가 배어 나오고 있었다.

그놈은, 그 남자는…….

방금 낙뢰를 맞은 살인귀의 얼굴을 한순간이긴 해도 선명히 볼 수 있었다. 광기와 고통에 일그러진 무서운 형상이었다. 그리고 그건 역시 그녀가 전혀 모르는 사람의 얼굴이었다.

어째서 이런…….

어째서…….

이 낯선 거한의 손에 죽은 동료들을 떠올렸다. 산장 창문을 통해 던져진 두 개의 머리. 그것은 이소베 '마유미'와 오키모토 '유스케'였다. 도망치는 도중에 발견한 시체는 세 개였다. 이소베 '슈지'의 목 없는 시체와 겹쳐진 채 말뚝으로 박힌 두 사람, 오오야기 '데츠오'와 지토세 '에리'였다. 스도 '도시히코' 역시 어디선가 무참히 살해당했다고 봐도 될 것이다.

"왜 그랬어……?"

살아남았다는 실감조차 아직 못 느끼는 아카네는 땅에 엎드린 살인귀의 그림자를 향해 물었다.

"왜 그런 심한 짓을……."

제정신으로 할 수 있는 짓이 아니었다. 일반적인 동기나 목적으로 인해 범행을 저질렀다고는 도저히 생각할 수 없었다. 그는 '후타바산의 살인귀'임이 분명했다. 예전에 이 산에서 벌어졌다는 몇몇 사건도 분명 전부 그 남자의 소행일 것이다.

첫날 밤, 오오야기가 그 이야기를, 이 산에 사는 살인귀에 대한 이야기를 했다. 그때 흘러나온 말들, '좋지 않은 이야기', '여기서 해선 안 되는 이야기', '들어선 안 되는 이야기'로 느껴졌던 것들이 이 산 어딘가에 잠들어 있던 그를 깨워버린 것은 아닐까? 그렇게라도 생각할 수밖에 없었다. 그러나 그렇다 해도…….

"왜 그랬어?"

아카네는 계속 물을 수밖에 없었다.

아무리 그래도 이건 너무나 잔인했다.

"왜……."

'……너무해.'

그러자 그때 또 귀 안쪽에서 메아리처럼 목소리가 반복되었다.

〈……너무해.〉

'앗?'

〈앗?〉

아카네는 반사적으로 주변을 두리번거렸다. 첫날 밤부터 지금까지 몇 번이고 의식해온 목소리였다. 그 목소리가 폭풍우가 가라앉은 이 새벽, 이 장소에서 한층 선명하게, 마치 근처에서 들려오는 것처럼 느껴졌던 것이다.

"누구야?"

아카네는 물었다.

〈누구야?〉

암흑은 서서히 걷혀 가고 있었다. 그러나 어디에서도, 누구의 모습도 보이지 않았다.

"어디야?"

〈어디야?〉

"누구야?"

〈누구야?〉

"누구…… 앗!"

〈누구…… 앗!〉

그리고 그녀는 그 목소리의 정체를 간신히 깨달았다. 자신의 쌍둥이 언니 유키코였다.

3.

아…… 그랬던 건가.

아카네 유키코는 자줏빛으로 물들기 시작한 새벽하늘을 올려다보았다. 지금까지 줄곧 이상하게 여겨온 수수께끼가 천천히 풀려 가고 있었다. 그렇게 된 거였구나. 매번 귀 안쪽에서 되풀이되던 목소리가 유미코였구나.

아카네 유미코.

자신과 꼭 닮은 일란성 쌍둥이 동생의 얼굴이 하늘의 묘한 색과 겹치며 떠올랐다. 그 아이의 목소리였어. 하나의 생명을 나와 나눠 가진 그 아이의…….

그녀는 지난 20일 아침, 쌍둥이 형제자매로 이루어진

'TC멤버스'의 도쿄 제2지부 하계 특별 합숙 훈련에 집합한 16명의 사람들을 떠올려 보았다. 그들은 아카네 유키코가 속한 A그룹과 아카네 유미코가 포함된 B그룹으로 나뉘었다. A그룹은 형제자매 중 윗사람들로 구성되고 B그룹은 아랫사람으로 이루어져 있었다. 각각 동쪽과 서쪽의 서로 다른 등산로를 통해 후타바산 정상을 향해 올랐다.

그들은 이틀 밤 동안 각자의 등산로를 걸어 올라서 22일 오후 1시 후타바산 정상에서 합류할 예정이었다. 이번 합숙은 TC멤버스의 특징을 가장 잘 반영해서 기획된 행사였다.

'유미코!'

유키코는 눈을 감고 마음속으로 동생의 이름을 불렀다. 그러자 거기에 공명을 하듯이 귀 안쪽에서 목소리가 울렸다.

'언니!'

역시 그랬다. 그건 유미코의 목소리였다. 반대편에 있는 그 애의 목소리가 공간을 초월해서 내 마음까지 전해진 것이다. 유키코는 첫날 밤 캠프파이어에서 자신이 이야기했던 체험담을 떠올렸다. 어린 시절에 꾸었던 '건널목의 악몽'에 관한 이야기였다.

유치원에서 혼자 집에 오게 되었던 그날 저녁, 지나가던 건널목에서 낯선 남자의 투신자살을 목격하게 되었다. 자세한 상황을 떠올릴 수는 없지만, 그런 무서운 체험을 했다는 기억은 선명히 남아 있었다. 그리고 그때 또 하나의 무척 신기한 일이 일어났다. 같은 유치원에 다니던 동생 유미코는 그날 열이 나서 집에서 쉬고 있었다. 그런 유미코가 꿈속에서 언니 유키코가 마주친 상황과 정확히 일치하는 사건을 체험한 것이었다.

캠프파이어에서 그 이야기를 했을 때 오키모토 겐스케는 '정신감응'이라는 말을 통해 그 상황을 설명해 내려 했다. 소위 말하는 텔레파시의 일종이라는 이야기였다.

"그건 어떤 사람의 마음이나 생각이 언어나 동작을 통하지 않고 다른 사람에게 그대로 전해지는 현상을 말하죠."

오키모토는 정신감응의 실제 사례로 미국에서 일어난 사건을 얘기해 주었다. 어떤 지역에서 누가 살해당했는데, 그때 다른 주에서 살던 쌍둥이 형제가 동일한 상황에 처해 죽었다는⋯⋯.

"쌍둥이끼리 정신이 이어져 있으니 육체도 비슷하게 반응하는 거죠."

육체의 반응이란 말은 그렇다 쳐도, 쌍둥이끼리 정신이 이어져 있다는 말은 실제로 그런 체험을 해본 유키코가 별다른 저항 없이 받아들일 만한 사고방식이었다. 더구나 이소베 슈이치가 말한 샴쌍둥이 자매 이야기에도 그녀는 순순히 납득이 갔다.

처음으로 귀 안쪽에서 목소리가 들린 것은 그날 밤, 그 뒤에 오오야기 히데오가 '후타바산의 살인귀' 이야기를 시작했을 때였다. 알 수 없는 두려움과 예감에 사로잡혀 '안 돼……'라고 마음속에서 중얼거렸다.

그 순간, 그걸 따라 하듯이 '안 돼……' 하는 목소리가 들려왔다. 그때부터 이미 유키코와 유미코, 이 쌍둥이 자매의 마음 사이에는 물리적인 법칙을 초월한 한 줄기의 통로가 열려 있었던 것일까?

'……메아리처럼.'

유키코는 빠르게 흘러가는 자주색 구름을 보며 눈을 가늘게 떴다.

〈……메아리처럼.〉

'똑같은 말이…….'

〈똑같은 말이…….〉

'똑같은 말?'

마음이 움찔 떨렸다.

〈똑같은……?〉

그렇다면 설마 산 반대편 유미코가 있던 그룹에서도 이쪽과 똑같은 일이 벌어진 것일까? 그녀는 그건 말도 안 된다고 생각하며, 황급히 고개를 황급히 가로저었다. 그러나 부정할수록 두려운 생각이 더 크게 부풀어 올랐다.

"유미코······."

그녀는 '후타바산 정상, 앞으로 20분'이라고 적힌 이정표를 매섭게 노려보았다. 그러고는 지친 몸을 채찍질하며 화살표가 가리키는 정상을 향해 걸어가기 시작했다.

4.

아, 그랬던 건가?

아카네 유미코는 자줏빛으로 물들기 시작한 새벽하늘을 올려다보았다. 지금까지 쭉 이상하게 여겨온 수수께끼가 천천히 풀려가고 있었다. 그렇게 된 거였나? 매번 귀 안쪽에서 되풀이되던 목소리는 유키코 언니의 목소리였던 것인가?

자신과 꼭 닮은 일란성 쌍둥이 언니의 얼굴이 하늘의 묘한 색과 겹치며 떠올랐다. 언니의 목소리. 하나의 생명을 나와 나눠 가진 언니의······.

'언니!'

유미코가 눈을 감고 마음속으로 가만히 언니를 불러보았다. 그러자 그에 공명하듯이 귀 안쪽에서 목소리가 울렸다.

'······유미코!'

역시 그랬다. 유키코의 목소리였다. 이 산의 반대편에 있

는 언니의 목소리가 공간을 초월해서 여기까지 전해지는 것
이다. 그녀는 첫날 밤 캠프파이어에서 자신이 이야기했던
'체험담'을 떠올렸다. 어린 시절에 꾸었던 '건널목의 악몽'
에 관한 이야기였다.

그 일은 무척이나 신기한 사건으로 유미코의 기억에 남아
있다. 유치원에 다니던 때였다. 그날 유미코는 열이 나서 집
에서 쉬고 있던 중 잠결에 무서운 꿈을 꾸었다. 낯선 남자가
건널목을 가로지르는 열차에 뛰어들어 자살하는 꿈이었다.
그런데 놀랍게도 그날 언니 유키코가 그 일과 완전히 똑같
은 체험을 그날 유치원에서 돌아오는 길에 겪었다고 했다.

캠프파이어 때 그 말을 하자, 오키모토 유스케는 '정신감
응'이라는 말을 통해 그것을 설명해 내려 했다. 그건 일종의
텔레파시 같은 거라며, 그는 쌍둥이끼리 정신이 이어져 있
으니까 육체도 비슷하게 반응하는 거라는 식으로 주장했다.

육체의 변화는 그렇다 쳐도 쌍둥이니까 정신이 이어져 있
다는 말은 실제로 그런 체험을 해본 유미코로서는 별 저항
없이 받아들일 만한 사고방식이었다. 이소베 슈지가 말한 샴
쌍둥이 자매의 이야기에도 순순히 납득할 수 있었다.

처음으로 귀 안쪽에서 목소리가 들린 것은 그날 밤, 그
뒤에 오오야기 데츠오가 후타바산의 살인귀 이야기를 시
작했을 때였다. 알 수 없는 두려움과 예감에 사로잡혀 '안

돼……'라고 마음속에서 중얼거렸다.

그런데 그것을 따라 하듯이 '안 돼……'라는 목소리가 들려왔던 것이다. 그때부터 이미 쌍둥이 자매의 마음 사이에는 물리적인 법칙을 뛰어넘는 한 줄기 통로가 열려 있었던 것일까?

'……메아리처럼.'

빠르게 흘러가는 자주색 구름을 보며, 유미코는 눈을 가늘게 떴다.

〈……메아리처럼.〉

'똑같은 말이…….'

〈똑같은 말이…….〉

'똑같은 말?'

마음이 움찔 떨렸다.

〈똑같은……?〉

그렇다면 설마 산 반대편 유키코 언니가 있던 그룹에서도 이쪽과 똑같은 일이 벌어진 것일까? 그녀는 그건 말도 안된다고 생각하며, 고개를 황급히 가로저었다. 그러나 부정할수록 두려운 생각이 더 크게 부풀어 올랐다.

"언니……."

그녀는 '후타바산 정상, 앞으로 20분'이라고 적힌 이정표를 매섭게 노려보았다. 그러고는 지친 몸을 채찍질하며 화살표가 가리키는 정상을 향해 걸어가기 시작했다.

5.

그는 아직 죽지 않았다.

소년의 손에 찔려 한쪽 눈이 멀고, 갑작스러운 벼락에 온몸이 꿰뚫리면서도 끈질긴 육체엔 아직도 생명이 깃들어 있었다.

두근. 두근.

심장이 갑자기 크게 고동쳤다.

두근.

두근, 두근…….

어둠을 몰아내기 시작한 아침햇살 속에서 그는 눈을 떴다.

6.

이대로 영원히 이어질 것만 같던 가파른 언덕길이 조금 앞 지점에서 하늘 위로 끊어져 있는 것처럼 보였다.

'저기가 산 정상일까?'

아카네 유키코는 이제 자기 몸처럼 안 느껴질 만큼 감각을 잃은 무거운 다리를 앞으로 내디뎠다. 피로로 흐릿해지는 눈을 비비며 몸에 남은 모든 힘을 쥐어짜 냈다.

만약⋯⋯. 그녀는 생각했다. 만약 이 산의 반대편, 유미코가 속한 그룹이 머물던 산장에서도 이쪽과 비슷한 사건이 일어났다면? 그런 비현실적인 생각이 지금은 그녀의 마음속을 점령하고 있었다. 유미코는 무사할까? 무사할 거라고 생각했다. 분명 무사할 것이다. 그런 불가사의한 현상을 어떤 말로 설명해야 좋을지 그녀는 알지 못했다. 어떤 초자연적인 힘이 거기에 작용했는지도 알 수 없었다.

그러나⋯⋯.

'후타바산'이라는 이름을 가진 이 산의 이쪽과 저쪽에서, 동서 양쪽으로 나뉜 두 그룹에 각각 완전히 똑같은 사건이 실제로 벌어졌다면?

유미코는 살아 있을 것이다. 완전히 동일한 사건이 저쪽에서도 발생했다면, 지금 나처럼 분명히 살아 있을 것이다. 방금 전에도 선명한 목소리가 들리지 않았던가? 내가 유미코를 부르자, 거기에 호응을 하듯 그 아이도 나를 불렀다. 그것이야말로 그 아이가 무사하다는 가장 큰 증거였다.

만약 그렇다면, 저 앞에 보이는 정상 너머에서 유미코가 지금 이 순간 이쪽을 향해 올라오고 있을 것이다. 내 목소리를 듣고, 나처럼 모든 진실을 깨닫고, 내가 무사하다는 걸 확인하기 위해.

이윽고 길이 어느 정도 평탄해졌다. 주변에 나무 한 그루 보이지 않는 황량한 암석지대가 보였다. 정상이었다. 자줏빛 얇은 구름이 펼쳐진 하늘을 배경으로 울퉁불퉁한 검은 바위 너머에서, 붉은색의 작은 사람 형상이 나타났다.

"아……."

가슴이 아파올 정도의 깊은 안도감과 그대로 모든 걸 잊고 잠들어 버리고 싶은 허탈감이 교차했다. 긴 한숨이 유키코의 입에서 새어 나왔다.

"유미코……."

그녀는 중얼거리면서 납덩이처럼 무거운 팔을 들어 올렸다.

〈언니…….〉

"유미코!"

목소리를 더욱 높였다. 그러자 같은 음색의 목소리가 동시에 울려 퍼졌다.

"언니!"

유키코와 유미코. 생지옥 같은 피와 살육의 소용돌이에서 간신히 도망쳐온 두 명의 '유코'가 지금 여기서 재회했다.

7.

후타바산 정상에서.

　서로에게 다가간 유키코와 유미코는 2미터 정도의 거리를 두고 거울과 마주하듯이 서로의 모습을 바라보았다. 더러워진 붉은색 바람막이, 비바람에 헝클어져 건조된 긴 머리카락, 떨리는 가냘픈 몸. 두 사람의 충혈된 눈에서 점점 눈물이 흘러내렸다.

　"언니……."

　먼저 입을 연 것은 유미코 쪽이었다.

　"역시 그랬구나. 역시 언니가 있던 곳에서도 이쪽과 똑같은 사건이……."

　"역시 너희 쪽에서도……?"

　"다들 살해당했어."

　유미코는 흐느끼는 목소리로 말하며 양손으로 얼굴을 감쌌다.

　"다들……."

　그렇다. 다들 살해당한 것이다. 다들…….

　동생이 우는 모습을 보며 유키코 역시 입술을 깨물며 울었다.

　다들…… 스도와 지토세, 오키모토도, 쌍둥이 형제자매끼리 맺어진 '특별한 부부'였던 이소베 부부도, 그리고 최후의 순간까지 그녀를 지켜 주려 했던 마미야까지도.

"다들 살해당했어."

유미코가 울면서 거듭 말했다.

"마미야도, 이소베 선생님도, 오오야기 씨도……."

"오오야기 씨도……?"

유키코는 고개를 갸웃거렸다.

"잠깐만! 그러면 그쪽에서 모두를 죽인 범인은……."

"그놈은 아까 벼락을 맞고……."

유미코가 대답했다.

"처음 보는 사람이었어. 엄청나게 덩치가 큰 남자가 새까맣고 지저분한 옷을 입고 있었어."

"처음 보는 사람?"

"응. 오오야기 씨가 말한 살인귀는 정말로 존재했어. 커다란 도끼를 들고 엄청난 힘으로 휘둘렀어. 오오야기 씨는 분명 그저께 밤에 거기서 습격당해서……."

유키코는 뭔가 심상치 않음을 느끼고 말을 멈추었다.

"왜 그래? 언니."

유미코가 당황하는 유키코의 얼굴을 의아하게 바라보았다.

"어째서 그런……."

"우리 일행을 습격해온 건 오오야기 씨였어."

"뭐?"

"오오야기 씨…… 형인 히데오 씨 말이야. 그 사람이 갑자기 미쳐 버려서……."

"정말로?"

"정말이야. 그래서 난 또……."

유키코는 똑같이 미쳐 버린 오오야기의 동생 데츠오가 형히데오가 벌인 범행을 따라 하듯 연쇄살인을 일으켰을 거라고 생각했던 것이다. 그런데…… 그때였다. 유미코가 뭔가말하려고 입을 벌리려는 순간이었다.

"앗……."

그녀의 등 뒤에 있는 바위에서 갑자기 거대한 그림자가출현했던 것이다.

"유미코, 뒤에!"

유미코가 놀라며 뒤를 돌아보았을 때는, 이미 시커먼 그림자가 크게 양팔을 벌리고 그녀에게 덤벼 오고 있었다.

"까아앗!"

날카로운 절규가 새벽을 뒤흔들었다.

"까아아아아아아아앗!!"

유미코의 가냘픈 몸은 저항할 틈도 없이 거대한 그림자에게 밀려 넘어지고 말았다. 쓰러진 그녀의 몸 위로 올라타더니 온몸의 털이 곤두서는 듯한 엄청난 살기를 뿜어내며 양손으로 목을 조르려고 했다.

이놈은…… 이놈이 방금 유미코가 말한 저쪽의 살인귀구
나. 유키코는 소름이 끼치며 눈을 치켜떴다. 오오야기 데츠
오는 아니었다. 분명 처음 보는 남자였다. 이놈이, 바로 이놈
이 후타바산에 사는 진짜 살인귀인 걸까?

"싫어."

유미코는 소리쳤다.

"이거 놔! 도와줘, 언니!"

유키코는 몸의 떨림을 필사적으로 억누르며, 발밑에 떨
어진 각진 돌을 주워 들었다. 그것을 동생의 몸 위에 올라탄
살인귀의 뒤통수에 무작정 내리쳤다. 퍽 하고 둔탁하게 부
딪치는 촉감이 느껴졌다. 그을린 피부 파편과 검붉은 피가
돌에 걸쭉하게 들러붙었다.

그러나 살인귀는 낮고 짧은 신음을 내뱉었을 뿐 꿈쩍도
하지 않았다. 새빨갛게 충혈된 냉혹한 눈빛으로 유키코를
노려보더니 한쪽 손을 강하게 휘둘렀다. 그것은 유키코의
오른쪽 어깨를 정통으로 때렸다. 그녀는 그 한 방에 옆으로
나가떨어지며 땅을 뒹굴었다. 가슴을 강하게 부딪치며 숨을
쉴 수 없었다. 몸 전체가 마비된 것처럼 움직이지 않았다.
움직여 주지 않았다. 그럼에도 어떻게든 간신히 턱만 들어
올릴 수 있었다.

살인귀가 다시 유미코의 목에 양손을 뻗었다. 유미코의 가느다란 팔이 필사적으로 그것을 막아 내고 있다.

끝났다, 이제…….

유키코는 깊은 절망의 늪에 빠져들며 신음했다.

이 남자는 불사신이다. 저렇게 검게 그을리면서도 아직 살아 있지 않은가? 심지어 힘이 약해지지도 않았다. 이제 무슨 짓을 해본들 막을 수 없었다. 이놈은…… 살인귀는…….

이번에야말로, 정말 이번에야말로, 단념할 수밖에 없었다.

유키코는 미안해, 하고 입속으로 중얼거렸다.

나는 도저히 일어나지 못하겠어. 나는…….

바로 그때였나.

8.

그는 당장이라도 가루가 될 것 같은 몸을 필사적으로 움직여 간신히 정상까지 도착했다. 날카로운 절규가 돌연 공기를 뒤흔들었다. 지금의 그는 그것이 여자의 비명소리라는 걸 이해할 수조차 없었다.

벼락에 온몸이 짓이겨져 있었다. 생명을 유지하는 대부분의 기관이 이미 너덜너덜해졌다. 벗어날 수 없는 죽음이 코앞까지 다가와 있었다.

절규가 이어졌다.

그는 기능을 간신히 유지한 왼쪽 눈으로 전방을 주시하며 앞으로 나아갔다. 몇 미터 앞에 커다랗고 검은 그림자가 보였다. 누군가를 짓누르고 있었다. 그놈의 몸 전체에서 사악하고 무시무시한 광기가 뿜어져 나왔다.

저놈이다!

그가 아는 건 그것뿐이었다.

저놈이다!

저놈이 내 마음을, 내 몸을 빼앗아 갔던 것이다. 그래, 저놈이다…….

그는 최후의 힘으로 땅을 박찼다.

9.

쓰러진 유미코의 몸을 뛰어넘으며 맹렬히 몸을 날리는 한 개의 그림자가 나타났다.

유키코는 순식간에 벌어진 광경을 믿기지 않는 심정으로 바라보았다. 눈에 익은 얼굴이었다.

"오오야기 씨?"

불과 몇십 분 전에 산등성이에서 벼락을 맞고 쓰러지지 않았던가. 그도 살아남아 여기까지 온 것일까? 저쪽의 살인귀와 마찬가지로 그의 옷은 시커멓게 타있었다. 노출된 머리와 피부도 무참하게 그을려 있었다. 아직도 강한 악취가 풍겨 오는데도 어떻게 살아 있는지 신기할 정도였다.

"으으으으으……."

낮게 으르렁거리는 목소리가 그의 입에서 흘러나왔다. 그러나 그 음색은 벼락을 맞기 전의 괴물의 포효와는 왠지 다르게 들렸다. 좀 더 인간적이고 격렬한 분노가 담긴 것 같았다.

"오오야기 씨!"

유키코의 비명소리와 동시에, 그가 유미코 위에 올라탄 살인귀를 향해 엄청난 기세로 돌진했다. 두 개의 거구가 맞부딪쳤다. 살인귀는 느닷없는 공격에 유미코의 몸 옆으로 넘어졌다. 오오야기는 틈을 주지 않고, 그 위로 몸을 날렸다.

"유미코!"

유키코는 간신히 상체를 일으켜 동생을 향해 소리쳤다.

"빨리 여기로……."

오오야기와 살인귀가 서로 격렬하게 뒤엉키면서 땅을 뒹굴었다. 둘의 사나운 으르렁거림이 산 정상에 부는 바람에 휩쓸렸다.

"빨리, 유미코!"

유키코는 비틀거리며 몸을 일으켜 양손을 내밀었다.

"어, 언니……."

유미코는 땅을 기며 그녀를 향해 도망쳐 왔다. 유키코는 동생의 손을 잡고 뒤로 넘어질 기세로 잡아당겨 일으켜 세웠다.

한데 뒤엉켜 굴러가던 검은 그림자가 커다란 바위에 부딪히며 멈췄다. 이윽고 한쪽 그림자가 비틀거리며 몸을 일으켰다. 하지만 그건……. 오오야기가 아니었다. 진짜 살인귀였다.

유키코와 유미코는 서로의 손을 맞잡고 선 채로 한 발자국도 움직이지 못했다.

"싫어!"

"싫어!"

두 사람의 입이 동시에 같은 말을 내뱉었다.

"이제 그만해!"

"이제 그만해!"

살인귀는 홀연히 일어서며 그녀들을 돌아보았다. 그을리고 짓이겨진 추한 얼굴에 잔인한 웃음이 말없이 번져나갔다. 그리고 큰 걸음을 성큼 내밀었다. 겁에 질린 두 사람은 온몸이 꽁꽁 묶인 것처럼 꼼짝도 할 수 없었다. 다가오는 상대에게서 눈을 피하지도 못하며 공포에 떨 뿐이었다. 그때였다. 살인귀의 뒤쪽에 쓰러져 있던 오오야기가 천천히 몸을 일으켰다.

"오오야기 씨!"

유키코가 소리치자, 살인귀가 뒤를 돌아보았다. 두 검은 그림자가 다시 한 번 격돌했다. 오오야기는 살인귀의 겨드랑이 사이로 팔을 끼워 제압하려고 했다. 그러나 상대가 뿌리치자, 이번에는 몸통에 팔을 감고 자세를 낮추며 머리 위로 넘기기 위해 힘을 주었다. 살인귀의 팔꿈치가 오오야기의 가슴을 파고들었지만 악에 받친 오오야기는 절대로 팔을 풀지 않았다.

두 그림자는 서로 뒤엉키며 이동을 거듭했다. 이윽고 요란하게 땅에 넘어지며 길을 벗어나 굴러가더니, 잠깐 사이에 뒤엉킨 그림자가 갑자기 보이지 않게 되었다.

순간 두 사람의 긴 비명소리가 벼랑 아래서 울려 퍼졌다. 뒤이어 바위가 엄청난 굉음과 함께 우르르 무너지는 소리도 들렸다.

유키코와 유미코는 그로부터 얼마나 오랫동안 같은 자세로 서있었는지 모른다. 하늘 위로 부는 바람소리만이 들려왔다. 믿을 수 없을 만큼 온화한 정적이 후타바산의 정상을 감싸고 있었다. 두 사람은 그 정적의 의미를 뒤늦게 알 수 있었다. 두 사람은 진땀으로 흠뻑 젖은 손을 맞잡은 채로 오오야기와 살인귀가 사라진 곳을 향해 조심스레 다가갔다. 그곳에는 깎아지른 듯한 낭떠러지가 펼쳐져 있었다.

벼랑 끝에 다가가 양손을 짚고 엎드려 아래쪽을 내려다보았다. 아침 안개에 휩싸여 거리를 가늠하기 힘든 지면에 서로 겹쳐진 채 쓰러져 움직이지 않는 두 검은 그림자가 보였다.

유키코와 유미코는 긴 한숨을 동시에 토해 내며 소리 내어 울었다. 바람이 두 사람의 눈물을 휩쓸며 절벽 아래로 흩뿌렸다. 아무리 울어도 눈물은 마르지 않았다.

멀리서 겹쳐진 산등성이 너머로 태양이 얼굴을 내밀기 시작했다. 그리고 모든 풍경이 두 자매가 공유하는 그 악몽의 세계와 같은 색으로 물들어 갔다.

· 이소베 슈이치	도립 X중학교 국어교사. 'TC멤버스' 도쿄 제2지부 임원. 38세.
· 이소베 슈지	슈이치의 쌍둥이 남동생. 도립 X고등학교 과학 교사. 탐험부 고문. 38세.
· 이소베 아케미	슈이치의 아내. 재작년 7월 외동아들 사토시를 교통사고로 잃었다. 34세.
· 이소베 마유미	아케미의 쌍둥이 여동생이자 슈지의 아내. 34세.
· 오오야기 히데오	회사원. 27세.
· 오오야기 데츠오	히데오의 쌍둥이 남동생. 회사원. 고등학교 시절 이소베 슈지가 고문을 맡은 탐험부 소속이었다. 27세.
· 스도 야스히코	음악 스튜디오에서 아르바이트 근무. 24세.

- **스도 도시히코**　　야스히코의 쌍둥이 남동생. 촬영 스튜디오에서 아르바이트 근무. 24세.

- **지토세 요시에**　　직장인. 23세.

- **지토세 에리**　　요시에의 쌍둥이 여동생. 직장인. 23세.

- **오키모토 겐스케**　　사립 X대학 상학부에 1년 재수 후 입학. 2학년생. 21세.

- **오키모토 유스케**　　겐스케의 쌍둥이 남동생. 사립 Y대학 경제학부 3학년생. 21세.

- **아카네 유키코**　　사립 X여대 2학년생. 20세.

- **아카네 유미코**　　유키코의 쌍둥이 여동생. 같은 여대 2학년생. 20세.

- **마미야 도오루**　　도립 X중학교 2학년생. 1학년 때 담임이었던 이소베 슈이치의 권유로 남동생과 함께 'TC멤버스'에 가입. 14세.

- **마미야 마모루**　　도오루의 쌍둥이 남동생. 같은 중학교 2학년생. 14세.

- **'후타바산의 살인귀'**　　정체불명. 연령미상.

후타바산에서 수수께끼의 대량 살인 발생?

22일 오후 4시쯤, X현 X군의 후타바산에서 하산하는 도쿄도 세타가야구의 대학생 아카네 유키코 씨(20)와 유미코 씨(20)가 지역 경찰의 보호를 받았다. 두 사람은 일란성 쌍둥이 자매로 이번 달 20일부터 소속 모임의 합숙을 위해 산에 올랐다.

두 사람의 말에 의하면 이 합숙에 참가한 다른 멤버 전원이 산중에서 '살인귀'에게 살해당했다고 한다. 다만 두 사람은 심한 쇄약 상태, 정신적 혼란 상태에 빠져 있어 증언에 두서가 없었고, 경찰은 수색대를 파견해 사실 확인을 서두르고 있다.

아카네 씨 자매가 소속된 모임은 '일본 트윈즈 클럽(통칭 TC멤버스)'라는 단체였다. 3년 전에 발족하여 나이, 직업, 국

적과 상관없이 전국의 쌍둥이 형제자매를 회원으로 모집하여 각종 친목 활동을 이어 오고 있었다. 아카네 씨 자매가 참가한 것은 이 모임의 '도쿄 제2지부·하계 특별 합숙'이라는 기획이었다.

참가한 회원은 아카네 씨 자매를 비롯해 16명. 일행은 처음에 두 개의 그룹으로 나뉘어 20일 오후 동서 양쪽 등산로로 후타바산에 올랐지만…….

……또한 후타바산에서는 지금까지도 몇 건의 살인사건과 행방불명 사건이 발생했으며 전부 미해결 상태로 오늘에 이르고 있다. 따라서 근래에 이 산을 찾는 등산객은 급격히 감소했으며 지역 주민 사이에서는 '악마의 산'으로 공포의 대상이 되었다고 한다.

[A(형·누나) 그룹]

· **스도 야스히코**   산등성이로 올라가는 산길에서 지토세 요시
에와 함께 말뚝에 복부가 관통되어 살해당함. 흰 티셔츠. 하의
없음. 벗어던진 파란색 블루종 재킷. 두부 절단. 절단된 머리는
산장A 뒤편에 있는 헛간에서 발견됨.

· **지토세 요시에**   스도 야스히코와 같은 장소에서 말뚝에 복부
가 관통되어 살해당함. 보라색 블라우스. 하의 없음. 오른쪽 다
리, 오른팔 및 두부 절단. 절단된 오른쪽 다리와 오른팔은 현장
부근에서, 머리는 헛간에서 발견됨.

· **이소베 슈이치**   스도 야스히코와 지토세 요시에 살해 현장
앞의 산길에서 살해당함. 카키색 긴팔 셔츠. 오른쪽 다리 절단.
왼쪽 다리도 반 절단 상태. 좌측 어깨에 열상. 두부 절단. 절단된
오른쪽 다리는 현장 부근에서, 머리는 헛간에서 발견됨.

· **오키모토 겐스케** 헛간에서 밧줄에 묶여 대들보에 거꾸로 매달린 상태로 살해당함. 황록색 트레이너 셔츠와 파란 청바지. 콘택트렌즈. 오른쪽 허벅지에 자상. 복부 절개. 두부 절단. 절단된 머리는 헛간A 안에서 발견. 우측 안구가 도려내져 있음.

· **이소베 아케미** 산장A 근처 숲속에서 살해당함. 노란 줄무늬 폴로셔츠에 주황색 바람막이. 늑골 골절. 두부 절단. 절단된 머리는 산장A 안에서 발견됨.

· **마미야 도오루** 산등성이로 향하는 산길에서 살해당함. 노란 바람막이. 오른 손목 절단. 절단된 손은 산 정상 부근의 산등성이 길에서 발견됨.

· **오오야기 히데오** 산 정상 절벽에서 추락사. 검정색 긴팔 셔츠에 검정색 청바지. 낙뢰에 의한 화상 외에 전신에 수많은 상처 발견.

[B(동생) 그룹]

· **오오야기 데츠오** 산등성이로 향하는 산길에서 지토세 에리와 함께 말뚝으로 복부가 관통되어 살해당함. 주황색 긴팔 셔츠. 검정색 등산용 반바지. 두부 절단. 절단된 머리는 산장B 뒤편에 있는 헛간에서 발견됨.

· **지토세 에리** 오오야기 데츠오와 같은 장소에서 말뚝으로 복부가 관통되어 살해당함. 검정색 블라우스. 하의 없음. 왼쪽 다

리, 왼팔 및 두부 절단. 절단된 왼쪽 다리와 왼팔은 현장 부근에서, 머리는 헛간에서 발견됨.

- **스도 도시히코**　산장B 부근의 숲속에서 살해당함. 빨간색 블루종 재킷. 두부 절단. 절단된 머리는 헛간에서 발견됨. 후두부에 열상. 안면에서 중증 화상 발견.

- **이소베 슈지**　오오야기 데츠오와 지토세 에리 살해 현장 앞의 산길에서 살해당함. 남색 긴팔 셔츠. 왼쪽 다리 절단. 오른쪽 다리도 반 절단 상태. 우측 어깨에 열상. 두부 절단. 절단된 왼쪽 다리는 현장 부근에서, 두부는 헛간에서 발견됨.

- **오키모토 유스케**　헛간에서 밧줄에 묶여 대들보에 거꾸로 매달린 상태로 살해당함. 갈색 체크무늬 셔츠에 흰색 청바지. 뿔테 안경. 오른쪽 허벅지에 자상. 복부 절개. 두부 절단. 절단된 머리는 산장B 안에서 발견. 좌측 안구가 도려내져 있음.

- **이소베 마유미**　산장B 부근의 숲속에서 살해당함. 옥색 트레이너 셔츠에 붉은색 바람막이. 늑골 골절. 두부 절단. 절단된 머리는 산장B 안에서 발견됨.

- **마미야 마모루**　산등성이로 향하는 산길에서 살해당함. 파란색 바람막이. 오른 손목 절단. 절단된 손은 정상 부근의 산등성이 길에서 발견됨.

"분명 오오야기 히데오 씨에게 그 산에 사는 살인귀의 혼이 씐 거라 생각해요. 그게 아니라면 보통 사람이 그런 잔인한 짓을 할 수 있을 리가 없잖아요. 게다가 오오야기 씨는 마지막에 우리를 구하려다……."

"난 그 산에 갔던 첫날 밤부터 왠지 모르게 느껴졌어요. 뭔가 무척 이상한 느낌이었죠. 우리가 하는 말과 하는 행동 모두가 뭔가 기묘하고 강력한 힘에 왜곡되는 것 같았어요. 무언가에 조종당하는 것 같았죠."

"저도 똑같은 걸 느꼈어요. 그래서 분명……."

"그 산 양쪽에서 쌍둥이인 우리들이 완전히 똑같은 이야기와 행동을 한 게 아닐까 생각해요. 그곳에 뭔가 그런 신기한 힘이 작용해서, 모든 게 거의 똑같이요."

"나도 그렇게 생각해."

"그러고 보니 그날 밤, 자다가 한 번 깼었던 것 같아. 그때 뭔가 엄청난 걸…… 강렬한 파동 같은 걸 느꼈던 것 같은데."

"앗, 나도."

"한밤중이었어. 아아, 어쩌면 그게 오오야기 데츠오 씨가 그놈에게 잔인하게 죽었을 때 내지른 비명 내지 마음의 외침이었을지도 몰라. 그렇다면 분명 그때 산의 반대편에서 데츠오 씨의 형도 그걸 느꼈을 거라고 생각해."

"맞아, 분명 그럴 거야. 그래서 분명 그와 동시에 동생을 죽인 그놈의 혼이 옮겨간 거겠지. 그렇게 오오야기 히데오 씨의 마음에 그놈이 씌면서 미쳐 버린 오오야기 씨는 우리들을……."

그 뒤에 이어진 수색에 의해 후타바산에 올라간 'TC멤버스'
일행 14명의 시체가 아카네 씨 자매의 증언을 뒷받침하듯
발견되어 신원 확인이 진행되었다. 사망한 14명 중 13명은
명백한 타살로 보이며…….

　……그러나 아카네 씨 자매가 목격했다는 정체불명의
'살인귀'의 시체는 부근 일대를 수색했음에도 아직 발견되
지 않았다.

　　　　　　　　　　　　　　　　　　　　　－끝

《살인귀》의 집필과 발표는 지금으로부터 22년 전(저자는 2011년에 이 글을 썼다-옮긴이)으로 거슬러 올라간다.

　연재 잡지 〈소설 추리〉의 1989년 12월호와 1990년 1월호로 나뉘어 투고된 후, 그 달을 넘기기 전에 후타바샤(双葉社)에서 단행본으로 출간되었다. 그리고 1994년 10월 후타바 소설판 간행에 이어 1996년 2월에 신쵸(新潮)문고에서 발매된 이후로 어느덧 15년 이상이 지났다.

　그러다 이번에 가도카와문고(角川文庫)를 통해 문고판 재발매 기회를 얻게 되었는데, 전편에 걸친 세부적인 개정을 가하기로 목표를 세웠다. 또한 이 기회에 제목을《살인귀 1 - 각성편》으로 살짝 바꾸기로 했다. 속편 역시《살인귀 2 - 역습편》이라는 제목으로 재발매가 되었다.

피비린내 나는 잔혹 묘사로 가득한 이런 악취미 소설이 독자들에게 어떻게 받아들여질지 다소 불안한 마음도 들지만, 이 작품이 몇 가지 의미에서 현재까지도 유례를 찾아보기 힘든 '괴작'이라는 것만은 분명하다. 예전에 모 평론가에게는 "아야츠지 유키토의 '숨겨진' 대표작"이라는 말까지 들었던 작품이기도 하다(당시 내가 생각한 공식 대표작은 《키리고에 저택 살인사건》이었다).

작품을 발표한 이후 '전철 안에서 읽다가 토할 것 같아서 중간에 내렸습니다' 같은 감상문을 잔뜩 받았던 기억도 있지만, 지금 객관적으로 보면 잔혹묘사 면에서 그렇게까지 대단한 물건은 아니었던 것 같다. 좀 더 대단하게 쓰는 작가는 요즘 얼마든지 있으니 말이다. 다만 소위 말하는 '스플래터 호러(Splatter Horror 살인, 범죄를 주제로 하며 극도로 잔인한 비주얼로 피가 튄다는 뜻을 가지고 있다-옮긴이)'의 탈을 뒤집어쓰고 약간의 장난기로 심어 놓은 미스터리적인 장치는 당시로서 아마 전대미문의 필살기였을 테고, 이 점만큼은 발표 후 20년 이상이 지난 현재에도 빛바래지 않았을 거라 생각한다. 이번 개정 작업을 위해 십수 년 만에 제대로 정독해 보고서 내가 쓴 소설임에도 '제법이네'라고 감탄했을 정도다.

그러니 이번 기회에 이 작품을 처음 접한 분들은 그 장치가 과연 어떤 것인지 직접 확인해 주시길 바란다.

처음 발매될 때만 해도 '팔다리가 절단되고 목이 날아간다……!!' 같은 과격한 문구로 선전되었는데, 89년쯤 불어닥친 '호러 사냥' 풍조에 대한 나의 분노가 집필의 원동력 중 하나였던 것도 사실이다. 지금도 기억하는 분들이 적지 않을 것이다. 당시 세상을 떠들썩하게 한 모 흉악 사건의 용의자 자택에 잔혹 호러 영화 비디오가 여러 개 있었다는 매스컴 보도는 생각하면 할수록 정말 수준 낮은 비방이었다.

대부분의 경우 세상, 아니 그보다 특정 매스컴과 식자들은 충격도와 화제도가 높은 범죄 사건이 발생하면, 그 원인을 최대한 알기 쉬우면서도 규탄하기 용이한 대상에 전가시키며 희생양으로 삼는다. 호러 영화나 소위 '유해' 도서(최근 조례에 의해 '불건전' 도서로 바뀌었다)가 건전한 청소년 육성에 악영향을 끼친다는 식의 구도는 그 전형이라 할 수 있는데, 마치 학습 능력 없는 AI처럼 매번 똑같은 짓만 반복하는 끈질김을 보면 한숨밖에 나오지 않는다. 만만해 보이는 것들을 실컷 두드려 패다가 결론이랍시고 내놓는 말은 꼭 '마음의 어둠' 같은 것이니 말이다.

굳이 말할 필요도 없이 인간은 어떤 것에든 '악영향'을 받는 잠재력을 가진 생물이다. 잔혹한 호러 영화를 보고 그것을 실제로 행동에 옮기고 싶어 하는 바보들도 물론 존재한다. 그러나 그와 마찬가지로, 예를 들어 문부과학성(우리나라의 교육부에 해당한다-옮긴이)이 추천하는 감동 대작 애니메이션을 보다가 자신의 로리타 취향을 억누를 수 없게 되는 구제불능도 분명 존재할 것이다. 애초에 '건전한 청소년 육성을 위해서'라는 명분 자체가 뭔가 수상쩍지 않은가?

아이들을 완전한 사회적, 문화적 무균실에서 키우고 싶어 하는 난센스. 사회규범적인 '악영향'이 그렇게 걱정된다면 가장 우선적으로 금지해야 할 건 오히려 국회 중계방송이 아니냐고 묻고 싶다. 이런 이야기를 하는 것도 솔직히 이제 질렸으니 이만 줄이겠다.

그런데 지금 이 개정판의 후기를 적는 2011년 7월 시점에서 도저히 피해갈 수 없는 주제는 역시 올해 3월 11일에 발생한 동일본 대지진이다.

이런 거대한 재난에 직면할 때마다 살인자를 등장시킨 오락 소설로 벌어먹고 사는 나 같은 작가는 깊은 고민에 빠질 수밖에 없다. '현실'이 그 정도로 비참한데도 나는 밀실 살인이니 목 없는 시체니 하는 소설이나 쓰고 있어도 되나 싶은 생각이 든다. 이건 16년 전의 한신·아와지 대지진(일본 고베시와 한신 지역에 발생한 지진으로 6,300여 명이 사망했을 만큼 최대 규모의 지진이다-옮긴이) 때도 그곳에서 가까운 교토에 살면서 사로잡혔던 커다란 의문이자 딜레마였다. 그때는 꽤나 오랫동안 고민한 끝에 '이 일도 나름대로 의미가 있다'라는 결론을 얻을 수 있었다. 그런 상황 속에서도 내가 쓴 소설을 기대해 주는 사람들이 분명히 있었으니 말이다. 고베에서 재난을 당해 피난 생활 중이던 독자가 보내준 편지 덕분에 그것을 실감했었다.

이번 대지진뿐만 아니라 세계에는 끊임없이 비참한 사건과 사고, 재난이 발생한다. 그런 가운데서도 끊임없이 창작되고 발표되는 호러 소설과 호러 영화('호러'를 '미스터리'로 치환해도 좋다)를 앞서 언급한 비방과는 다른 차원에서 '경솔하다'라고 비난하는 '양식(良識)'은 매우 인간적이다.

그러나 한편으로, 그런 가운데서도 평소와 똑같이 호러라는 픽션 장르를 마음껏 즐길 수 있다는 것 역시 매우 인간적이며 어떤 의미에선 강인한 삶일 것이다. 나는 아무래도 후자와 같은 인간의 강인함을 보고 '이래서 인간은 괜찮아'라고 느끼는 사람인 것 같다.

나는 벗어날 수 없는 '속세'의 현실에 집어삼켜지거나 타협하지 않고 지금까지 해온 대로 아니, 그보다 더욱 열심히 내 일인 '밤의 꿈'을 계속 자아낼 것이다. 당장은 그렇게 마음을 먹고 있다.

마지막으로 96년 신쵸문고판 '후기' 말미에 적었던 문장을 여기 인용하고 싶다. 시대와 상황이 바뀌어도 내 내면에 존재하는 '어리석은 몽상'은 이 시절과 크게 다르지 않다고 느끼기 때문이다.

"작년의 사건을 생각하면 우리들의 '현실'에서 정말 언제 무슨 일이 벌어져도 이상할 게 없습니다만, 이 책에 등장하는 어처구니없는 살인귀와 실제로 마주치고 싶진 않습니다. 폭력과 공포, 죽음의 환상을 엮어낸 멋진 소설과 영화가 더욱 많이 만들어지고, 현실 세계에 편재하는 그것들이 전부 거기 흡수되고 봉인되면 좋을 텐데……. 이건 제가 가끔 사로잡히곤 하는 어리석은 몽상입니다."

2011년 7월

아야츠지 유키토

그날 나는 후타바산에서 대체 무엇을 본 것일까?

나는 아니, 우리들은.

아야츠지 유키토의 《살인귀》를 읽은 모든 사람들은.

《살인귀 1 - 각성편》은 처음에 〈살인귀〉라는 제목으로 〈소설 추리〉에 연재되었고, 이후 단행본으로 출간되었다. 작가에게는 여덟 번째 작품이며 처음으로 하드커버로 제본된 책이었다. 이 책에는 속편 《살인귀 2 - 역습편》이 있는데, 이 또한 〈소설 추리〉에 연재되고 이후 단행본으로 출간되었다.

〈살인귀〉는 이미 완성된 원고를 두 번에 나눠 잡지에 투고했지만, 〈살인귀 2〉는 매호 원고를 보내는 형식으로 쓰였기에 아야츠지 유키토의 첫 잡지 연재작품이라고 할 수 있다. 작가의 작품 중에는 데뷔 이전에 교토대학 추리소설 연구회의 기관지 〈창아성(蒼鴉城)〉에 발표한 것이 원형이거나 동아리 멤버와의 교류 속에서 아이디어를 얻은 것이 있는 데, 〈살인귀〉도 거기 포함된다.

이 책이 처음 세상에 나올 당시의 아야츠지는 기상천외한 수수께끼 소설인《관(館)》시리즈와 우수에 찬 필치로 공포를 그려낸《속삭임(囁き)》시리즈 등 2편의 연작을 잇달아 발표한 시기였는데, 갑자기 등장한《살인귀》라는 작품으로 작가를 이단아처럼 생각하는 독자들도 적지 않았다.

작품을 보자.

'TC멤버스'라는 친목단체의 멤버들이 후타바산을 오르는 합숙 계획을 실행한 것이 사건의 시작이었다. 그날 밤, 멤버들이 모인 산장에서는 각자 돌아가면서 무서운 이야기를 하는 '괴담 놀이'를 하게 되었고, 그때까지만 해도 분위기는 아주 좋았다. 그중 한 명이 후타바산에서 몇 년 전에 발생했다는 중학생 피살사건을 이야기하기 시작했다. 그런데 그것이 최악의 결과를 낳고 말았다. 그의 이야기로 인해 이 산에 실제로 존재하는 살인귀가 깨어났기 때문이다. 가까운 곳에 사람들이 모여 있다는 사실을 알아챈 살인귀는 본능이 시키는 대로 사냥을 시작했다. TC멤버스의 참가자들은 그렇게 그의 손에 차례차례 목숨을 잃어간다.

줄거리 소개는 여기까지 하겠다. 여기에 자세히 적지 않는 부분이 많은 이유는, 독자들에게 놀라움을 선사하는 것을 최고의 기쁨으로 여기는 작가답게 곳곳에 커다란 트릭을 심어두었기 때문이다.

피비린내 나는 이야기를 싫어하는 사람이라도 이 책을 읽어봐야 하는 것은 이 때문이다. 작가는 미스터리 소설을 통해 키워온 테크닉으로 이 책을 한 편의 수수께끼 소설로 완성시켰다. 아마 그런 면에서 이 소설은 아야츠지의 작품 중에서 가장 대담하다고 할 수도 있다. 작가는 작품 전체에서 마술 같은 방법으로 곳곳에 힌트를 흩뿌리고 있는데, 부주의한 독자라면 결말을 보며 틀림없이 어안이 벙벙할 것이다.

하지만 그러한 미스터리 소설의 기본인 힌트와 장치를 제외한다면, 이 작품은 매우 단순한 소설이다. 피에 굶주린 살인자가 희생자를 찾아내 몰살시키려는 소설. 그걸로 끝이다. 그러나 단순하다는 점이 오히려 무섭다. 살인귀는 단숨에 숨통을 끊어줄 만큼 자비롭지 않다. 최후의 순간을 가능한 한 오래 즐기기 위해 서서히, 서서히 괴롭히며 죽이려 한다. 호기심 왕성한 아이에게 메뚜기를 쥐여 주면 온몸이 분해될 때까지 갖고 노는 것과 마찬가지다.

죽을 때까지 엄청나게 긴 시간을 들이는 살해 방법, 죽으면서도 죽여 달라고 애원할 법한 방법으로 희생자들의 몸은 난도질당한다. 작가의 말에 따르면, 호러 영화의 전설이라 불리는 〈13일의 금요일〉의 주인공인 제이슨은 사실은 매우 착한 살인귀라고 한다. 단칼에 죽여주니 말이다.

그러지 않고 만약 괴로움이 언제까지고 계속된다면 어떻게 될까? 그런 지옥 같은 시간을 피해자의 시점에서 쓰면 독자들에게 얼마만큼의 충격을 줄 수 있을까? 바로 그런 발상에서 이 책의 실험정신이 시작되었다.

작가의 이런 의도는 인간이 사람에서 물체로 바뀌어 가는 과정을 쓰려고 한 셈이다. 그것을 쓰면서 일체의 변명도 하지 않는다. 그래서 이야기의 전개가 깔끔하며, 살인귀가 왜 잔혹한 행위를 반복하는지는 전혀 적혀 있지 않다. 그저 '그렇게 할' 뿐인 존재인 것이다. 로고스를 통해 세계를 해석하고 파토스를 통해 세계와의 연결을 느끼는 것이 정상적이라고 생각한다면, 살인귀라는 존재는 그로부터 완전히 벗어난 위치에 있는 괴물이다. 그런 자가 사람을 물체로 파괴해 나가는 것이다.

아야츠지 유키토 소설의 큰 특징으로는, 독자에게 친밀하게 다가가는 표층과 보이지 않는 심층의 두 부분에서 이야기를 진행시킨다는 점을 들 수 있다. 표층은 독자에게 비교적 친근감이 느껴지지만 심층에는 빛이 전혀 비춰지지 않고, 그 때문에 독자들은 왠지 모를 불안한 감정을 느낀다.

아야츠지가 그리는 대부분의 주인공은 사려 깊고 또한 신중하여 아무 생각 없이 행동을 일으키지는 않는다. 다만 그이유는, 그들이 어떤 형태로든 안심할 수 있는 안식처로부터 분리된 상태이기 때문이다.

예를 들어 또 하나의 대표작인 《인형관의 살인(人形館の殺人)》의 주인공 히류 소이치는 긴 투병생활 후 아버지가 물려준 저택으로 이사해서 인생을 새로 시작해 보려는 인물이다. 그는 저택 주변에서 벌어지는 괴이한 사건에 고민하다 탐정 시마다 키요시의 힘을 빌려 그것을 해결하려 한다. 그 결과, 탐정으로부터 너무나도 의외의 진실을 전해 듣게 된다. 독자는 《인형관의 살인》의 페이지를 넘기며 주인공 소이치가 보고 듣는 세계가 전부는 아니며, 그의 배후에는 어둠에 싸인 또 하나의 세계가 분명히 존재할 거라는 예감을 느낄 것이다.

미스터리 장르인 이상 이야기의 배경에 무엇인가가 은폐되어 있는 게 당연할 테지만, 아야츠지는 그것을 소설 속에서 더욱 강조하려 든다. 이야기를 통해 암시되는 건 이 앞에서 모든 게 무의미해질 거라는 느낌이다.

표층에 존재하는 것은 언젠가 심층에 있는 압도적인 무언가에 의해 존재 의미가 덧칠된다. 즉 현재의 의미가 무의미해질 거라는 종점의 신호가 끊임없이 들려온다는 데서, 아야츠지 소설의 묘한 매력이 느껴진다. 현재의 모습이 절대적이지 않고 언젠가 사라질 거라는 느낌, 어떻게 바뀌어 갈지에 대한 화제로 발전하지 않는 점, 이러한 부분들이야말로 아야츠지 소설의 특이한 점이다.

현재의 앞에서 기다리는 건 미래가 아닌 비(非)현재라고 말할 수밖에 없다. 이는 소설의 주인공을 통해 저자가 쌓아올린 세계관이 시간의 흐름을 완전히 무시한 장소에서 성립되어 있기 때문이다.

아야츠지의 다른 작품《최후의 기억(最後の記憶)》은 아이들을 대상으로 하는 연쇄살인 사건이 주인공의 '배후'에서 벌어진다는 무서운 소설이다. 그런데 그 정도의 대사건임에도 불구하고 주인공의 주요 관심사는 다른 곳을 향하고 있다. 배경에서 일어나는 사건은 아이와 어른의 시간 사이에 절망적인 단절이 있다는 사실을 독자에게 알리기 위해 놓여 있다.

《최후의 기억》은 한 어른의 어린 시절에 벌어진 사건이 어떤 것이었는지가 관건인 소설이지만, '과거=아이'였을 때 있었던 사건이 '현재=어른'의 세계를 형성한다는 단순한 시간 의식으로 쓰이진 않았다. 바로 그 점에 소설로서의 독자성이 있다. 아이에서 어른이 되는 순간 없이, 사람은 아이였던 시간을 한 번 죽이고 나서 어른으로 다시 태어난다는 전제하에 쓰인 이야기도 있다. 바로 《속삭임》 시리즈로, 양자의 시간이 절망적일 만큼 대립된다는 것을 주제로 삼고 있다.

아야츠지의 소설은 이런 식으로 '성장'이라는 피난처에 기대지 않는다. 사람은 전부 자신이 처한 '현재'와 직면해야 한다고 재촉한다. 그 밖의 많은 책들에 작가로서의 고집이 투명하게 녹아 있다.

이렇게 아야츠지 소설 전체를 바라볼 수 있는 위치에서 되짚어 보면, 《살인귀》라는 소설이 가진 의미도 자연스레 명백해진다. 이건 자신에게 과거로부터 미래까지 이어지는 평화로운 시간이 주어진다고 믿는 인간이 살인귀의 폭력에 의해 억지로 현재 세계와 대면하게 되는 소설인 것이다.

세상에는 오로지 현재만이 존재하며 위로받을 과거도, 도망칠 미래도 없다. 등장인물들은 그 사실을 갑작스레 깨닫게 되지만, 이미 그때는 남겨진 시간이 거의 없다. 가장 잔혹한 것은 살인귀의 폭력 묘사가 아닌 바로 그 점이다.

자신에게 허락된 시간을 무자비하게 빼앗기는 것, 빛이 서서히 사라지고 어둠으로 빨려 들어가는 것, 그 인생의 의미를 강하게 집약하듯 귀중한 순간을 피와 내장이라는 장식으로 강조하기 위해《살인귀》라는 소설이 쓰였다. 후타바산의 폭풍우 치는 밤에 사람들은 찰나의 삶의 반짝임을 보았으리라. 그것은 사라지고 두 번 다시 돌아오지 않는 것이다. 이런 상실의 아픔을 이해하는 사람을 향해서 아야츠지는《살인귀》라는 소설을 집필했다.

죽음이라는 절대적인 운명을 포함해서 자기 힘으로 어찌할 수 없는 커다란 존재와의 대면과 대결을 그린 작품이어야 한다는 것을, 나는 청춘소설의 첫 번째 조건이라 생각한다.

이런 면에서 아야츠지 유키토의 작품은 전부 청춘소설의 요소가 강한데,《살인귀》도 예외는 아니다. 모두가 그날 눈앞을 가로막은 존재로 인해 발버둥 치고 괴로워하며 운명을 저주했다. 그와 똑같은 것을 나는 이 소설 안에서 목격한 기분이 든다. 피의 꽃이 흐드러지게 피어난, 아주 정밀하고 짙게 칠한 색깔의 풍경 속에서.

스기에 마츠코이(杉江 松恋, 문학평론가)

옮긴이 김진환

단국대학교 일본어학과를 졸업하였으며, 현재 일본어 전문 번역가로 활동하고 있다. 주요 역서로는 《더 뉴 게이트》 연작 시리즈와 《우리 집 더부살이가 세계를 장악하고 있다!》, 《신성한 늑대와 보이지 않는 손 1》, 《신식의 엑스마키나 1》 등이 있다.

살인귀 1 – 각성편

초판 1쇄 인쇄일	2021년 06월 28일
초판 1쇄 발행일	2021년 07월 05일
지은이	아야츠지 유키토
옮긴이	김진환
발행인	이지연
주간	이미숙
책임편집	정윤정
책임디자인	이경진 권지은
책임마케팅	이운섭 신우섭
경영지원	이지연
발행처	㈜홍익출판미디어그룹
출판등록번호	제 2020-000332 호
출판등록	2020년 12월 07일
주소	서울시 마포구 독막로18길 12, 2층(상수동)
대표전화	02-323-0421
팩스	02-337-0569
메일	editor@hongikbooks.com
제작처	갑우문화사

ISBN   979-11-9142-020-3 (04830)